HARDY PUNDT
Deichbruch

TÖDLICHE FLUT Wiard Lüpkes lebt in einem kleinen Landhaus hinter dem neu errichteten Deich. Doch die Idylle in der ostfriesischen Leybucht ist trügerisch. Schon während der ersten höheren Flut entdeckt Wiard, der selbst als Leiharbeiter am Bau des Deichs beteiligt war, dass ungewöhnlich viel Wasser den Deichfuß durchdringt. Die Gefahr ist groß, dass der Deich den Naturgewalten nicht standhalten wird – eine Katastrophe für die Polder-Bewohner.

Kurz darauf scheint sich der Verdacht, beim Deichbau könne nicht alles mit rechten Dingen zugegangen sein, zu bestätigen: Durch das Fenster von Wiards Wohnhaus wird ein Stein geworfen, versehen mit einer Drohung. An einem stürmischen Herbsttag macht er sich zusammen mit seinen Freunden August Saathoff und Lübbert Sieken auf, um nach Beweisen für den Pfusch am Bau zu suchen, doch plötzlich peitscht ein tödlicher Schuss durch die Dämmerung …

Hardy Pundt, geboren 1964, stammt von der Insel Memmert und verbrachte Kindheit und Jugend in Ostfriesland. Nach über zwanzig Jahren in Nordrhein-Westfalen lebt er heute mit seiner Familie in Schleswig-Holstein. Er ist Hochschuldozent in Sachsen-Anhalt und kann auf zahlreiche wissenschaftliche Veröffentlichungen zurückblicken.

Bisherige Veröffentlichungen im Gmeiner-Verlag:
Friesenwut (2010)

HARDY PUNDT
Deichbruch

Kriminalroman

Original

GMEINER

Personen und Handlung sind frei erfunden.
Ähnlichkeiten mit lebenden oder toten Personen
sind rein zufällig und nicht beabsichtigt.

Besuchen Sie uns im Internet:
www.gmeiner-verlag.de

© 2008 – Gmeiner-Verlag GmbH
Im Ehnried 5, 88605 Meßkirch
Telefon 07575/2095-0
info@gmeiner-verlag.de
Alle Rechte vorbehalten
2. Auflage 2010

Lektorat: Katja Ernst, Sigmaringen; Claudia Senghaas, Kirchardt
Umschlaggestaltung: U.O.R.G. Lutz Eberle, Stuttgart
unter Verwendung eines Fotos von Aboutpixel.de/Deich-
bank © Svair
Druck: Fuldaer Verlagsanstalt, Fulda
Printed in Germany
ISBN 978-3-89977-765-9

Vorab ...

Meldung, Sommer 2006

Pfusch beim Deichbau nach ›Katrina‹

Kein Experte bezweifelt, dass die Dämme auf der Strecke von 270 Kilometern pünktlich zum Beginn der neuen Hurrikan-Saison am 1. Juni fertig sind. Doch im Wettlauf mit der Zeit zählt Quantität anscheinend mehr als Qualität. So würden die von der Regierung eingesetzten Pioniere die Dämme in der Eile nur notdürftig reparieren. Hauptkritikpunkt der Experten: Die rund 500 Ingenieure würden minderwertiges Baumaterial benutzen, das dem neuen Deich alles andere als Stabilität gebe. »Die Regierung täuscht den Bewohnern der Stadt eine Sicherheit vor, die es nicht gibt«, schimpft Ivor van Heerden von der Universität Louisiana in der ›Washington Post‹.

Prolog

Die Abenddämmerung brach herein, und von Westen peitschte eine Bö nach der anderen über die Deichkrone. Der Regen schien von Minute zu Minute stärker zu werden, die Bäume im Polder beugten sich ehrfürchtig vor dem Sturm, der dort über die See und, hinter dem Deich, über das Marschland fegte.

Lübbert Sieken lag oben auf der Deichkrone, durchnässt und den wilden Gebärden des Sturmes schutzlos ausgesetzt. Er war einfach zusammengesackt, als hätte ihn der Wind umgeworfen, was, wenn man hier oben nicht aufpasste, durchaus geschehen konnte. Aber einen wie Lübbert Sieken, der zeit seines Lebens hinter dem Deich gelebt hatte und nichts besser kannte als das Land dahinter und das Wattenmeer davor, den haute kein Wind um, auch kein Orkan. Selbst nach obligaten Besäufnissen im Dorfkrug – bei Feuerwehr- oder Sportfesten oder aus welchem Grund auch immer –, Lübbert hatte stets den Weg nach Hause gefunden, auf eigenen Füßen. Da musste schon etwas anderes passieren, dass er umfiel.

Durch das nasse Gras des Deiches quoll hier und da aufgeweichtes Erdreich, was das Ganze zu einer dreckigen, schmuddligen Pampe aufweichte, die in großen Klumpen an den Stiefeln kleben blieb, wenn man hineintrat. Dort, wo Lübbert jetzt lag, mischte sich Blut in den wasserdurchtränkten Schlamm.

Wieder erfasste eine Orkanbö die beiden Männer, die fassungslos über dem Körper von Lübbert Sieken knieten und für einige Zeit nicht wussten, was sie denken oder tun sollten. Instinktiv hatte August sein Taschentuch aus der Hose gerissen und es auf die Wunde gedrückt, aus der Blut schoss. Doch es troff daran vorbei, färbte Augusts Taschentuch, seine Hand, den Ärmelanfang seiner Jacke und den Boden rötlich – schnell wurde das Blut durch den starken Regen weggespült. Doch neues quoll nach.

Wiard hielt Lübberts Kopf: »Lübbert, Mann, Lübbert, was ist los? Sag doch was!« Aber Lübbert schwieg, die Augen geschlossen.

»Er lebt noch«, meinte Wiard, »ich spüre seine Halsschlagader.« August sah in die Gesichter. »Dann los, keine Zeit verlieren, wer auch immer hier herumgeballert hat – erst mal müssen wir Lübbert helfen.«

In der hereinbrechenden Dunkelheit und bei tosendem Sturm versuchten die beiden Männer, Lübbert Sieken hinunter zum Deichfuß und dann zu ihrem Auto zu tragen. Das hatten sie glücklicherweise auf dem gepflasterten Parkplatz abgestellt, sonst wäre es im Modder versunken.

1

August Saathoff war kaum zu sehen, ganz unten in seinem neuen Melkstand. Sein Vater, längst auf dem Altenteil, aber noch immer erstaunlich agil und bei guter Gesundheit, half ihm nach wie vor fast jeden Tag im Stall.

»Was habt ihr das heute gut«, rief er seinem Sohn zu, »früher haben wir das alles mit der Hand gemacht und heute, Knopfdruck, Kuh in den Melkstand, Sauger ran an die Zitzen, melken und wieder ab in den Stall, wo sie laufen können nach Herzenslust«, er lächelte.

August entgegnete: »Ihr hattet zu den Zeiten auch nur acht Kühe, ich habe jetzt über 60.« In seinem Melkstand konnten mehrere Kühe gleichzeitig gemolken werden. Beide, Vater und Sohn, waren mächtig stolz auf die Anlage. Der neue Laufstall war schon im vorigen Jahr fertig geworden, und nun auch der Melkstand mit allem neuen technischen Pipapo, was Vater Saathoff gerade dann gerne erwähnte, wenn andere dabei waren.

Der Saathoff'sche Hof lag unweit des Deiches; er war nur knapp anderthalb Kilometer entfernt. Etwa acht Kilometer betrug die Entfernung nach Norden, vor langer Zeit noch Kreisstadt, bis diese Rolle von Aurich übernommen worden war; Kreisreform, wieder einmal. Im Nachbardorf machten August oder seine Frau den Großeinkauf, gab es in ihrem engeren Umkreis doch weit und breit keinen Supermarkt. Augusts Vater hatte kurz nach dem Krieg ein stattliches Stück Land vererbt bekommen, von einem Großonkel, mit dem er eigentlich gar nicht viel zu tun gehabt hatte, immerhin einige Hektar bester Acker, Marschboden. Im Laufe der Zeit hatte er sich aber zunehmend auf die Milchwirtschaft konzentriert, die Herde war gewachsen, und nun führte sein Sohn den Hof sehr professionell weiter. Die Milch brachte den Löwenanteil des Einkommens, das Getreide – je nach weltwirtschaftlicher Preislage und EU-Politik – einen zusätzlichen Beitrag, der mal mehr, mal weniger hoch war. »Hauptsache, man zahlt nicht drauf«, waren Augusts Worte, wenn das Gespräch darauf kam, und mitunter musste man sich Gedanken machen, ob sich der immens hohe Aufwand der Bodenbearbeitung, der Unkraut- und Schädlingsbekämpfung, des Säens und Spritzens lohnte, wenn der Erlös gerade mal die investierten Kosten ausglich. Und da die Milchpreise in den letzten Jahren zunehmend unter Druck geraten waren, hatte es August manch schlaflose Nacht gekostet, in der er darüber nachdachte, wie hoch der Kredit sein musste, um den neuen Laufstall zu errichten und den zugehörigen Melkstand zu kaufen. Aber Landwirte, die nicht investierten, wären in wenigen Jahren am Ende, so hatten die Banker und Berater ihm immer wieder in den Ohren gelegen. Schließlich hatte er es getan. Ein nagelneuer Kuhstall, in dem die Kühe sich weitgehend frei bewegten, ein ultramoderner Melkstand, alles neu, glänzend, »eben einfach schön«. Das hatte er gestern noch Jakobus de Ruyter erzählt, der beeindruckt mit dem Kopf genickt hatte. De Ruyter hatte einen anderen Hof im Polder. Hier kannte jeder jeden. Nun zwang sich August also, mehr an die Vorzüge der Hochtechnologie und den schmucken Stall zu denken und weniger an das Geld, das dabei Monat für Monat von seinem Konto verschwand – auch wenn die Zinsen für den Kredit vergleichsweise gering waren. Er war sich nicht sicher gewesen, ob er überhaupt bewilligt werden würde – die Banken stellten sich in den letzten Jahren sehr an, wenn es um Kredite für Landwirte ging.

»Ich muss jetzt gehen«, rief Augusts Vater seinem Sohn zu. »Du weißt ja, Mutter und ich gehen heute Abend ins Theater, da muss ich mich noch stadtfein machen. Ich habe man noch gerade eine Stunde Zeit, sie wird wohl schon auf heißen Kohlen sitzen.«

Sein Sohn grüßte nur kurz mit der Hand und bedeutete ihm damit gleichzeitig, dass er den Rest ohne Probleme schaffen würde. Sein Vater verließ den Melkstand über die schmale Treppe gerade in einem Augenblick, in dem alle Boxen besetzt waren und die Kühe mit großen, aber – da sie alle an der Melkmaschine hingen – zufriedenen Augen hinter ihm her glotzten. August machte sich mit großem Eifer daran, auch die letzten Kühe zu melken, und durchdachte dabei schon den nächsten Tag. Als auch er fertig war, ging er nochmals voller Zufriedenheit durch die neuen Anlagen. Neben dem Laufstall hatte er eine große Halle gebaut. Nun präsentierte sich der Hof im Bestzustand. Gebäude, Maschinen, Anlagen, fast alles war neu oder fast neu, funktionierte jedenfalls tadellos und vereinfachte die Arbeit erheblich. Ausnahmen waren lediglich der alte John-Deere-Mähdrescher, der zwar schon eine Kabine hatte, die aber für heutige Standards ziemlich komfortlos gebaut war. Und der gute, alte McCormick-Schlepper, 70 PS, im Moment nicht angemeldet. Was sich aber bald ändern sollte, da der Trecker, obwohl 35 Jahre alt, nach wie vor problemlos lief, auch im Winter immer ansprang und August ihn für den Straßenverkehr nutzen wollte, um ein neu gepachtetes Stück Ackerland, das etwas entfernt vom Hof lag, erreichen zu können.

Was die Technik auf der einen Seite an Arbeitszeit einsparte, wurde allerdings an anderer Stelle wieder ausgeglichen. Zum einen war der unnachgiebige Konkurrenzkampf dafür verantwortlich, der im Rahmen der EU-Agrarpolitik die Landwirte zwang, immer größere Vieheinheiten und Ländereien zu bewirtschaften, zum anderen war es die Bürokratie, die August Saathoff immer öfter und für längere Zeit an Schreibtisch und Computer zwang, um Formulare auszufüllen, Ausgleichszahlungen zu beantragen oder genaue Flurstückmaße an die Landwirtschaftskammer zu schicken. ›Freund Computer‹ half zwar mehr und mehr bei der digitalen Abarbeitung all dieser Dinge, auch wurden dadurch die Gänge zu den Ämtern oder zur Kammer immer seltener, doch die jeweils neuen Regeln und Richtlinien überhaupt zu begreifen und richtig zu interpretieren, kostete eine Menge Zeit. Zudem war das eine Arbeit, die nicht unbedingt jedem Landwirt schmeckte, August schon gar nicht.

»Ich muss auf'm Schlepper sitzen, Vier-Schar-Volldrehpflug dahinter, oder Stroh packen, von mir aus melken ... aber Formulare ausfüllen, ob am Computer oder nicht, nee, ich weiß nicht, wenn das so weitergeht ... holl mi up«, meinte August gegenüber Freunden, wenn sie beim Bier – was selten vorkam, denn August war nicht nur Landwirt sondern auch Vater von vier Kindern – über diese Dinge sprachen.

August verließ die große Halle und zog das Tor hinter sich zu. Nagelneu, wie es war, schloss es ebenso gut wie seine gerade erneuerte Haustür. Nachdem der Holm nach etwa 30 Jahren Betrieb seinen Dienst quittiert hatte – Holz hielt eben nicht ewig in diesem rauen Seeklima hinter'm Deich – war auch die Tür fällig gewesen. »Gewesen«, fügte August hinzu, denn die neue Tür war aus Kunststoff, zwar prima isoliert, aber erheblich billiger als eine Holztür. August verhehlte nicht, dass ihm eine ordentliche Holztür lieber gewesen wäre, aber »wir haben's nicht mehr so dicke«, bemerkte er dazu und: »Landwirtschaft lohnt sich doch mitunter kaum noch ...«

Das Haus von Augusts Eltern lag etwas entfernt von den Wirtschaftsgebäuden, aber auch von demjenigen, in dem August mit seiner Familie lebte.

Es war ein weiß verputzter Flachdachbungalow, passte eigentlich gar nicht in diese Gegend, war aber damals hochmodern gewesen. Augusts Eltern hatten ihn seinerzeit als Altenwohnsitz gebaut. Jetzt, im Herbst, lag das Haus bereits in der Dunkelheit, die sich früh im Polder breitmachte. Die Fenster leuchteten ihm indes hell entgegen, und als er das Haus passierte, hörte er aus einem dem Wirtschaftsweg zugewandten Fenster die Dusche brausen – Vorbereitungen seines Vaters für den Besuch der Heimatbühne in Norden. Seine Mutter würde wohl schon fix und fertig in der Küche auf und ab gehen, die Blumen auf dem Tisch bald hier-, bald dorthin rücken und immer nervöser werden aus Furcht, sie könnten den Beginn des Stückes doch noch verpassen, nur weil ihr Mann die Kühe wieder einmal wichtiger gefunden hatte. Dieser Vorwurf würde nicht zum ersten Mal über ihre Lippen kommen. August hörte, als er auf den kleinen gepflasterten Weg zu seiner Haustür einbog, wie das nur noch ganz leise wahrnehmbare Rauschen der Dusche verstummte – gute Chancen also, rechtzeitig in der Stadt und in der Aula der Realschule zu sein, in der das Stück aufgeführt wurde.

Als August seine Haustür öffnete, stieß er fast mit Henrike zusammen, die gerade die Treppe herunterkam, auf dem Weg in die Küche. Henrike und August waren jetzt schon viele Jahre verheiratet, August musste immer wieder neu nachrechnen. Knapp 20 Jahre waren es (»unglaublich«). Sie hatten sich auf einem Schulfest in Norden kennengelernt und waren schon mehr als 25 Jahre (»kann doch gar nicht wahr sein«) das, was man als Paar bezeichnete. Das Fangeisen sei aber eben erst einige Jahre später an seinen Finger geraten, wie August es anderen erklärte.

»Das war knapp«, sagte seine Frau, »eben bin ich hier mit mehreren Gläsern und wohl sechs Bechern vorbeigekommen. Die Kinder können nichts, was sie einmal mit nach oben nehmen, wieder runterbringen.« Und schon war Henrike in der Küche verschwunden. August folgte ihr, nachdem er sich seiner Stiefel entledigt hatte.

»Schlafen die Kinder schon?«, fragte er.

»Die Kleinen ja, die beiden Großen hören noch Radio, Kassette, CD, was weiß ich.«

»Na, dann gehe ich noch mal kurz nach oben.« August wandte sich wieder dem Flur zu.

»Hast du die ...«, aber Henrike brach ab, denn sie sah auch so, dass August nicht etwa vergessen hatte, seine Stiefel auszuziehen. Sie selbst war trotz zweier erneut gefüllter Wäschekörbe und des lange Zeit schier aussichtslos scheinenden Kampfes mit ihrem Mann, dem sie das Bügeln beibringen wollte (der sich dabei zunächst ausgesprochen dämlich anstellte), recht guter Dinge. Zum einen hatte sie es irgendwann geschafft, und August nahm sich tatsächlich ab und an die Bügelwäsche vor, zum anderen war es kurz vor 8 Uhr, und um Viertel nach acht wollte sie einen Film sehen – was angesichts der derzeitigen Sachlage (Kinder im Bett, Wäsche zumindest für den kommenden Tag vorhanden, außerdem Mann im

Haus, der in Notfällen einspringen konnte) möglich erschien. Wäsche hin, Wäsche her, sie hatte es in den letzten zwei, drei Monaten nicht einmal geschafft, pünktlich um Viertel nach acht vor dem Fernseher zu sitzen, und diese Chance wollte sie sich heute nicht entgehen lassen, die Vorzeichen standen schließlich gut.

»Was gibt's denn in der Glotze?«, wollte August wissen, nachdem er seinen beiden älteren Kindern gute Nacht gesagt hatte und wieder in der Küche stand.

»›Notting Hill‹, mit Hugh Grant und Julia Roberts, habe ich vor Jahren schon gesehen, nicht gerade anspruchvoll, aber auch nicht schlecht und für einen stürmischen, dunklen Herbstabend genau das Richtige.«

»Ist das nicht die mit dem breiten Mund?«, fragte August beiläufig, während er schon mit einem Auge auf der zufällig offen liegenden Sportseite der Tageszeitung war.

»Ja, genau. Die mit dem breiten Lächeln. Die findest du doch so schön. Wichtiger ist mir aber Hugh Grant«, gestand Henrike und fügte hinzu: »Wie wäre es, wenn ich heute mal fernsehe, und du machst wenigstens einen Teil der Wäsche, die deine Kinder tagtäglich produzieren?«

»Du«, August dachte offenbar nach, »... ich muss noch unbedingt an den Computer, die wollen bald die genauen Flurstücksgrößen haben, und ich will die Luftbilder, die uns zugeschickt wurden, mit den alten Plänen vergleichen, nicht dass am Ende falsche Werte vorliegen, die dann zur Berechnung der Ausgleichszahlungen für die Brachflächen herangezogen werden.«

»Aber mit dreckiger Unterhose willst du ja wahrscheinlich auch nicht über deine Brachfläche gehen, oder?« Henrike funkelte ihn, fast wütend wirkend, an.

Dann mal ran an die Wäsche, dachte August und wollte mit einem »Nee, wohl nicht« den Raum verlassen.

»Na, denk mal drüber nach, wenn du Zeit hast, das mit den Luftbildern wird schon nicht so lange dauern. Du kennst doch dein Land besser als jedes Luftbild ... Trinken wir heute noch ein Glas Wein? Das würde prima in meinen Plan passen.«

»Mal sehen, wie lange ich für die Pläne und Luftbilder brauche, das ist eine komplexe Materie«, August lächelte, »aber dann, warum nicht, ein Pils wäre zwar auch nicht schlecht, aber man muss ja flexibel sein. Aber erst mal muss ich jetzt duschen.« Mit diesen Worten nahm er sich die Sportseite vollständig vor.

Henrike machte es sich auf dem Sofa im Wohnzimmer gemütlich, der Fernseher lief, es war genau 20.15 Uhr, die Titelmusik des Erzeugnisses aus Hollywood begann.

»Du kannst mir ruhig schon ein Glas vorbeibringen«, rief sie in die Küche, was August aus seinem leichten Ärger über die erneute Niederlage des HSV herausriss und zu einem geistesabwesenden »Mach ich« veranlasste. Bevor er ins Bad ging, suchte er eine Flasche Wein im Keller, fand einen roten, französischen, aus dem Roussillon, entkorkte ihn und brachte Henrike ein Glas. Sie quittierte mit einem kurzen »Danke«, und als August ansetzte, etwas zu sagen, schickte sie vorsorglich ein »Psst« hinterher, um dieser Gefahr gleich zu begegnen. Er merkte, dass es kaum Sinn hatte, gegen Hugh Grant auf der Mattscheibe anzureden, raunte nur, als dieser zufällig im Bild erschien: »Na so toll sieht der nun auch wieder nicht aus«, worauf Henrike noch entschiedener »Psst« machte und »Ruhig« hinzufügte. August drehte kurzerhand um, wollte nun endlich unter die Dusche, als Henrike ihm ihrerseits nachrief: »Ach, August, Wiard hat noch angerufen. Er will mit dir über irgendetwas am neuen Deich sprechen. Ob du morgen mal Zeit hast?«

»Vielleicht lag am Deichfuß eine alte Plastikplane oder eine verölte Möwe? Darüber kann er sich ja aufregen wie sonst kaum einer. In letzter Zeit ist er wieder ganz auf dem Umwelt-Trip ...«, rief August zurück und murmelte noch, mehr zu sich: »... die grüne Socke.«

»Weiß ich nicht, hat er auch nicht gesagt, sprich außerdem nicht so über ihn, er ist ein feiner Kerl. Und nun sei mal still.« Henrike wusste zwar nicht immer, was sie wollte, heute Abend wusste sie es aber ziemlich genau.

»Na, so wichtig wird's schon nicht sein. Ich fahr aber morgen sowieso zu dem neuen Stück Land, das wir gepachtet haben, da komm ich bei Wiard vorbei. Werde mal kurz bei ihm reinschauen.«

»Dann mach das mal«, kam, leicht genervt, zurück, und August nahm sich vor, bis zum Ende des Films nichts mehr zu sagen. Er erhaschte noch einen Blick auf Julia Roberts, fand den Mund tatsächlich breit, die Frau insgesamt aber sehr ansehnlich und verschwand unter der Dusche mit dem Gedanken, dass *die* den neuen Laufstall mal eben aus ihrer Haushaltskasse hätte bezahlen können. Aber was sollte Julia Roberts mit einem Kuhstall.

2

Wiard Lüpkes war das, was man eigenbrötlerisch nennt. Er wohnte nicht allzu weit entfernt des Saathoff'schen Hofes. August verstand sich ganz gut mit ihm, sie hatten öfter mal miteinander zu tun, und wenn es nur das zufällige Treffen irgendwo in den umliegenden Poldern oder wie neulich in Norden war, bei dem man ein paar Worte wechselte. Dabei kebbelten sie sich immer, denn die politischen Ansichten von Wiard und August gingen durchaus nicht immer konform, manchmal diametral auseinander, aber sie akzeptierten sich. Früher hatte Wiard beim Finanzamt in Emden gearbeitet, bis ihm »das Amt und alles, was damit zu tun hatte, zum Halse raus hing«, und hatte seitdem keine feste Anstellung mehr gehabt. Die Leute hatten es kaum nachvollziehen können: »So eine Stelle auf'm Amt, Mensch, beim Staat, also, die gibt man doch nicht auf, heutzutage, bei mehr als fünf Millionen Arbeitslosen ...«, »So gut wie verbeamtet.«, »Füße hoch, ein paar Einkommensteuererklärungen bearbeiten, und dann noch Gehalt dafür kriegen.« Wiard hatte das anders gesehen, und mit den paar Einkommensteuererklärungen war es auch nicht einfach so getan, er hatte es aufgegeben, mit den Leuten darüber zu diskutieren. Aber vor allem war ihm irgendwann, aus heiterem Himmel (oder doch nicht?) der Gedanke gekom-

men, warum er eigentlich acht Stunden täglich in dieser vermufften Bude saß und darüber gutachtete, ob jemand ein paar Euro Steuer zurückbekam oder nicht. Acht Stunden seines einzigartigen, einmaligen Lebens, von dem nun schon allerhand Jahre rum waren. Schließlich hatte er die Kündigung eingereicht, sogar den Betriebspsychologen des Kreises hatten sie ihm noch aufgehalst: »Herr Lüpkes, es ist aber sonst alles in Ordnung mit Ihnen?« Und: »In Ihrem Alter – also, da finden Sie keinen Job mehr, in der Wirtschaft sowieso nicht, aber im öffentlichen Dienst geht das auch nicht mehr ...«
»Ich habe keine Frau, ich habe keine Kinder«, hatte er geantwortet, »und das, was ich für mich brauche, das kriege ich schon irgendwie zusammen, bin ja für sonst niemanden verantwortlich, nur für mich, na, das wird schon hinhauen.«
Am letzten Tag beim Finanzamt hatte er sich bei den Kolleginnen und Kollegen verabschiedet, bei all denen, die er schätzte, und den anderen. Dann hatte er sich, nachdem er das Gebäude durch die Außentür verlassen hatte, noch einmal umgedreht und ein, zwei Minuten nachgedacht, dabei auf die Gemäuer des Amtes blickend: Das war's, ab sofort wird gelebt, war es ihm durch den Kopf gegangen. Und gleichzeitig: Na, ich kann das so machen, andere nicht ...
Jetzt half Wiard im Sommer bei verschiedenen Landwirten aus, er kannte ja fast alle hier und in den Nachbarpoldern, und mit einigen verstand er sich gut. Bei August hatte er ebenso hier und

da geholfen. Auch beim Bau des neuen Laufstalles, schließlich hatte August zusammen mit dem Bankberater so viel Muskelhypothek veranschlagt, dass er es allein kaum schaffte. Im Winter ging Wiard tageweise Beschäftigungen nach, war bei einer Jobvermittlung gemeldet, und immer, wenn das Geld zur Neige ging, suchte er sich Arbeit. Die Rente reichte »allenfalls fürs Klopapier und ein Stück Butter«, obwohl er mehr als 18 Jahre im Finanzamt gearbeitet hatte, aber er hatte ein Haus – seine Altersvorsorge, vielleicht die sicherste. Das war auch so ein Zufall in seinem Leben gewesen, hatte aber seinen Entschluss, dem Amtmannsleben Ade zu sagen, maßgeblich beeinflusst. Ein Onkel vererbte ihm das Haus, als der mit über 85 Jahren plötzlich verstarb. Der Postbote hatte irgendwann mit einer Einladung zur Testamentseröffnung beim Notar vor ihm gestanden, und Wiard hatte keinerlei Idee, worum es sich handeln könnte. Nach dem Notarstermin war er Besitzer eines kleinen Hauses im Polder. Handschriftlich hatte sein Onkel auf das Testament gesetzt: ›Und dat du mi dat Huus in Ordnung hollst.‹

Im letzten Sommer hatte er über eine Zeitarbeitsvermittlung einen Job als Helfer beim Bau des neuen Deiches bekommen. Vier Monate ordentlich gerackert, dabei aber ganz gut verdient.

»Das reicht locker, um den Herbst und den Winter zu überstehen und ein paar Wünsche zu erfüllen, die ich so habe ...«, hatte er zu August gesagt. »Da kann ich mal wieder meinen Hobbys nachgehen.« Zu seinen Hobbys gehörten ein Schaf, eine Ziege, zahlreiche Katzen, Hühner und ein Schäferhund. Außerdem fertigte er Kunstgegenständen aus Holz an. Die wollte er in einem kleinen Laden, den er in seinem Haus auszubauen gedachte, zum Verkauf anbieten, »gerade, wenn die Badegäste aus dem Binnenland kommen«, von denen er sich einen Nebenverdienst erhoffte (»die kaufen doch alles, was halbwegs nach Küste und Meer aussieht«). Und er war technisch up to date, hatte einen Laptop zu Hause stehen, DSL-6000-Anschluss, wusste über alle neuen Trends Bescheid.

»Das passt doch alles nicht zusammen«, behaupteten seine Zweifler im Polder.

»Und wieso nicht«, hatte August gegengefragt ...

Jedenfalls war Wiard dieses Leben offenbar lieber als das mit Ärmelschützern vor immer wieder denselben Formularen.

»Verdienst unsicher, Lebensqualität aber wesentlich besser geworden – das wiederum sicher«, so verteidigte Wiard seinen Schritt gegenüber besagten Kritikern.

August hatte keine Ahnung, was Wiard mit ihm besprechen wollte und was das mit dem Deich zu tun haben könnte. Seine Gedanken drehten sich um die Zukunft des HSV, als er eine mehr als daumendicke, dabei aber schnell zerfließende Wurst eines hellblauen Shampoos in seine Hand drückte, um das Zeug auf dem Kopf in reichlich Schaum zu verwandeln, damit Dreck und Kuhstallgeruch verschwanden.

»Sonst kannst du gleich im Stall bleiben und bei deinen Kühen übernachten«, hatte Henrike schon des Öfteren bemerkt. August lächelte, als er an diese Worte dachte, und wusch die Haare umso gründlicher.

3

An diesem Abend saß Wiard Lüpkes über einem Haufen Papiere, den er intensiv studierte. Seit Wochen ging ihm der neue Deich nicht mehr aus dem Kopf. Das Land und private Investoren waren gemeinsam die Deichbauarbeiten angegangen – Klimawandel und daraus resultierender Meeresspiegelanstieg forderten ihren Tribut. Gut sah er aus, der neue Deich, mächtig und stabil, und jeden Abend zeichnete sich die gerade Linie der Deichkrone gegen den Horizont ab – vorausgesetzt sie hatten nicht mal wieder Sauwetter. Doch Wiard war eher beunruhigt. Und das, wie er meinte, aus gutem Grund. Er hatte selbst am Deich mitgearbeitet und später bei allerhand Stellen und vielen Personen Informationen eingeholt. Einem inneren Gefühl folgend, war er mehr und mehr dem Gedanken verfallen, dass mit dem Deich etwas nicht in Ordnung war. Die gerade Linie der Deichkrone kam ihm manchmal gar nicht so gerade vor. Er war diesem Gefühl nachgegangen und hatte aufgrund seiner Recherchen so seine Vermutungen. Doch was dieses Gefühl des ›Nicht-in-Ordnung-Seins‹ nährte, konnte er noch nicht in eine schlüssige, nachvollziehbare und vor allem glaubwürdige Erklärung umsetzen. So behielt er das Ganze erst einmal für sich. Tag für Tag war er zum Deich gegangen, hatte ihn gründlich in Augenschein genommen und den Eindruck gewonnen, dass nicht immer mit der Sorgfalt vorgegangen worden war, die man bei guter Deichbaupraxis hätte erwarten können. Hier und da Schludrigkeiten bei Pflasterungen am Deichfuß, kahle Stellen in der Grasnarbe (oder waren das Schafe gewesen? Nein, die machen die Grasnarbe ja eben nicht kaputt), insbesondere aber der Eindruck, dass es Stellen gab, an denen der Deich ›weich‹ war, machte ihm zu schaffen. Dieses Gefühl versuchte er mit seinen Recherchen und den Erfahrungen während der Zeit, die er selbst am Deich mitgearbeitet hatte (einige Monate sozusagen als ›Mann für alles‹), in Einklang zu bringen. Er wusste, so dachte er, ein paar Dinge, die andere nicht wussten und die er bislang als unwichtig abgetan hatte. Jetzt wurde er diesen Gedanken nicht mehr los. Und neulich hatte er beim Feuerwehrfest im Polder einen über den Durst getrunken und Georg Redenius («hohes Tier bei der Küstenschutzbehörde»; was hatte der da eigentlich verloren?) erzählt, der Deich sei doch »qualitativ eine Katastrophe, einfach scheiße gebaut«, das hätte doch nur mit »Bestechung und Korruption« zugehen können, dass diese Pfuscherei durch die beaufsichtigenden Behörden nicht geahndet worden sei. Klar, am nächsten Morgen hatte er sich sehr über diese Äußerungen geärgert (sofern er noch von ihnen wusste), aber ihm war im Kopf geblieben, dass Redenius, den er rein zufällig bei einigen Runden Schnaps kennengelernt hatte, plötzlich sehr ernst geworden und etwas rötlich im Gesicht angelaufen war und, als Wiard weitersprach, ihn angefahren hatte, er solle jetzt aufhören mit dem Deich, sonst bekomme er eins auf die Nase … So reagierte man doch nicht, zumal Wiard gleich beschwichtigt hatte, es wäre doch nur ein Spaß gewesen (obwohl er es eigentlich ernst gemeint hatte).

Der Vorfall lag nun aber schon einige Zeit zurück, und Wiard kramte wieder in seinen Deichunterlagen, in Plänen, Karten, Notizen, sah sich Fotos an, analoge und digitale, alle vom Deichbau und vom Deich jetzt, wie er dort stand. Wiard dachte nach. Immer wieder betrachtete er die Bilder der Stellen, an denen die achtkantigen Steine unten, am Außendeich auf der Asphaltabdeckung, ein wenig eingesackt waren. Es fiel dem Laien sicher nicht gleich auf, doch Wiard kannte den Neubau und den jetzigen Zustand, nur wenige Monate später. Wie konnte das sein? Und – durfte das sein?

Wiard wollte gerade einen Schluck aus der Tasse dampfenden Tees nehmen, die neben ihm auf dem Schreibtisch stand. Plötzlich ein lauter Knall. Die vorherige Stille und Gemütlichkeit des kleinen Landhauses wurde von einem Klirren und Splittern durchbrochen. Glasscherben flogen umher. Sich zur Seite drehend, sah Wiard einen Gegenstand durch das Fenster fliegen, duckte sich instinktiv, was nichts nutzte, denn ein harter Schlag traf ihn am Kopf. Der Treffer saß – etwas unterhalb der linken Schläfe. Wiard kippte seitlich vom Stuhl, einem alten, vierrädrigen Schreibtischstuhl, der sich jetzt unter ihm wegdrehte. Auf dem Boden liegend, fühlte er noch mit der rechten Hand an die pochende Stelle. An seinen Fingern klebte Blut. Sein Kopf dröhnte, es war kaum auszuhalten. Dann wurde es dunkel um ihn.

4

August und Henrike hatten es tatsächlich noch zu dem gemeinsamen Glas Wein geschafft. Er war gut gewesen (der Wein), und am nächsten Morgen stand August gegen 6 Uhr wieder im Melkstand. Er hatte seinem Vater gesagt, er solle liegen bleiben, da es am Abend vorher sicher spät werden würde. Die Vorstellung der Heimatbühne hatte, Pause eingerechnet, bis weit nach zehn gedauert, und meistens trifft man in einer kleinen Stadt ja noch den ein oder anderen Bekannten. Augusts Eltern lagen in der Regel zwischen neun und halb zehn im Bett, jetzt im dunklen Herbst sowieso, da war ein Nachhause-Kommen kurz vor Mitternacht die absolute Ausnahme, über die man noch lange würde reden können. Er war sich dennoch sicher, dass sein Vater früher oder später auftauchen würde. Nach so vielen Jahrzehnten des Daseins als Bauer war ihm das morgendliche Melken in Fleisch und Blut übergegangen. Augusts Vater konnte nicht anders – und hätte es als bedrohliche Alterserscheinung empfunden, morgens das Melken zu versäumen. Warum auch, dachte er, sollte er sich – obwohl er noch mitanpacken konnte – hinsetzen und Däumchen drehen? August und Henrike versuchten ihm immer wieder klarzumachen, dass er sich vielleicht am Ende doch ärgern würde, wenn er immer nur gearbeitet und nicht auch noch ein wenig den Lebensabend genossen hätte. Dazu meinte der alte Saathoff, die Arbeit auf dem Hof sei »sein Leben« und nichts genösse er mehr als diese. Aber er unternahm nun gelegentlich Dinge mit seiner Frau, die er früher nie gemacht hatte, eben – wie am Abend zuvor – mal zur Heimatbühne gehen (»dat word laat, dat word laat« – seine Sorge über den langen Abend war gegen die Vorfreude auf das Theaterstück in der Stadt kaum aufzuwiegen).

Nach dem Melken wollte August zu seinem neu gepachteten Ackerland fahren. Wieder hatte ein Bauer im Polder aufgegeben – auch eine Folge der Politik, die immer noch auf zunehmend größere Einheiten setzte, wobei die Kleinen kaputtgingen, wenn sie sich nicht ganz besonders spezialisierten. Einige Biohöfe fristeten ihr Dasein, nur wenigen ging es finanziell wirklich gut. Die konnten es sich leisten, die Kühe, Schweine und Hühner frei rumlaufen zu lassen und damit zu werben – aber dementsprechend waren die Erzeugnisse für den Durchschnittsbürger auch kaum bezahlbar, wie August immer wieder betonte, wenn es sich um dieses Thema drehte. Er selbst war konventioneller Landwirt mit der festen Überzeugung, ökologischer zu sein als mancher, der sich so bezeichnete. Das war seine Meinung. Da hatte Wiard andere Ansichten. Aber diese Gedanken flogen ihm während des Melkens nur so zeitweise durch den Kopf. Wie sie eben kommen und gehen, wenn man gerade etwas ganz anderes macht. Eigentlich wollte er überlegen, was er zu seinem neuen

Pachtland mitnehmen sollte, schließlich musste es für das Frühjahr so fit gemacht werden, dass er darauf aussäen konnte, und da war noch einiges vorzubereiten.

Auf dem Weg dorthin würde er kurz bei Wiard vorbeischauen, der nicht viele Leute im Polder hatte, mit denen er ernsthaft reden konnte. Und das tatsächlich besonders, seitdem er nicht mehr beim Finanzamt arbeitete. (»Da kannst mal sehen, worauf viele Leute ihre Urteile über andere gründen«, hatte er zu August gesagt. Dem war dabei ein Licht aufgegangen.) Aber Wiard hatte natürlich damals auch den Lohn- oder Einkommensteuerantrag einiger Polderbewohner auf den Tisch bekommen, was für fast alle der Anlass war, sich zwar mit ihm gut zu stellen, aber dennoch sehr zurückhaltend zu sein. Sie wussten nicht, für welche Buchstaben im Alphabet er zuständig war, und wenn er vielleicht nicht direkt ihre Anträge bekam, so kannte er ja doch die Kollegin oder den Kollegen (»Also, der Lüpkes weiß doch, dass das Zimmer, dass ich jedes Jahr als Arbeitszimmer absetze, nichts anderes ist als unsere Wäschekammer ...«). Wiard hatte zwar öfter erklärt, dass er ohnehin über keinerlei Handhabe verfüge angesichts strenger Richtlinien und Maßstäbe der Finanzverwaltung (auch wenn immer wieder welche gekommen waren, etwa beim Sportfest, und Wiard einen ausgaben mit den nur wenig später folgenden Worten: »Du Wiard, du büst doch bi't Finanzamt, kannst du neet so 'n bittje doran dreihen, dat ick neet jümmers so vööl Stüern betalen mutt, ik hebb da 'n Idee ...«). Auch das hatte er schließlich aufgegeben. Den Leuten zu erklären, dass das eben doch kein Selbstbedienungsladen sei, der für die, die Beziehungen haben, mehr Kohle lockermache als für andere, dazu hatte er einfach keine Lust mehr. Gleichwohl wusste Wiard tatsächlich über die finanziellen Verhältnisse einiger Polderbewohner ganz gut Bescheid, hatte zwar Stillschweigen darüber zu bewahren, aber einige trauten ihm eben bis heute nicht. Seitdem er nun nicht mehr Amtmann war (nach den Sportfesten war er tatsächlich ein ums andere Mal voll wie ein Amtmann gewesen ...), sondern freien Tätigkeiten mehr oder weniger nach Lust und Laune nachging, er außerdem besagte Hobbys weiterentwickelte, die in der Allgemeinheit des Polders und darüber hinaus eher als ›spinnert‹ abgetan wurden (»wat kann man dor mit denn anfangen?«), steckte er nun in einer Schublade. Und aus einer solchen kam er für die meisten Polderbewohner nicht mehr raus. Dazu beigetragen hatte wohl auch sein wachsendes Interesse an fernöstlichen Religionen, das wiederum auf sein Äußeres Einfluss nahm. Das kam nicht bei jedem gut an im Polder (»Kiek, Bhagwan ist weer unnerwegens ...«, spottete manch einer), andere ignorierten es.

August und Henrike hatten den Kontakt nicht einschlafen lassen. Sie hatten sich mit Wiard während seiner Amtszeit gut verstanden, und das sollte sich nicht ändern – schließlich hatte jeder das Recht, sich für andere Wege zu entscheiden. Wiard war vielleicht kein Freund, aber ein guter Bekannter, der, solange er es umgekehrt genauso hielt, nicht einfach links liegen gelassen werden sollte. Außerdem hatte er immer eine Menge interessanter Dinge zu erzählen. Er war stets auf dem neuesten Stand der Politik und hatte auch sonst »viel Ahnung«, wie August betonte (»der hat ja auch die Zeit dazu, Zeitungen und Bücher zu lesen ...«). Augusts Kinder mochten Wiard. Freerk meinte, der, ja, der hätte wenigstens mal Ahnung. August beeindruckte diese sich völlig von der Sichtweise vieler Polderbewohner unterscheidende Haltung seines Sohnes.

August Saathoff stieg gegen 10 Uhr auf seinen Deutz-Schlepper und startete den Motor. Er schaltete auf der gut ausgebauten Zuwegung zur Hauptstraße schnell in den dritten Straßengang, stellte das Radio an, wippte ein paar Mal in dem gefederten Sitz auf und ab und dachte: Tolle Maschine. Ihm fiel der alte Witz ein, in dem ein Autofahrer mehrfach seinen Händler aufsucht, weil sein Motor immer schon nach der ersten Fahrt kaputtgeht. Nachdem dieser ihm das dritte Auto mitgibt (»sie haben ja noch Garantie ...«), will er dann doch wissen, wie der Mann denn fahre. Da erklärt der andere, dass er ganz normal anfahre, dann hoch schalte, erster, zweiter, dritter Gang. Dann in den vierten und wenn das Auto dann richtig schnell wäre, dann würde er auf ›R‹ – den Ralleygang – schalten. Mann, hatte der 'n Bart, aber August musste immer wieder darüber lachen. Auf Plattdeutsch machte er sich allerdings am besten, etwa, wenn Hannes Flesner ihn erzählte, auf einer dieser alten Platten.

Auch den Schlepper hatte August vor nicht allzu langer Zeit angeschafft. Günstige Konditionen bei der Bank, da er trotz der schon erheblichen Investitionen in den Hof und den neuen Kuhstall nebst Melkstand bereits ordentlich gezahlt hatte. Nun war er optimal ausgerüstet, und auf diesbezügliche Bemerkungen erwiderte er nur: »Und bis ans Lebensende verschuldet bis über beide Ohren ...« (»Ach, macht dir doch nichts, Landwirte verdienen doch mindestens 135.000 netto«, ärgerte ihn sein Nachbar immer wieder, wenn sie im Dorf oder auch über die Hecke hinweg sprachen. Das Ganze endete meistens bei einem Bier im Garten und einem »Mit der Hälfte bräuchte ich mir schon keine Sorgen mehr machen« von August.)

Nach knapp zehn Minuten kam er an Wiard Lüpkes' Haus vorbei. Er verlangsamte die Fahrt und hielt schließlich am Straßenrand. Das Haus verfügte über eine breite, stabile Zufahrt, aber August wollte sich nicht lange aufhalten und sparte sich ein Ein- und Ausfahrtmanöver. Kurz überlegte er sogar, ob er den Motor laufen lassen sollte, aber die Zeiten waren nun endgültig vorbei, der Klimawandel ließ grüßen, und es war auch nicht mehr notwendig, zumindest nicht aus Gründen des Nicht-wieder-Anspringens. Der Deutz lief immer an, auch bei extremen Minusgraden, wenn es die denn mal gab (»wor't doch immer warmer bi de Treibhauseffekt ...«).

Wiard hatte Augusts Ankunft bemerkt und stand schon vor der Tür, als Letzterer sie erreichte. Das kleine Landhaus war knapp 80 Jahre alt, von der Form her wie ein alter, großer friesischer Hof gebaut, aber eben in sehr kleiner Ausführung: vorne das Wohn-, hinten das Stallgebäude, roter Klinker, rote Dachziegel, weiße Fenster, »alles Thermopane, eingesetzt, als ich noch Amtmann war«, wie Wiard zu betonen pflegte. Dabei sprach er das ›Thermopane‹ wie sein verstorbener Onkel aus: Täär-mo-paaane.

»Moin Wiard«, grüßte August und riss gleich die Augen auf, als er den Verband um dessen Kopf gewahrte.

»Moin.«

»Was ist denn das?«

»Ein Verband, was sonst?«

»Bist du duhn gegen 'ne Laterne gelaufen, oder was?«

»Schön wär's«, entgegnete Wiard mit etwas Bitterkeit in der Stimme, »nee, ich fürchte, das ist etwas Ernstes …«

»Wie, was Ernstes, was meinst du?« August verstand nicht. Wie auch.

»Hast du ein bisschen Zeit? 15, 20 Minuten? Ich möchte dir gerne etwas Vertrauliches sagen, aber so zwischen Tür und Angel geht das nicht, dann lieber etwas später.«

»Hm, eigentlich wollte ich noch vor Mittag mein neues Stück abschreiben und gucken, was noch so in diesem Herbst gemacht werden muss, heute Nachmittag komme ich da nicht zu, und wenn ich jetzt zu lange warte, klappt's auch nicht mehr vor Mittag, und ...«

»Lass man gut sein, ich bin nicht böse, wenn's nicht gleich klappt. Hat Zeit, dann warten wir eben. Wenn du es drock hast, kann ich das verstehen. Ich find's gut, dass du gleich vorbeigekommen bist – und dass Henrike nicht vergessen hat, es dir zu sagen. Außerdem bin ich froh, dass ich wieder zu Hause bin. Die Nacht im Krankenhaus war nicht so prickelnd, zumal es reiner Zufall war, dass Jan Peters mich gefunden hat. Der wollte nur noch auf ein Pils und einen Kurzen zu mir rüberkommen. Es war Licht, aber ich kam nicht an die Tür. Da offen war, kam er einfach rein und hat mich am Boden liegend gefunden ...«

»Am Boden liegend?«, fuhr August dazwischen.

»Ja, am Boden liegend, verletzt, am Kopf eben. Der Blutfleck in meinem schönen Teppich ist nicht ohne ...«

»Mann, was ist denn nun passiert, Wiard?«

»Habe einen auf den Deez bekommen. Erkläre ich dir heute Abend, das geht nicht so mal eben. Ich muss dir sowieso eine ganze Menge erzählen, deshalb habe ich Henrike Bescheid gesagt, und die hat ja dran gedacht.«

»Ja, Henrike, nee, die vergisst nicht so leicht etwas, ganz im Gegensatz zu mir. Also, gut, wenn du jetzt nicht erzählen willst ... Wenn's geht, würde ich heute Abend so um halb neun eben vorbeischauen, wenn die Kinder im Bett sind.

Dann haben wir 'ne Stunde, ich bring zwei Jever mit.«

»Lass man, ich hab selbst 'ne Kiste da, obwohl's noch ganz schön wummert, im Kopf, wenn der Blutdruck steigt«, lachte Wiard und streckte ihm schon die Hand zum Abschied entgegen.

»Prima, oder, was heißt prima, sieht echt böse aus. Also bis heute Abend!« August bestieg seinen Trecker und setzte die Fahrt voller Gedanken und mit schlechten Vorahnungen fort. Woher die kamen, wusste er allerdings nicht, doch erhaschte er noch einen Blick auf Wiard mit verbundenem Kopf.

August fuhr an verschiedenen Höfen, alten, kleinen und neuen, größeren Häusern vorbei, an der kleinen Kirche und am Feuerwehrhaus, bei dessen Anblick ihm einfiel, dass diese oder nächste Woche wieder ein Übungsabend ins Haus stand. Doch wohl nicht heute Abend?, dachte er, dann müsste er Wiard wiederum versetzen. Er ärgerte sich kurz über sein miserables Gedächtnis, sah dann aber schon von Weitem sein Stück Land und lenkte seinen Trecker an den Stacheldrahtzaun heran, der sich hier leicht öffnen ließ. Mit geübtem Blick schätzte er die Fläche auf knapp vier Hektar ein – nicht schlecht, und die jährliche Pacht war angesichts des guten, fruchtbaren Bodens durchaus angemessen. Leider zahlte er sie nicht dem ehemaligen Besitzer, der hatte alles verkaufen müssen, sondern einem Dr. Kümmermann in Düsseldorf, der das Hofgebäude zu

Ferienwohnungen ausbauen wollte und mit dem Land ›nichts anfangen konnte‹. August ging konform mit vielen Polderbewohnern, die es nicht gut fanden, dass sich mehr und mehr Binnenländer die Höfe und Landstellen zu eigen machten, deren vormalige Eigentümer diese aus finanziellen Gründen oder mangels Nachkommen (oder deren Desinteresse am Polderleben) verlassen hatten und jetzt mitunter in kleinen Mietwohnungen in der Stadt lebten. So tummelten sich hier im Sommer zusehends mehr Touristen, was auf die ›gute, alte Dorfgemeinschaft‹ durchaus Auswirkungen hatte. Im Winter jedoch wurde es immer einsamer in diesem Landstrich. Das Geld saß eben in anderen Regionen der Republik. So war der Lauf der Dinge, was sollte man schon dagegen tun. Nutzte ja eh nichts.

Sommergerste wäre die richtige Entscheidung, dachte sich August, als er nach einer Umrundung seines neuen Ackers wieder an den Ausgangspunkt zurückgekehrt war. Vor seinem inneren Auge sah er schon die grünen, langen Grannen im Frühsommerwind hin- und herschwanken. Er mochte Gerste – es gab kein schöneres Getreide, und der Blick bei untergehender Sonne gen Westen über ein reifendes Gerstenfeld ließ sein Landwirtsherz höher schlagen.

Er würde sie am schönsten Gerstenfeld des Nordens entlang ins Glück führen, hatte er Henrike gesagt, als sie sich entschlossen hatten zu heiraten. Und bis jetzt hatte das Ganze ja auch gut hingehauen, obzwar Henrike gerne entgegnete, ein ›Entlang-der-Binnenalster-in-Hamburg‹ oder ›Über-den-Kudamm-in-Berlin‹ (»oder die Champs-Élysées in Paris, oder ...«) wäre auch eine nette Alternative. Abwechslung hatte der Schnoor in Bremen geboten, zwei Wochenenden ohne Kinder und ohne Melken. Augusts Eltern hatten auf die vier aufgepasst, ein für alternde Leute nicht unbedingt leichtes Unterfangen. Ebenso wie bei dem Wochenende in Venedig, das war jetzt schon über fünf Jahre her, und August meinte immer noch, das sei wohl die sagenhafteste Stadt, die er je gesehen hätte, auch wenn es an zwei von drei Tagen Bindfäden geregnet hatte (am Markusplatz und in vielen Straßen und Gassen war Land unter gewesen, aber die Venezianer nahmen's gelassen, zur Not kombinierte man eben den Anzug oder das kleine Schwarze mit Gummistiefeln). Weitere Touren hatten bislang sowohl der Hof als auch die Kinder verhindert. Es war nicht einfach, sie unterzubringen, denn die vier waren nicht leicht zu bändigen, auch wenn Freerk schon 16 war, Karina, die Große, schon sechs. Wienke war vier und Gero, der Kleinste, gerade eineinhalb Jahre alt. »Schon 16 Jahre«, dachte August nur, als er sich auf den 120er setzte und wieder nach Hause fuhr. Nach Freerks Geburt hatten August und Henrike zunächst noch viele Pläne, wollten eine Zeit lang gar bei einem Kind bleiben, hatten sich dann aber entschlossen, doch noch ein weiteres Kind zu bekommen. Das hatte erst einmal nicht so geklappt, doch schließlich waren sogar noch drei geboren worden.

»Da ist es dann plötzlich noch mal richtig rundgegangen bei den Saathoffs, hätte ich August gar nicht mehr zugetraut«, wie ihr Nachbar zu diesem Thema bei feierlichen Anlässen, spätestens nach dem dritten Bier und mit strahlendem Gesicht gerne zu bemerken pflegte. Henrike, die diesen Nachbarn, aber auch den Spruch nicht sehr mochte, pflegte dann zu entgegnen: »August brauchte ja auch nur seinen Senf dazugeben, das ist weniger kompliziert, die Arbeit liegt dann neun Monate bei der Frau, na, und danach ...«, was den Nachbarn in der Regel zum Schweigen brachte.

Im Haus schlug August ein überaus wohliger Geruch entgegen, der ihm anzeigte, dass Henrike Mittagessen gemacht hatte. Es war fast 14 Uhr, die Kinder waren aus der Schule zurück, der Kleine würde vielleicht schon schlafen.
»Moin, min Muuske«, begrüßte er seine Frau, als er in die Küche kam, »das riecht aber gut.«
»Rouladen mit Kartoffeln und Bohnen, die beiden Letzteren aus unserem Garten«, entgegnete Henrike.
»Ha, wenn das nichts ist – ökologisch-dynamisch und trotzdem billig. Sonst was Wichtiges?«
»Freerk hat eine ziemlich miese Mathearbeit zurückbekommen. Mindestens eine Fünf, genau wollte er es mir nicht sagen. Im Moment ist er am Boden zerstört – vielleicht gehst du mal nach oben und erzählst ihm, wie du früher in Mathe warst.«

»Lieber nicht. Nachher schmeißt er die Schule und wird Bauer.«

Beide lachten, und obwohl August sich liebend gerne direkt an den Tisch gesetzt hätte, ging er zunächst nach oben, um ein Wort von Mann zu Mann mit seinem Sohn zu reden.

Eine Fünf in Mathe, mein Gott, es gab wahrlich Schlimmeres auf dieser Welt, dachte er, doch als er in Freerks Zimmer kam, sah es so aus, als denke dieser ganz anders darüber.

»Wenn's man nicht schon die zweite wäre«, bemerkte er geknickt, als sein Vater hereinkam.

5

Der Abend war schnell da, und August zog seine Fleecejacke über den dicken Wollpullover, den Henrike ihm vor vielen Jahren gestrickt hatte (das war in der Zeit gewesen, als sie noch keine Kinder hatten), um zu Wiard Lüpkes zu gehen, wie am Vormittag vereinbart. Er wollte den Weg zu Fuß zurücklegen, es würde knapp 20 Minuten dauern, und der Abend war für diese Jahreszeit noch recht lau. Es war zwar Oktober, aber der würde zusammen mit den Herbstgefährten November und, zu fast drei Vierteln, Dezember wahrscheinlich wieder so grau in grau dahinwabern, und richtig kalt würde es erst im Januar werden. Wenn überhaupt. Henrike wollte ihn ein Stück begleiten, sie war an diesem Tag wenig rausgekommen, hatte Berge von Wäsche gewaschen, gebügelt und wegsortiert und benötigte unbedingt noch frische Luft. Sich wenigstens ein bisschen die kühle Brise, die von der See her kam, gemischt mit der gesunden, ostfriesischen Landluft, um die Nase wehen lassen. Gero schlief schon, Wienke und Karina hatten ihre Schlafanzüge an und waren von Henrike und August darauf hingewiesen worden, dass jetzt Schluss sei mit jeglichem Spielen, und erst recht mit Ärgern, und dass sie zwar noch lesen oder ein wenig Kassette hören könnten, spätestens um halb neun aber überall das Licht aus sein müsse, schließlich sei morgen wieder

Schule und Kindergarten, und da müssten sie genug schlafen. Meistens konnten sich die beiden darauf verlassen, dass ihre Kinder dies auch so einhielten, immerhin waren sie ja in der Regel nach einem langen Tag, der morgens um halb sieben begann, ziemlich müde. Ansonsten wussten die Kinder, dass sie sich im Fall der Fälle auch an die Großeltern wenden konnten, die im Nebenhaus wohnten, worum August und Henrike von Freunden, die auch Kinder, aber nicht so komfortable Betreuungsmöglichkeiten hatten, oft beneidet wurden. Freerk, der Größte, ging mittlerweile meistens nach eigenem Gutdünken ins Bett, es wurde manchmal schon elf, was Henrike missbilligte. August sah das gelassen, und Freerk ließ sich zwar noch etwas sagen, aber nur, wenn er es einsah, und das war nicht immer der Fall. Wie das bei dem immerwährenden Generationenkonflikt eben so ist.

Als August und Henrike die etwa 300 Meter lange Hofzufahrt hinter sich gelassen hatten, bogen sie auf die Hauptstraße, die den ganzen Polder durchzog und an der links und rechts entweder Haus- und Hofzufahrten abgingen oder die ein oder andere Straße. Hauptstraße hieß indes nur, dass hier zwei Pkws oder Trecker aneinander vorbeifahren konnten, ohne dass einer gleich die Straße verlassen musste. Das Straßennetz des Polders war weitgehend rechtwinklig angelegt, wie an der Hutschnur lagen die Häuser und Höfe an den Straßen aufgereiht, dazwischen war jeweils ausreichend Platz für Weiden, Getreideäcker oder andere Flächen. Es gab so etwas wie ein Zentrum, wo eine Grundschule, ein Laden, ein Landmaschinenhändler sowie die Kirche waren. Hier standen die Häuser etwas dichter. Die Grundversorgung im Polder war somit gesichert, zumal es bei Martens, so wurde das Einkaufsgeschäft nach seinem Eigentümer, der es in der dritten Generation führte, genannt, einfach alles gab.

»Ob Schraube, Hammer, Genever, Käse, Bosselkugeln oder 'n neejen Unnerbüx – bei Martens gibt's nichts, was es nicht gibt«, pflegte August zu sagen, wenn er den Laden des Polders mit einer Mischung aus Hoch- und Plattdeutsch beschrieb. Eigentlich wiederholte er aber damit nur die Selbstdarstellung des alten Martens.

Henrike begleitete ihren Mann bis vor die Hauseinfahrt von Wiard Lüpkes' Anwesen. Sie hatten sich über die Kinder, anstehende Probleme am Hof, aber dann vor allem über Wiard und dessen Kopfverletzung unterhalten. Beide hatten keine Ahnung, wie es dazu gekommen sein konnte.

»Wiard hat in Rätseln gesprochen«, erzählte August seiner Frau, »aber irgendetwas liegt ihm ganz schön auf dem Herzen, irgendwas will er mir dringend sagen«.

»Dann sieh zu, dass du es erfährst«, meinte Henrike nur und blieb stehen. »Ich geh jetzt zurück.«

Ein Kuss, ein kurzes »Tschüss« und noch ein »Trinkt nicht zu viel Bier, du musst morgen melken«, dann machte sich Henrike auf den Heimweg, während August zur Haustür ging und klingelte.

Wiard öffnete erstaunlich schnell, er schien bereits gewartet zu haben.

»Moin, häng dich auf.« Er verschwand in seiner kleinen Küche. »Schon gegessen?«

»Ja, ich bin satt, danke. Wie geht's deinem Kopf?«

»Genever?«, meldete Wiard sich zurück, ohne auf die Frage einzugehen.

»Bist du verrückt? Bloß nicht, keinen Alkohol heute und schon gar nicht Genever. Ich hab noch das letzte Feuerwehrfest in unguter Erinnerung. Holl mi up.«

An besagtem Abend hatte August allzu viel von dem Hochprozentigen getrunken und war mit einem ziemlich dicken Kopf am nächsten Morgen aufgewacht, wobei ihm nicht gleich einfiel, wie er eigentlich dorthin gekommen war, mit oder ohne Fahrrad, mit dem er auf jeden Fall hingefahren war.

»Pass auf, dass deine Kühe nicht duhn werden«, hatte ihm sein Vater beim morgendlichen Melken in Anspielung auf seine Fahne zugeraunt. Das Aspirin, das er gleich nach dem kurzen Frühstück eingeworfen hatte, half auch nicht viel.

»Ich glaube, meine Kopfverletzung hat durchaus mit der Feuerwehr zu tun, vielmehr mit dem letzten Feuerwehrfest. Ein Pils?«, fragte Wiard aus seiner kleinen Küche.

»Na ja, ein Bier kann wohl nicht schaden.«

»Nee, keinesfalls, ist ja kein Alkohol, sondern flüssiges Brot«, ergänzte Wiard und fügte hinzu: »Deshalb können auch mehrere nicht schaden.«

»Sag mal, ansonsten ist alles in Ordnung mit dir? Ich versteh nur Bahnhof. Wieso soll das Fest mit deiner Verletzung zu tun haben? Beides liegt drei Wochen auseinander. Also für mich ergibt das keinen Sinn.«

Wiard kam mit zwei Flaschen Jever Pils wieder herein und setzte sich an den Tisch, an dem August schon Platz genommen hatte. In seinem Wohnzimmer herrschte eine bemerkenswerte Unordnung, er selbst nannte es ›das organisierte Chaos‹. In jedem Chaos gäbe es schließlich eine gewisse Ordnung, zumindest behaupteten das doch die Wissenschaftler. Wiard fand sich jedenfalls darin zurecht, und – was viel wichtiger war – er fühlte sich wohl. August staunte immer wieder, wie man es länger als zwei Tage in diesem Haus aushalten konnte, er liebte eine gewisse, nicht übertriebene, aber doch sichtbare Ordnung und konnte rasch nervös werden, wenn er Dinge, die er suchte, nicht gleich fand. Immer wieder kam es vor, dass er ein bestimmtes Werkzeug suchte und sich dieses nicht am dafür vorgesehenen Platz befand – meistens hatte eines seiner Kinder es dann benutzt und nicht wieder zurückgelegt. Er hatte sich zwar abgewöhnt, sich über so etwas aufzuregen, gleichwohl fragte er sich immer wieder, ob es nicht erlernbar wäre, die Sachen zurück an ihren Platz zu bringen, wenn man sie nicht mehr brauchte. Bislang hatte aber weder Freerk, schon gar nicht den kleinen Gero davon überzeugen können. Bei Gero war das noch egal, bei Freerk hingegen machte er sich langsam Sorgen – schließlich dauerte es nicht mehr lange, und er würde allein im Leben zurechtkommen müssen, da war ein bisschen Ordnung halten doch wohl mehr als angebracht. Manchmal dachte August dann aber auch, er würde nun doch älter, denn er erinnerte sich an ähnliche Diskussionen und manchen Ärger mit seinem Vater wegen solcher Dinge. Aber wer sollte das vermitteln, wenn nicht er oder Henrike?

»So, was ist nun? Halt mich nicht länger hin!«, leitete August das Gespräch ein. Wiard war erstaunlich lang mit dem Öffnen der Bierflaschen und der Suche nach Bierdeckeln beschäftigt, die er unter die Flaschen schob. Das war angesichts seines ansonsten nicht so ausgeprägten Ordnungssinnes erstaunlich, aber Bierdeckel gab es bei Wiard immer, er sammelte sie, sagte er, allerdings lagen sie alle in einer Schublade, ohne dass er jemals dazu kam, sie anzusehen oder anderen zu zeigen. Mehrfach vorhandene bekamen Gäste unter ihre Flasche oder das Glas geschoben, allerdings wusste er nicht immer, welche er mehrfach besaß. Wiard murmelte »Gläser lass' ich mal weg.« Dann setzte er deutlicher fort:

»Ja, weißt du, das ist nicht ganz leicht zu erklären. Ursprünglich war es nur eine Vermutung, die ich da hatte. Nun aber stehen die Dinge anders, jetzt nach dem Anschlag ...«

»Anschlag?«

»Ja, ich nenne das einen Anschlag. Übrigens – um dir klarzumachen, dass es ein Anschlag war –, wenn Jan Peters wegen seiner Sauflust nicht reingekommen wäre, hätte ich laut den Ärzten im Kreiskrankenhaus gut und gerne hier in meiner Hütte verbluten können. Dann säßen wir hier jetzt nicht mehr so schön zusammen, August. Ich wäre mausetot!«

»Wiard, du musst schon der Reihe nach erzählen. Mausetot? Gott bewahre ... Aber wieso denn nur?«

»Hast ja recht. Ich versuch's mal eins nach dem anderen. – Also, du weißt doch, dass ich während des Deichbaus bei dieser Zeitarbeitsfirma angestellt war.«

»Ja, klar, hast mir ja einige Male davon erzählt.«

»Ich hatte da mehr so einen Handlangerjob, hier mal helfen, da mal helfen, Schubkarre hierhin, Steine dorthin, graben, Soden im Heller stechen, ausbessern, was weiß ich nicht alles. Schöne Arbeit, körperlich anstrengend, aber ich hatte viel Zeit, nachzudenken, frische Luft und abends war ich völlig fertig – da konnte ich schlafen wie ein Bär, was sonst nicht immer der Fall ist.«

»Und?«, bohrte August.

»Ich bin kein Deichbauer, ich habe während der Monate immer genau gesagt bekommen, was ich tun soll. Das war ganz schön, wie gesagt, man kann dann während der Arbeit über andere Dinge nachdenken. Aber ich bin nun mal auch nicht ganz blöd, und ich habe allerlei mitbekommen, von dem andere meinten, dass es mich entweder nicht interessierte oder ich es nicht verstand.«

»Das hört sich ja geheimnisvoll an.«

»Ja, um Geheimnisse ging es dabei auch, und wenn ich nicht vor einigen Tagen eine interessante Beobachtung am Deich gemacht hätte – du weißt doch, gleich nach dem Sturm, war ja der erste Herbststurm dieses Jahres und das Wasser stand hoch –, dann hätte ich das Ganze vielleicht längst vergessen. Aber nun sind mir einige Erlebnisse während meiner Arbeit wieder ganz präsent, und ich brauche jemanden, dem ich mal davon erzählen kann. Weißt du, August, du bist einer der wenigen hier im Polder, die mich für richtig voll nehmen.«

»Du, beim Feuerwehrfest neulich, da haben dich aber viele für voll genommen, aber so richtig. Voll wie ein Amtmann eben.«

Wiard machte eine Pause und sah August mit einem Blick an, der deutlich machte, dass er Augusts Witz zwar zur Kenntnis genommen hatte, aber in dieser Situation für unangebracht hielt. »Ach, sei jetzt mal ernst. Erinnerst du dich an den Typen an der Theke, mit dem ich eine ganze Zeit gesprochen habe, der vom Amt?«

»Ja, ganz dunkel, Georg Redenius, ich habe ihn erst dort kennengelernt. Wieso war der eigentlich auf unserem Feuerwehrfest?«

»Wahrscheinlich über Hanne Friesenga, weißt doch, deren Schwester ist verschwägert mit ... ach, wie heißt der noch, jedenfalls ist der wieder irgendwie verwandt mit Redenius.«

»Was du so alles weißt.«

»Ja, aber das ist egal jetzt. Ich hätte mich fast mit ihm geschlagen ... Oder vielmehr, er mit mir, ich schlage mich nicht. Jedenfalls hat er mir gedroht!«

»Dir? Nee, dir doch nicht!«

»Er wollte mir eins auf die Nuss geben. Doch. Ich war zwar duhn as'n Hex, aber so weit habe ich es noch in Erinnerung. Ist ja zum Glück nicht so weit gekommen. Aber es ist trotzdem wichtig – auch wegen des Anschlages. Aber ich erzähl mal der Reihe nach. Ich hatte bisher die Befürchtung, dass, wenn ich das, was ich dir jetzt erzähle, anderen erzählte, die sagen würden: ›Ach Wiard, lass man gut sein, mach dir keine Gedanken, du siehst Gespenster.‹« Wiard liebte Pausen, er wartete dabei sehr konzentriert die Reaktionen seines Gegenübers ab.

»Also, ich verstehe einfach nicht, worauf du eigentlich hinauswillst, Wiard, ich glaube dir gerne, aber was ist denn nun konkret los?« August nahm zwei kräftige Schlucke Bier, kurz hintereinander.

»Hast ja recht, ich komme zum Kern der Sache. Ich selbst war über die Leiharbeiterfirma beschäftigt, die für das Deichbaukonsortium die Arbeitskräfte rekrutiert hat. Dieses Konsortium, das habe ich nie richtig durchblickt. Da waren Firmen aus Oldenburg, Bremen, Hamburg, eine aus Stralsund, auch aus Holland und Polen dabei. Alles verschiedene Firmen, jede auf irgendetwas spezialisiert, aber eben für das Unternehmen Deichbau unter einem Dach zusammengefasst. Das Konsortium hat sich jedenfalls auf die EU-weite Ausschreibung beworben und den Zuschlag erhalten, das war nicht eine einzelne Firma. Etwa sechs Wochen war ich nun im Ostteil tätig, dort, wo der Deich die starke Krümmung hat. Da kamen oft Leute von der Bau- und Abschnittsleitung hin, von daher habe ich allerhand mitbekommen, auch von einigen Baustellen am Deich, auf denen ich selbst nicht war. Aber du kannst mir glauben, ich kannte den alten Deich wie meine Westentasche, und den neuen kenne ich mittlerweile genauso gut.«

»Allerdings«, warf August ein, »so viele Stunden, wie du schon am Deich, im Heller und auf See zugebracht hast, so oft war dort keiner von uns. Ist dein Boot eigentlich wieder in Ordnung?«

»Ja, aber das tut jetzt nichts zur Sache!«, entgegnete Wiard forsch, denn er wollte nicht das Thema wechseln, merkte aber, dass August begann, sich zu langweilen. »Ich liebe den Deich und das Deichvorland. Und genau darum geht es. Ich habe gesehen, wie an allerhand Stellen ganz schön gepfuscht wurde. Du weißt, dass ein ordentlicher Deich aus unterschiedlichen Schichten aufgebaut wird, die jeweils bestimmten Anforderungen an Stabilität, Mächtigkeit, Zusammensetzung des Untergrundes und so weiter genügen müssen. Diesen Anforderungen, um es mal amtlich auszudrücken, ist nicht immer Rechnung getragen worden, und ich weiß auch, warum das so war.«

»Das hört sich aber nach einer ziemlich argen Beschuldigung an – da bin ich mal gespannt.« August nahm erneut zwei kräftige Schlucke Bier, und ihm wurde eben jetzt bewusst, dass er nicht nur eine Flasche Bier an diesem Abend trinken würde.

»Bleiben wir mal bei der Krümmung. Sie wird ja auch als Ostkrümmung bezeichnet, so haben wir sie bei der Arbeit auch immer genannt, mittlerweile steht das auch in den Plänen. So kommen irgendwelche Landschaftsobjekte zu ihrem Namen. Hier wurde die Arbeit auf einmal, mir nichts, dir nichts, für drei Tage unterbrochen, und das, obwohl wir ohnehin nicht im Zeitplan waren. Du erinnerst dich sicher an die Presseberichte, in denen schon gemutmaßt worden war, dass der Deich bis zum Herbst gar nicht fertig werden würde und dass der Polder gefährdet wäre, weil die viel zu schnell den alten Deich um die Hälfte abgetragen hätten, um das Material im neuen zu verbauen.«

»Ja, daran erinnere ich mich gut, mir kam das ungeheuerlich vor, schließlich bauen die ja keinen Wall um einen Kindergarten oder so. Die waren eine Zeit lang recht lahm, ich habe mich damals gewundert. Der Deich bedeutet den Leuten hier viel, aber das brauche ich dir nicht zu erzählen. Es hat ja zum Glück noch alles geklappt.«

»Von wegen geklappt!« Wiards Kopf wurde langsam rosafarben, das war immer so, wenn er sich erregte. »Vordergründig hat's geklappt, oder sagen wir mal für die Öffentlichkeit. Zunächst haben die Medien ordentlich kritisiert, von wegen schlechtes Management und so, und dann haben sie sich schnell mal eben um 180 Grad gewendet – plötzlich lief alles bestens. Und mittlerweile habe ich das Ganze verstanden, hab's kapiert. Ich dachte ja auch, dass es geklappt hat mit unserem Deich. Nach besagten drei Tagen, in denen wir mal hier, mal da gearbeitet hatten, aber ohne Kontinuität und immer unter dem Eindruck, dass die Bauleitung eigentlich gerade nicht wusste, was sie mit uns anfangen sollte ... wir waren ein Trupp von so 15, 20 Leuten ..., also nach den drei Tagen ging es plötzlich mit Riesendruck weiter. Sie versprachen uns gutes Geld für Überstunden, und – das habe ich damals überhaupt nicht recht begriffen, es war mir aber auch egal, ich brauchte das Geld dringend – sie ordneten an, dass jegliche Äußerungen über den Deichbau gegenüber Dritten, insbesondere der Presse, von nun an nur noch durch die Bauleitung vorgenommen werden dürfen und wir, bitte schön, eventuell auftauchende Presseleute oder wen auch immer ohne weitere Erläuterungen an die Bauleitung verweisen sollten. Die haben das mit unsachgemäßer Berichterstattung während der kurzzeitigen Einstellung der Arbeiten begründet, in der das Unternehmen schlecht weggekommen war. Aber das ist durch persönlichen Einsatz des Ministerpräsidenten noch mal aufgefangen worden, und dann ging's eben weiter. War durchaus einleuchtend, das Ganze, und wer will schon seinen Job riskieren, indem er sich der Bauleitung widersetzt? Hinter der Arbeitslosigkeit steckt auch System, aber das tut jetzt nichts zur Sache. So, wie ging das nun weiter? Wir bekamen wohl 100 Schilder ›Betreten der Baustelle verboten, Eltern haften für ihre Kinder‹ an den Deichfuß gelegt mit der Anweisung, diese schnellstens in regelmäßigen Abständen aufzustellen.«

»Und?« August konnte sich keinen Reim machen. »Was ist daran seltsam? Dass nicht jeder über Dinge sprechen soll, von denen er keine Ahnung hat, ist doch normal, und Baustellen sind keine Spielplätze. Und die Gefahr ist doch groß, dass sich die Leute da selbst bedienen. Du weißt, dass ich mir auch ein paar Fuhren geholt habe, der Tipp stammte ja von dir, die Kinder haben's gedankt – schöner heller Sand für den Sandkasten und als Unterbau für meine neu gepflasterte Fläche hinterm Schuppen.«

»Du kannst nicht sagen, ich hätte keine Ahnung vom Deichbau ...« Wiard kam nicht weiter, denn August fiel ihm ins Wort.

»Du hast selbst gesagt, du bist kein Deichbauer, Wiard.«

»Hast ja recht, aber ein bisschen verstehe ich davon schon. Wie gesagt, ich erzähle dir das Ganze erst jetzt, da ich neue Beobachtungen am Deich gemacht habe – bislang habe ich mir bei alldem nichts gedacht und mir selbst auch immer gesagt: Bist nun mal kein Deichbauer, wird wohl alles seine Richtigkeit haben.«

»Nun werde doch endlich mal konkret, Wiard! Und mit deiner Wunde am Kopf und dem Fast-Verbluten bringe ich das schon gar nicht in Übereinstimmung. Ich mein, da hört der Spaß ja auch auf!« August wurde ungeduldig.

»Von wegen Spaß. Also mal ganz einfach und konkret: Die haben gepfuscht, die haben einige Stellen am Deich im Bereich der Ostkrümmung nicht mit den erforderlichen Schichten ausgestattet oder Material gespart, nicht das richtige verwendet und dabei auch noch ziemlich geschludert ... eben unter extremem Zeitdruck gearbeitet. Je schneller, desto schlechter. Qualitätsmanagement war in dieser Phase des Deichbaus offenbar in keiner Weise angesagt. Vielleicht sogar untersagt worden, von bestimmten Damen und Herren.«

»Tolle Behauptung, und warum?«, wollte August wissen. Er sah Wiard etwas verächtlich an, merkte das und versuchte, seinen Gesichtsausdruck zu ändern, wusste aber nicht, ob ihm das gelang.

»Als damals drei Tage lang die Arbeit plötzlich brachlag, stand das Betreiberkonsortium vor dem Aus – das, was in der Presse als Schwierigkeit bezeichnet wurde, die bald behoben sein würde, da sich lokale Vertreter, ja sogar die Landesregierung dafür starkmachten, war im Grunde genommen die Pleite des ganzen Konsortiums. Ich habe all die Zeitungsausschnitte noch hier. Du wirst dich auch erinnern, so lange ist das ja noch gar nicht her. Das hing wohl nicht nur mit dem Deichbau zusammen, sondern mit allerhand weiteren Projekten, in die das Konsortium eingebunden war. Aber den Deich in dieser kurzen Zeit in der erforderlichen Qualität zu bauen, damit hatten sich die Damen und Herren im Vorstand reichlich übernommen.«

»Also hör mal, Projekte dieser Größenordnung werden EU-weit ausgeschrieben, da wird vor- und rückwärts geprüft, da wird doch niemand ausgewählt, der …« Diesmal kam August nicht weiter.

»… der in Zeiten knapper oder leerer öffentlicher Kassen nicht ein finanzierbares Angebot macht. Sag ich doch. Und finanzierbar heißt: zu einem gerade noch erträglichen Preis in der von den Auftraggebern vorgeschriebenen Zeit. Das ist das eine. Was ich aber inzwischen auch herausgefunden habe, ist, dass der Vertrag wohl etwas ungenau definiert gewesen sein muss. Gleichzeitig kam eine Leitzinserhöhung der Weltbank ins Spiel, die den einen oder anderen Subkredit, der vielleicht für den Deichbau vorgesehen war, extrem verteuerte. Die Banken fackeln da nicht lange, und bei allerhand Millionen Euro machen 0,2 Prozent Zinserhöhung schon einen ganzen Batzen aus. Plötzlich fehlte Geld in der Kasse. Sieh mal, ein Kilometer Deich erfordert allein bis zu 200.000 Tonnen Klei – das sind mehr als 20.000 Transportfahrten, wenn man einen 15-Tonner einsetzt. Das kostet natürlich ein paar Euro. Und wenn es da zu Engpässen kommt oder die Zeit wegläuft und dem Unternehmen sowieso schon das Wasser bis zum Hals steht, muss man eben nach Möglichkeiten suchen, wie das Projekt doch zu Ende geführt werden kann. Zunächst wollte die Landesregierung, die natürlich den Löwenanteil der Deichbaukosten trägt, das nun plötzlich fehlende Geld den Privatunternehmen im Konsortium aufbürden. Begründung: Immerhin wären die nicht mit der vereinbarten Summe ausgekommen, und dafür trügen sie die Verantwortung. So leicht war das aufgrund der teilweise rechtlich zweideutigen Vertragsabsprachen aber wohl nicht. Jedenfalls haben sich daraufhin einige Firmen erst einmal vornehmst aus den Arbeiten am Deich zurückgezogen, nach dem Motto: Erst die Kohle, dann die Leistung. Na, mithilfe der Landesregierung ist schließlich ein neuer Kredit vereinbart worden, damit das Projekt zu Ende geführt werden konnte. Jetzt galt plötzlich doch: Der Deich muss stehen, koste es, was es wolle.

Es musste schnell gehen, das Ganze von der Aufsichtsbehörde auch noch abgenommen werden. Die Firmen, das Baukonsortium insgesamt, und, noch wichtiger, alle Befürworter, insbesondere die Politiker, sollten am Ende gut dastehen. Und das Ende war für die letzten ein bis zwei Wochen vor der Landtagswahl terminiert – um den Deichbau noch etwas ausschlachten zu können für die Wahl. Nach dem Motto: ›Wir tun was für die Leute und die Region‹ und so.«

Wiard trank gleich mehrere Schlucke Bier. August starrte ihn mit großen Augen verwundert an und dachte in diesem Moment nur: »Mann, kann der reden …«

»An der Ostkrümmung habe ich selbst mitgearbeitet, und dabei habe ich Folgendes erlebt: Der ›Rohbau‹ des Deiches war fertig, viel Sand war eingespült, als es zu der Unterbrechung kam. Nur ein paar Tage, aber eben Stillstand für diese Zeit. Dann ging es ebenso plötzlich wieder weiter, und unser Bauleiter teilte uns alle Neuerungen mit und dass wir nun unter extremem Zeitdruck stünden, da der Zeitplan unbedingt einzuhalten sei. Die Arbeiten müssten also so schnell wie nur möglich durchgeführt werden. Außerdem sei beschlossen worden, dass bezüglich der notwendigen Kleischicht und der Besodung sowie bei der Steinsicherung am Deichfuß Änderungen notwendig sind. Das bräuchte uns aber nicht weiter interessieren. Mir war das auch ziemlich egal, ich würde ja eh nur wieder Steine schleppen, Soden legen, Karren schieben, hier graben, da auffüllen. Aber mir fiel auf, dass diejenigen, die die Arbeit beaufsichtigen sollten, ein wenig betreten dreinschauten. Die fühlten sich nicht so richtig wohl in ihrer Haut – das merkt man den meisten Menschen an, ob sie wollen oder nicht. Und aus heutiger Sicht ist mir klar, warum die weggguckten – im wahrsten Sinne des Wortes. An dieser Stelle, und das ist vielleicht nicht die einzige, wurde der Deich nicht so fertiggestellt, wie es bei ordentlicher Berücksichtigung der Richtlinien und Normen und guter ingenieurtechnischer Praxis hätte sein müssen.«

»Wiard, ich weiß nicht«, unterbrach August. »Wenn ich an all die Maschinen denke, die vielen Leute, die Berichte und die Bedeutung des ganzen neuen Deiches, kann ich mir beim besten Willen nicht vorstellen, dass gepfuscht wurde, da steht doch viel zu viel auf dem Spiel!«

»Siehst du, genau das habe ich bis gestern auch gedacht, aber nun bin ich anderer Meinung. Ich erinnere mich noch an das Gespräch zwischen zwei Abschnittsleitern, das ich zufällig mitbekommen habe. Der eine sagte – es war mitten im Gespräch, als ich hereinkam –: ›Aber das kann man nicht machen, auch wenn's hier nicht so wichtig ist wie an exponierteren Stellen, das weicht doch alles auf, wenn da das Wasser drauf steht. Der Sand muss absacken, sich setzen. Und dann der Klei …‹

Und der andere erwiderte so in etwa: ›Sicher, aber die Anordnung kam von oben, das Material ist schlicht im Moment nicht da, und der Zeitplan hat höchste Priorität, also fertig machen, basta!‹ Dann wieder der erste: ›Mir geht das gegen den Strich, aber gehörig!‹, woraufhin sein Gegenüber gestand: ›Mir auch, aber ich kann's mir im Moment nicht leisten, aufzumucken. Kündigen geht nicht, dann sitze ich finanziell bis zum Hals in der Scheiße, außerdem ist zur Zeit einfach nichts mit Jobs – brauche ich dir ja nicht zu erzählen. Bauingenieure werden zurzeit nicht gerade zu Tausenden gesucht. Wir haben vor zwei Jahren ein Haus gekauft – die Kredite sind zwar zinsmäßig nicht schlecht, aber bezahlt werden müssen sie doch. Ich mach das hier zu Ende, auf jeden Fall. Dann ist meine Firma raus aus dem Konsortium und tritt hoffentlich nie wieder ein. Aber das wird eh nach dem Deichbau aufgelöst. Dann kann wieder jeder machen, was er will. Wenn dieses Scheißprojekt bloß schon zu Ende wäre …‹

Ich stellte den beiden den Tee hin und goss noch für zwei weitere Bauleiter ein. Sie sahen mich kurz erschrocken an, dann wollte der eine wissen: ›Und Sie? Schon lange bei der Firma?‹

›Nee, erst seit gut zwei Monaten.‹

›Aha, wie so viele hier.‹

Damit war das Gespräch beendet. Und nun frage ich dich, August: Ist doch alles etwas komisch, oder?«

»Wenn das wirklich so war, sicher, ist das seltsam, ja, aber vielleicht haben sie über was ganz anderes gesprochen?«

»Nee, denn ich habe die Tage ja selbst gesehen, wie das gemacht wurde. Kennst du den Spruch ›Ein bisschen Blech ein bisschen Lack …‹?«

»›… fertig ist der Hanomag.‹«

»Genau so. Und das war das Prinzip, das an

der Ostkrümmung angewandt worden ist. Wobei das Blech die viel zu magere Kleischicht und der Lack die miserable Grasnarbe darüber sind, vom Steindeckwerk am Deichfuß mal ganz abgesehen, und vom Untergrund – alles Matsche, sag ich dir. Der Sand hat sich gar nicht setzen können, einfach reingespült, und fertig. Ist viel zu schnell gegangen. Und die Rasenansaat von absolut minderwertiger Qualität.«

»Und woher weißt du das alles, als einfacher Handlanger, entschuldige, aber das warst du doch.«

»Was heißt entschuldige? Ohne Handlanger läuft gar nichts auf solchen Baustellen! So gesehen kann man recht stolz auf den Handlangerjob sein. Aber, davon ab, ich habe es doch selbst gesehen. Ich war daraufhin in der FH-Bibliothek in Emden. Ich dachte, wo man Seefahrt studieren kann, muss es auch Informationen zum Bau eines Deiches geben. War aber ziemlich mau, muss wohl auch am Sparkurs der Regierung liegen oder daran, dass ich am falschen Standort war. Ich war in der Stadtbücherei, habe im Internet gesurft, habe alles über Deichbau zusammengesucht, was ich finden konnte: Presseberichte, Funk- und Fernseharchive, was weiß ich. Habe mit vielen Leuten gesprochen. Selbst in Norden im Heimatmuseum war ich, übrigens zum ersten Mal, ist wirklich gut gemacht, da kann man allerhand lernen, auch über den Deichbau. Und eines habe ich gelernt: Die Ostkrümmung des neuen Deiches ist nicht ordentlich zu Ende gebracht worden, wenn sie aus Holz wäre, würde ich sagen: Da sitzt schon der Wurm drin, und zwar ganz gewaltig. Ich kann dir einen ganzen Aktenordner geben, anhand dessen sich meine Theorie gut nachvollziehen lässt.«

»Ich kann's mir nicht vorstellen, Wiard, ich glaube, ein bisschen siehst du doch Gespenster ...«

»Wär' mir lieber, wenn's so wäre. Noch ein Bier?«

»Ja.«

»Klare Frage, klare Antwort. So. Und vorgestern, ungefähr bei Hochwasser, bin ich zum neuen Deich. Wie gesagt, der erste Herbststurm, Wasserstand anderthalb Meter über normal, das reicht. Erster, kleiner Test für den neuen Deich, nichts Ernstes. Darum bin ich umso betroffener darüber, was ich gesehen habe. Die haben sich die Stellen, die sie nicht so bauen, wie es sich gehört, geschickt ausgesucht. Die Ostkrümmung ist gesperrt für jeglichen Fußgängerverkehr, Beweidung wegen der Nationalparkauflagen auch untersagt – da kommt also so schnell keiner hin. Nun kennst du mich, August, ich gehe immer gerne dorthin, wo sonst keiner hingeht oder hingehen darf. Ich war also an der Ostkrümmung und habe mir den Nordwestwind ordentlich um die Nase wehen lassen. War unheimlich schön, die herannahenden Wolken, dazwischen der Himmel, die aufgewühlte See, der Wind. Am Horizont funkelten die Lichter von Juist. Früher sah man den Leuchtturm von Memmert, aber den gibt es ja schon lange nicht mehr. Aber Borkum blinkt nach wie vor, auch im Zeitalter von GPS. Laaang, kurz, dann eine Weile nichts, laaang, kurz ... Ich stand jedenfalls auf dem Deich und war sogar ein bisschen stolz, dass ich dieses Bollwerk mitgebaut hatte.«

»Na bitte«, unterbrach August, dem das zweite Bier bald besser schmeckte als das erste.

»Nix na bitte«, erregte sich Wiard, »es kam erst noch. Als ich mich schließlich entschloss, nach Hause zu gehen, nahm ich keinen der gepflasterten Treppenabgänge, sondern ging einfach an der Deichinnenseite runter. Als ich unten ankam, stapfte ich mitten ins Wasser, was ohne Stiefel ziemlich unangenehm war.«

»Ja und? Es hatte geregnet, und ein bisschen Wasser kann von der Durchfeuchtung her immer am Deichfuß rauskommen – das läuft hinter dem Deichverteidigungsweg in den Schloot, und damit hat sich das, ist doch ganz normal ...«, August kam nicht weiter.

»Ja, aber geregnet hatte es viele Stunden zuvor und nicht allzu lange, versuch dich zu erinnern, August, du weißt doch immer genau, wie viele Millimeter Niederschlag wir haben, musst du ja auch, wenn du ein guter Landwirt bist, und das bist du. Nee, das war kein Regenwasser, das war Feuchtigkeit, die aus dem Deich kam. Und du hast recht: Ein bisschen darf das sein – hier kam aber wesentlich mehr als ein bisschen raus. Das kann ich dir versichern!«

»Klar, in der kurzen Zeit, in der einmal Wasser am Deich steht, da leckt das Ganze unten schon durch ... Nee, Wiard, hör mir auf, das kann nicht, das ist unmöglich, ich bitte dich!«

»Weiß ich doch auch, August, aber es ist so. Als es so schnell mit der Ostkrümmung gehen musste, haben die 'ne Menge Material auf- und eingespült. Mir kam das damals schon reichlich nass und wässrig vor – aber da muss ich nun wieder sagen, dass ich ja kein Deichbauer bin. Weißt du, was ich glaube?« Er nahm einen Schluck Bier und fuhr fort, ohne Augusts Antwort abzuwarten: »Ich glaube, dass der ganze Deichkern von vornherein viel zu feucht war, weil die den Sand viel zu schnell und nachlässig eingespült haben und er sich nicht setzen konnte. Aber vor allem ist die Kleidecke viel zu dünn, und sie wurde zu früh aufgetragen. Und darum wurde dann tatsächlich bei dieser ersten Sturmflut schon Wasser in den Deich gedrückt. Es ist dann wieder aus der anderen Seite raus – nicht das vorne reingedrückte, aber das, was vorher schon im Deich drin war. Sozusagen ein Dominoeffekt der Wassermoleküle, eines drückt das andere weg.« Wiard lehnte sich zurück und fand diesen Vergleich sehr passend. Er atmete aus, lange und bedächtig.

»Puh, das ist 'ne Theorie, ein bisschen viel auf einmal – also ... keine Ahnung. Das würde ja heißen, dass die uns alle hier im Polder verarscht haben, und noch viele Leute mehr. Nee, wir leben doch nicht in einer Bananenrepublik, also ...«, August leerte die zweite Flasche.

»Konnte ich auch nicht glauben, obwohl mein Gedankenmodell immer besser passte. Aber jetzt kommt's. Jetzt werde ich dich überzeugen, denn was dann passierte, kann ich selbst noch kaum glauben. Hier kommt meine Verletzung ins Spiel. Ich saß an meinem kleinen Schreibtisch, abends, Lampe an, Tasse Tee ... Da fliegt plötzlich ein Stein durch die Scheibe, gut gezielt, genau getroffen. An meinen Kopf, meine Schläfe – bin umgekippt, weggedämmert. Irgendwann kam Jan Peters, dann der Krankenwagen. Habe ich ja alles gar nicht mitbekommen ...«

»Ein Stein, durch die Scheibe?« August starrte Wiard ungläubig an.

»Komm her.« Wiard schritt ins Nebenzimmer. »Hier«, er zeigte auf die kaputte Fensterscheibe, die er notdürftig mit einer Plastikplane abgedichtet hatte.

»Oh, Mann, das gibt's nicht! Das kann doch kein Zufall sein!« August war sprachlos.

»Zufall? Mitnichten. Weißt du, ich habe denen im Krankenhaus eine tolle Geschichte erzählt, wie das passiert ist, aber nicht die Wahrheit. Die steht hier drauf«, Wiard drückte August einen kleinen Zettel in die Hand.

August las. Da stand in ungelenken Druckbuchstaben, mit Bleistift, verwischt, aber noch sichtbar: ›Lass die Finger vom Deich, Schnüffler!!!‹

»Nee, das glaub' ich jetzt nicht ...« August wischte sich mit fahrigen Bewegungen über's Gesicht.

»Ist aber so. Ich verspreche dir hoch und heilig: Ich habe weder mein Fenster zerstört noch den Zettel an den Stein geheftet. Aber natürlich bestätigt mich das voll und ganz. Sollte wohl eine Warnung sein – hätte aber fast zu meinem Exitus geführt. Wenn das nichts Ernstes ist, August, was dann? Und wenn da was mit dem Deich nicht ganz gewaltig faul ist, ich bitte dich, August, was dann?«

»Ja, ich muss dir wohl doch recht geben. Das mit dem Stein ... Da gibt's jemanden, der weiß, was du tust, und dem ist das gar nicht recht. Das ist ja wie in einem schlechten Film. Du bist gefährdet, Wiard. Mann, Mann, und das hier, irgendwo zwischen Utlandshörn und Greetsiel, an einem Stück ostfriesischer Küste – wo doch sonst nichts Aufregendes los ist. Was können wir jetzt tun?«

»Es gibt hier einen Skandal – den müssen wir aufdecken!«

Plötzlich wurde August unwohl. Er hatte überhaupt keine Lust, Steine durch seine Fenster fliegen zu sehen, und dachte an Henrike und seine vier Kinder, die womöglich etwas abbekommen könnten. Ihm fielen schlimmere Dinge ein: Entführung, Mord. Und – war das, was Wiard passiert war, nicht schon versuchter Mord? Hätte schließlich auch schiefgehen können.

»Sag mal«, fiel ihm plötzlich ein, »wieso hast du nicht die Polizei alarmiert?«

»Guck mal – schon dich von meiner Theorie zu überzeugen, ist schwer genug. Glaubst du, die Polizei würde mir glauben?«

»Weiß nicht. Immerhin hättest du schwer verletzt werden können, vielleicht dabei draufgehen. Wer weiß? Da muss dann doch die Polizei ran, meine ich.«

»Ja, irgendwann schon. Aber vorerst will ich allein der Sache nachgehen. Oder zusammen mit jemandem, der mir glaubt. Bis die ganze Geschichte insgesamt glaubwürdiger ist. Dann kann von mir aus die Polizei auf Steineschmeißerjagd gehen.«

August zögerte: »Weißt du, ich würde mir den Deich ja gerne mal ansehen. Lass uns doch morgen zur Ostkrümmung gehen, vielleicht um Mittag herum. Und dann ... sagen wir mal, das stimmt nun alles so, wie du es gesagt hast, was dann?«

»Dann muss das schleunigst an die Öffentlichkeit«, ereiferte sich Wiard. Er ließ keinen Zweifel an seiner Entschlossenheit, die Geschehnisse ans Licht zu bringen.

»Du, das glaubt dir oder uns tatsächlich kein Mensch. Schlampige Finanzierung, schlechte Verträge, Politiker schmieren vielleicht noch hohe Firmenleute, damit ein Deichbauprojekt fertig wird vor der Landtagswahl, was weiß ich? Vielleicht auch umgekehrt, wohl eher ... Und wer deckt den Skandal auf? Wiard Lüpkes und August Saathoff, die beiden Stardetektive aus dem Polder. Sag mal selbst: Das glaubt uns doch kein Schwein. Und der Stein, na, das waren die selbst, um es glaubwürdiger erscheinen zu lassen. Guck mal: Gestern haben alle noch das große Loblied auf den neuen Deich und die rechtzeitige Fertigstellung gesungen mit viel Sekt und 'n Köhm hinterher, und jetzt so was? Keine Chance. Da kommen zwei ostfriesische Landeier daher und behaupten, der Deich sei nicht sicher, obwohl der zuständige Minister gerade noch einen darauf getrunken hat ... Vergiss es. Da braucht es Beweise, handfeste, unwiderlegbare Beweise. Du hättest gleich die Wahrheit sagen sollen, die Polizei holen, nach dem Steinwurf ...«

»Super Idee, so im Koma ...«

»O. k., hast recht, dennoch – jetzt damit zu kommen, später, macht's unglaubwürdig.«

»Glaubst *du* mir?«

»Klar – das ist unbestreitbar, aber wohl nur für mich, noch jedenfalls.«

August war der Ansicht, man solle eine letzte Flasche Bier trinken, Wiard stimmte zu. Während sie auch diese leerten, beschlossen sie, sich um 13 Uhr am nächsten Tag auf dem Saathoff'schen Hof zu treffen und dann mit dem Auto zur Ostkrümmung zu fahren. August verabschiedete sich und lief – nachdenklich und zweifelnd – immer wieder den Kopf schüttelnd nach Hause.

»Danke«, hatte Wiard noch gesagt, »dass du mir zugehört hast. Ich mache mir ernsthaft Sorgen, um mich selbst, aber vor allem um unseren Deich.«

»Es wird schon nicht so schlimm kommen, so sieht er ja ganz stabil aus«, hatte August geantwortet, »und vielleicht hast du doch unrecht, was in diesem Falle gut wäre.«

»Ja, sicher.« August hatte in Wiards Augen gesehen, dass er voll und ganz überzeugt war, dass dieser Deich einer ordentlichen, wuchtigen Sturmflut mit orkanartigen Böen aus Nordwest nicht gewachsen sein würde.

»Na, wie war's?« Henrike hatte schon geschlafen, als August sich so leise wie möglich zum Bett schlich, dabei aber auf irgendetwas Hartes trat, das zerbrach und Henrike weckte.

»Verdammt«, hatte er geflüstert, »was liegt hier wieder alles rum«, das war wohl etwas zu laut gewesen, denn Henrike hatte eigentlich einen festen Schlaf.

»Ganz nett.«

»Habt ihr Bier getrunken?«

»Ja, so ein, zwei.«

»Also waren's drei, vier. Und, was hatte Wiard?« In ihrem Kissen vergraben, war Henrike kaum zu verstehen, sie schlief schon fast wieder.

»Er denkt, dass demnächst unser Polder unter Wasser steht«, antwortete August und ärgerte sich auch im selben Moment, weil er wusste, dass es keinen Sinn hatte, mit Henrike irgendetwas zu besprechen, wenn sie in diesem Zustand war.

»Typisch Wiard, der hat ja öfter mal fixe Ideen ... Warum ist er verletzt, am Kopf?«, murmelte Henrike mehr, als dass sie fragte.

»Er ist gefallen, unglücklich.« August fragte sich, warum er log. Und auch, ob es nicht doch besser von Wiard gewesen wäre, gleich die Polizei einzuschalten.

»Ach, so ein Pech«, Henrike schlief in Sekundenschnelle wieder ein.

»Na, ist ja noch mal gut gegangen.« August wusste, dass seine Frau ihm nicht mehr zuhörte. »Dieses Mal ...« fügte er noch flüsternd hinzu.

6

August hatte schlecht geschlafen. Er erwachte am nächsten Morgen mit dem Klingeln des Weckers um 5.45 Uhr und hatte das Gefühl, er habe mindestens fünf halbe Liter Bier getrunken, was definitiv nicht stimmte. Er war beunruhigt. Dass da Steine durch Fensterscheiben geschmissen wurden, hier, im Polder, das machte ihm Angst. Er schüttelte sich, als wollte er seine Furcht damit abwerfen. Er hatte keine Zeit für trübe Gedanken, denn er hatte sich für heute viel vorgenommen. Die Kälberställe mussten neu gekalkt werden. Freerk sollte ihm dabei helfen. Das ›Wittjen‹, wie er das Kalken nannte, sollte noch vor Weihnachten abgeschlossen sein, was angesichts der Größe der Stallungen ein recht optimistisches Unterfangen war. Das Wetter zeigte sich heute von seiner typisch norddeutschen Seite: Graue Wolken, graues Licht, es wurde eigentlich gar nicht richtig hell (›Regen und Rött‹). Kälberställe kalken, Radio dabei anstellen – das ging bei solchen Bedingungen ganz gut. Angesichts des gestrigen Gespräches bei Wiard war seine Laune allerdings mehr als gedämpft.

»Die Kälberställe müssen blitzen«, predigte sein Vater immer wieder, »das war immer so, und so musst du es auch halten, wenn alles funktioniert, alle Reparaturen sofort erledigt werden, wenn alles betriebsbereit, ordentlich und sauber ist, läuft der Laden automatisch.«

Tatsächlich hatte Augusts Vater sein Leben lang bis spät in den Abend hinein, wenn die Hauptarbeit getan war, noch hier und da repariert, gestrichen, gemäht, eben alles getan, damit der Hof immer ›wie geleckt‹ aussah. August kannte es nicht anders und führte diese Tradition fort. Außerdem nahm August am Vereinsleben im Polder rege teil – das kostete Zeit, die er an anderer Stelle einsparen musste. Sein Vater hatte sich derartige Dinge verwehrt, hatte wohl auch kein besonderes Interesse daran gehabt (»Hör mir auf mit der Vereinsmeierei«). Feuerwehr, Fußball, Heimatverein, da kamen für August schon allerhand Termine zusammen (»Vielleicht sollte ich auch ein Amt in den Vereinen übernehmen«, hatte Henrike gesagt, »und du sorgst dann etwas mehr für Haus und Familie …« »Warum nicht?«, hatte er geantwortet, aber Henrike hatte weder am Fußball noch an der Feuerwehr Interesse; Nordic Walking war jetzt trendy, vielleicht kam das ja auch mal im Polder an …). Einmal im Jahr verbrachte August mit alten Freunden aus der Schulzeit ein Wochenende, meist nur von Freitagabend bis Sonntagmittag, aber immer, wenn es so weit war, brachte ihn das ein bisschen mit seinem Gewissen in die Bredouille. Henrike dagegen unterstützte diese Treffen, was nicht uneigennützig war, denn auch sie hatte ein, zwei Wochenenden, an denen sie mit Freundinnen dem Hof, dem Mann und den Kindern den Rücken kehrte – dann blieb August allein zurück, meinte nur: »Kein Problem«, und sah einmal mehr, wie schwer es war, die Arbeit auf dem Hof mit der Hausarbeit und den Angelegenheiten seiner Kinder gleichzeitig zu meistern. Er ertappte sich dabei, mitunter die Nerven zu verlieren, und dann gab's ein Donnerwetter, das sich gewaschen hatte. So erlebten ihn die Kinder jedoch nur selten. Von dem, was er sich vornahm zu erledigen, schaffte er allenfalls die Hälfte. Damit Henrike Sonntagabend in ein einigermaßen aufgeräumtes Haus zurückkehren konnte, versuchte er zu spülen, zu waschen, aufzuräumen, aber am Ende blieb doch das ein oder andere liegen. Und dann musste er sich auch noch um eine Vertretung kümmern, falls es ein Vereinsereignis gab. »Bloß keinen Einsatz an diesem Wochenende«, dachte er hinsichtlich seiner Zugehörigkeit zur Ortsfeuerwehr. Wenn er für ein Wochenende Familie und Hof verließ, bemerkte Henrike nur: »Das mit dem Melken kriege ich wohl noch gerade so hin«, und August wusste, dass es stimmte.

Nach dem Melken und einer Frühstückspause begann August das Wittjen. Freerk half ihm, heute fielen mal wieder einige Schulstunden aus, schließlich hatte die Landesregierung im Rahmen ihres neuen Qualitätsprogramms für die Schulen allerhand Stellen gestrichen, weshalb es zu Engpässen kam, die in Unterrichtsausfall mündeten.
»Also, die Ställe streichst du wirklich gut, die Landesregierung hat sich bei alldem etwas gedacht, ich bin mal wieder schwer begeistert von der Politik.«

»Mir gefällt's auch. Ständig anstreichen wäre langweilig, aber ein paar Tage, da habe ich nichts gegen.«

»Aber morgen ist doch wieder Schule?« August sah seinen Sohn nun etwas besorgt an, fürchtete, dass die Auswirkungen des Qualitätsprogramms vielleicht allzu negativ werden könnten, nicht wegen Freerk, den konnte er hier gut gebrauchen, mehr wegen Freerks Schulbildung. Im letzten Jahr war oft der Unterricht ausgefallen.

»Unser Mathelehrer ist wohl wieder gesund, nachdem Mathe die ganze letzte Woche ausgefallen ist.«

»Eine Woche lang kein Mathe?« August fragte sich zunehmend, ob er die richtige Partei wählte. Hatten die im vorigen Wahlkampf nicht etwas von Verbesserung bei der Versorgung mit Lehrern, Verringerung des Unterrichtsausfalls (von Vermeidung war keine Rede gewesen), Chancengleichheit und Ähnliches geschwafelt? Und hatte ihm nicht neulich jemand erklärt, dass die Regierung in ihren Berechnungen zum Bildungshaushalt von vornehrein mit einem Unterrichtsausfall von mindestens 10 Prozent rechne? Auch angesichts der letzten Diätenerhöhung, die sich der Landtag gegönnt hatte, quasi gleichsam zur Festschreibung einer weiteren Nullrunde für die Rentner, kam er ins Grübeln. Sein Vater hatte sehr geflucht: »Selbstbedienungsmentalität ist noch freundlich ausgedrückt, und dann nach fünf Jahren im Parlament schon dick Rente kassieren …« Er war richtig sauer, neulich. Aber deswegen nun beim nächsten Mal eine andere

Partei wählen? Nee, das denn doch nicht. Die würden schon noch zur Besinnung kommen.

»Anstatt Mathe hatten wir Vertretung, bei unserem Kunstlehrer vom letzten Jahr, da haben wir ein paar schöne Sachen gemacht, zum Glück kamen keine Zahlen und Rechenaufgaben vor.«

»Na ja«, murmelte August, »das eine wie das andere ist sinnvoll, ihr sollt ja erst mal in der Breite was lernen«, wo hatte er das noch neulich gelesen, er wusste es nicht mehr, »aber Mathe ist nun mal sehr wichtig …«

»Ach«, wehrte Freerk ab, »ich mach später was, das bestimmt nichts mit Mathe zu tun hat.«

»Alles hat mit Mathe zu tun«, reagierte August prompt, und wieder fragte er sich, woher er das hatte, hoffte gleichzeitig, Freerk würde nicht fragen, wie er das meine.

»Ja, ich weiß, das hat unser Mathelehrer auch immer gesagt. So ganz verstanden habe ich das allerdings nicht.«

August war erleichtert, denn zum einen war Freerk offenbar die elementare Wichtigkeit der Mathematik bewusst, zum anderen hatte er keine konkrete Antwort seines Vaters eingefordert. Den Mathelehrer hatte er indes schon durch den Sohn seines Nachbarn als einen im Gegensatz zu anderen Lehrern nicht besonders engagierten Vertreter seiner Zunft kennengelernt, ihn aber persönlich nie getroffen. Sie wittjeten schweigend weiter, und die ersten drei Kälberställe erstrahlten bald schon in neuem Glanze.

»Hier möchte ich auch Kalb sein«, eine bekannte Stimme holte August Saathoff und seinen Sohn aus ihren Gedanken, zu denen sie das Streichen verleitet hatte. Unvermittelt stand Wiard vor ihnen.

»Moin, ihr beiden, das macht ihr aber schön, heel mooi«, er lachte, hatte offensichtlich gute Laune. Er hielt ein paar Blätter Papier in der Hand.

»Moin Freerk«, rief er dem Jungen zu, »keine Schule heute, oder hat dein Vater dir eine Entschuldigung geschrieben, damit du ihm beim Wittjen helfen kannst?«

»Nee, heute fällt 'ne Menge aus, und ich habe mich zu spät abgesetzt. Mein Vater war schneller und hat mich zum Anstreichen verdonnert. Was hast du denn da am Kopf?«

Er mochte Wiard, war schon viele Male bei ihm gewesen, kannte ihn seit Jahren. Im Sommer waren sie oft mit dem Boot in die Bucht rausgefahren und hatten Butt, Meeräschen, Aal mitgebracht, alles, was das Wattenmeer an Gutem zu bieten hat.

»Ach, kleine Verletzung. Bin hingefallen, einfach ausgerutscht, und absolut blöd auf die Stuhlkante geknallt. Zum Glück ist nichts passiert – war aber eine Nacht im Krankenhaus. Aber was soll's. Wird schon wieder werden ... Mann, hier lernst du ja richtig was«, meinte Wiard, »wittjen ist vielleicht ebenso wichtig wie Gemeinschaftskunde oder Chemie, was?« Er war sich selbst nicht ganz sicher, ob er das auch so meinte, wie er es sagte, und erwartete nicht unbedingt eine Antwort.

»Weiß nicht«, sagte Freerk prompt, und August rief: »Also, wenn ich mir angucke, womit die in einigen Fächern die Zeit zubringen, da würde ich ihn lieber regelmäßig ein paar Tage hier behalten. Ich glaube, da gäb's ein paar sinnvollere Dinge zu lernen – und der Praxisbezug würde ins Unermessliche steigen, daran fehlt es nämlich, gerade am Gymnasium ... Was habt ihr da neulich gelesen? Warten, warten ...«

»... auf Godot«, ergänzte Freerk.

»Genau ... also so ein Käse, dass so etwas gedruckt wird ...«

»Ich fand's gar nicht so schlecht«, gestand Freerk leise.

»Samuel Beckett ist einer der ganz Großen«, warf Wiard ein, und August wunderte sich, wieso Wiard wusste, wer ›Warten auf Godot‹ geschrieben hatte. Er sagte nichts dazu, strich nur etwas schneller, schließlich musste der Kälberstall fertig werden ...

»Ach, August, du hast eben keine Ahnung von diesen Dingen«, lachte Wiard, »wir gehen der Wissensgesellschaft entgegen, da muss unsere Jugend noch viel mehr lernen.«

»Na prima«, entgegnete August, »aber vielleicht was Brauchbares? Erstens fällt dauernd der Unterricht aus, und zweitens ist das mit dem Wissen ja schön und gut, aber es muss doch auch Leute geben, die dafür sorgen, dass Milch, Käse und Fleisch im Laden zu haben sind, und das lernt man bestimmt nicht in der Schule, im Gegenteil, gerade die Abiturienten meinen doch oft, das sei einfach alles da, vom Himmel gefallen, oder was weiß ich. Die Milch steht im Kühlschrank. Punkt. Aber wie kommt sie da eigentlich hin? Und wieso ist sie in Tetrapaks abgefüllt? Und ..., ach, holl mi up. Niemand denkt an die schwere Arbeit in der Landwirtschaft, auf die immer alle schimpfen.« Diese Debatte war Wiard bekannt, und er wusste, wie man August prima provozieren konnte.

»Ganz so blöd sind wir auch wieder nicht«, entgegnete Freerk. Er war ein guter Schüler, o. k., Mathe war nicht ganz so prickelnd, aber er selbst hatte darauf bestanden, Abi zu machen, obwohl er in der neunten und zehnten Klasse nur knapp versetzt worden war. Er sagte seinem Vater wieder und wieder, dass er noch nicht wisse, ob er als sein Nachfolger zur Verfügung stehe, vielleicht wolle er auch mehr in die Biologie oder Bioinformatik gehen. August nahm das gelassen – schließlich hatte er noch drei weitere Kinder – und hatte keinerlei Einwände gegen die Idee seiner älteren Tochter, den Hof zu übernehmen. Die war gerade erst sechs Jahre alt, aber großer Pferdefan und meinte, im Laufstall könnten anstelle der Kühe doch ebenso gut gleich viele Pferde stehen. Augusts Eltern meinten zwar, das ginge doch wirklich nicht, es sei denn, sie heirate einen Bauern. Aber August, ganz der Zeit angepasst, entgegnete: »Mann, Mann, die Zeiten ändern sich, das müsst ihr auch einfach mal akzeptieren. Schauen wir mal, was überhaupt so passiert bis dahin, und wenn sie will, meine Unterstützung hat sie. Das sind doch olle Kamellen, von wegen erster Sohn und so, wo leben wir denn?«, und dann, meistens nach einer kurzen Pause, setzte er noch hinzu: »Zum Glück haben wir andere Zeiten!« Das in der Regel folgende: »Na, es gab viel Gutes früher«, überhörte er und dachte an den Spruch: ›Jetzt leben wir in der Zeit, von der wir später sagen werden, es sei die gute, alte Zeit.‹

Eine kleine Pause entstand, als Wiard fragte: »August, kann ich dich kurz sprechen? Ich habe da noch etwas, wegen gestern.«

August hatte eigentlich keine große Lust, jetzt über den Deich zu reden. Er hatte eine imaginäre Linie an die zu streichende Außenwand gemalt, bis dahin wollte er heute mit dem Wittjen kommen; alles andere wäre nicht genug. Seiner Meinung nach, schließlich war niemand sonst da, der das hätte kritisieren können. Andererseits hatte er wieder und wieder über Wiards Deichgeschichte nachgedacht und das Bild des nassen Deichfußes vor Augen.

»Was macht denn deine Verletzung?«, fragte er ausweichend.

»Ich sag ja, wird schon werden.« Wiard ging nicht weiter auf die Frage ein.

»Ja, dann komme ich mal eben«, gab August sich geschlagen, fügte hinzu: »Freerk, mach ruhig mal 'ne Pause, sag Mama doch eben, sie soll Tee machen, wir kommen gleich.«

»Mama ist doch gar nicht da. Die ist doch in die Stadt, einkaufen, und zur Kfz-Meldestelle, den McCormick anmelden.«

»Dann setz doch bitte schnell Wasser auf. Um

den Tee kümmern wir uns.« August drückte den Deckel leicht auf den Farbeimer und ging Richtung Tor.

»Den alten McCormick? Den wollt ihr wieder anmelden?«, wunderte sich Wiard.

»Klar, den habe ich repariert, die Kinder haben die Roststellen mit schönem Cormick-Rot übermalt, eine neue alte Lichtmaschine vom Schrotthändler Arnold Poppinga hat er auch bekommen, und nun ist der alte Schlepper wieder fit. Den kriegst du nicht kaputt, wenn man nicht gerade in den Schlot oder gegen eine Wand fährt. Ich brauche zwei Trecker, die offiziell angemeldet sind.«

»Ach, fahr ihn doch so, mach ein altes Schild dran – das merkt doch kein Schwein hier, oder es ist ihnen egal ...«

»Ja, und schon steht Holger Janssen, unser Dorfpolizist, vor mir, und ich hab ein Strafmandat an der Backe kleben.«

»Ach, Holger ist ein feiner Kerl ... aber er nimmt seinen Dienst ernst, da hast du recht.«

»Du, da kennt der nix. Letztes Jahr habe ich eine halbe Stunde mit ihm diskutiert, weil ich mit der alten 250er-BMW eine Probefahrt gemacht habe. Freerk hat angeschoben, und plötzlich lief die Gurke wieder. War natürlich auch nicht angemeldet. Steht Holger da und macht Alkoholkontrolle, mit zwei Kollegen. Er war der Schlimmste. Also, am Ende haben sie mich gehen – oder vielmehr fahren – lassen, aber auf dem direktesten Weg nach Hause. Er hat mir ernsthaft mit Punkten in Flensburg, Führerscheinentzug und was weiß ich nicht noch allem gedroht ... Was gibt's denn eigentlich?«

»Hör zu«, sagte Wiard kurz, »ich habe gestern Abend noch etwas vergessen. Ich hatte dir doch erzählt, dass ich eine Zeit lang ganz in der Nähe der Bauleitung gearbeitet habe. Ein paar Mal war ich auch in deren Bude, da standen ganze Schreibtische mit Unterlagen herum, und die Ingenieure gaben sich die Klinke in die Hand. Außerdem kamen auch öfter welche vom Vorstand vorbei, die Besprechungen liefen da häufiger. Da ich mitunter auch als Informationsträger genutzt worden war, hatte ich mit einigen Ingenieuren Bekanntschaft geschlossen, und es fiel nicht besonders auf, wenn ich mich dort aufhielt. Ich habe die Leute hier und da auch mal gefragt, so nach dem Motto: ›Ich habe keine Ahnung, aber müsste es nicht so und so sein?‹ Die haben mir dann allerhand erklärt, alles habe ich nicht immer gleich kapiert, die einen können eben erklären, die anderen nicht. Aber ich habe was mitgekriegt und außerdem ein paar Unterlagen kopiert, die ich interessant fand und die damals noch mehr oder weniger herumlagen. Es achtete zunächst niemand auf die Dokumente, in den Bauwagen kamen ja im Prinzip nur die Ingenieure. Damals hatte ich aber schon einen Verdacht, habe den aber verdrängt, da viel anderes zu tun war, außerdem ging's mir auch um das Geld, gar nicht so sehr um den Deich als solchen. Kurze Zeit später war man wesentlich restriktiver geworden. Ich denke, danach wurde alles noch schlimmer. Ich war nicht bis zum Bauende dort, weil die einen Ein-Euro-Job aus meiner Stelle machen wollten, das hätte mir aber nichts mehr gebracht. Da habe ich den Job besser gelassen. Ich habe die Dokumente jedenfalls mal schnell unter dem Vorwand, für irgendjemanden am Deich den ein oder anderen Planausschnitt vervielfältigen zu müssen, gleich doppelt kopiert. Eigentlich weiß ich heute gar nicht mehr so genau, weshalb ich das getan habe. Vielleicht Intuition. Ich habe auch noch eine Kopie für Dich.«

»Erst mal will ich sehen, was das überhaupt ist.« August war gleichermaßen neugierig wie unschlüssig, ob er das alles wirklich wissen wollte. Denn wenn auch nur ein bisschen stimmte von dem, was Wiard behauptete, war er Mitwisser, und Mitwisser, das wusste er aus amerikanischen Spielfilmen ebenso wie aus dem wahren Leben, lebten mitunter gefährlich. Gerade bei dem Gedanken an den Steinwurf und Wiards schwerer Verletzung wurde August zunehmend unwohler. Sie hatten inzwischen das Wohnhaus erreicht, und Freerk hatte tatsächlich Wasser aufgesetzt, das schon fast kochte. August wäre jede Wette eingegangen, dass sein Sohn es vergessen hatte. Nun gab er drei Löffel Tee in den Treckpott und übergoss das Ganze mit kochendem Wasser. Dann füllte den Tee in die neue doppelwandige Kanne um. Die hielt ihn so schön lange warm. Anhand dieser bahnbrechenden Erfindung hatte August neulich nach dem Fast-Tankerunglück vor Wilhelmshaven den Kindern erklärt, warum doppelwandige

Tanker sicherer waren als viele der Seelenverkäufer, die nach wie vor auf der Seeschifffahrtsstraße, also nicht weit entfernt vom Wattenmeer, herumschipperten.

Wiard saß längst am Tisch und sah seine Kopien durch. Von Weitem erkannte August Zeichnungen, Tabellen und ein paar Texte, lesen konnte er aber nichts.

»Kekse?« fragte er Wiard.

»Nee, lass man, habe eben erst gefrühstückt.«

»Eben erst gefrühstückt, das muss man sich mal vorstellen. Es ist nach 10 Uhr. Das ist ein Leben – Urlaub pur.«

»Ich habe vor dem Frühstück schon eine Menge zutage gefördert bei meinen Recherchen. Nu sett di mol henn und guck mal.«

»Nicht so hektisch, Wiard, hier ist erst mal dein Tee.« August stellte eine Tasse des dampfenden Heißgetränks vor Wiard hin. Aus einer großen Schüssel, die er aus dem Kühlschrank holte, schöpfte er die Sahne, die sich oben abgesetzt hatte, ab und gab in beide Tassen ein wenig davon hinein. Wie eine Wolke breitete sich die Sahne im Tee aus, ein Schönwetter-Kumulus.

»Tee as Ölje, Kluntje as'n Schliepsteen und Rahm as'n Wulkje«, wiederholte Wiard, gebannt auf die sich schlierenförmig auf dem Tee ausbreitende Sahne starrend, den Werbespruch einer größeren Teefirma, die diesen allerdings auch nicht erfunden hatte. Für einen Augenblick war er vom Deich ab- und auf den Tee gekommen.

»Hallo, Herr Nachbar!«, rief August Wiard in

die Realität zurück, »was hast du da denn nun Feines?«

Wiard sah ihn kurz an und fragte sich, weshalb heutzutage nicht einmal Zeit ist, dem Tee nicht nur als gewöhnlichem Getränk, sondern vielmehr als philosophischem Medium zur Anregung aller Sinne – nicht nur derjenigen, die für den Geschmack zuständig waren – zu huldigen. Doch dann nahm der Deich wieder vollständig seine Gedankenwelt ein. Er legte drei DIN-A4-Bögen so auf den Tisch, dass beide gute Sicht hatten.

»Hier, das ist die Ostkrümmung«, begann er und deutete mit einem Bleistift auf eine Biegung in einem Sammelsurium von parallelen, senkrechten und manchmal auch schräg stehenden Linien, die den neuen Deich kennzeichneten. »Hier war ich ein paar Wochen direkt am Deichbau beteiligt. Und hier – er zeigte auf ein paar andere Striche – haben sie angefangen, auf entscheidende Dinge zu verzichten, weil die Zeit nicht mehr reichte, die Firma nicht mehr im Plan war und die Leute panisch wurden, allen voran der Vorstand, dazu zeige ich dir noch etwas.« Wiard machte eine kurze Pause.

»Guck dir mal die zweite Kopie hier an.« Auf dieser waren neben allem, was auch auf der ersten zu sehen war, einige Anmerkungen angebracht, aus denen August aber nicht schlau wurde.

»Hmm«, machte der, »und?«

»Ja, genau so habe ich auch reagiert und mir zunächst nichts dabei gedacht. Aber mittlerweile ist es mir klar geworden, hier sieh mal, hier steht

›k.w.‹ und hier ›w.m.‹, weißt du, was das bedeutet?

»Nee, bin ja kein Deichbauer.« Wiard hörte die Ironie in Augusts Worten.

»Das hat mit Deichbauer nichts zu tun, August, bleib fair, lass mich wenigstens erklären, was ich dir sagen will, am Ende kannst du entscheiden, ob du mir glaubst oder nicht.«

»Nun mal nicht so empfindlich. Red mal weiter, neugierig bin ich, aber auch kritisch.«

»Ja, ich kenne dich lange genug. Also, beim Finanzamt gab's auch immer Abkürzungen, eine schöne war ›k.w.‹, das stand für ›künftig wegfallend‹ und wurde für Personalstellen verwendet, die nach Ausscheiden des entsprechenden Mitarbeiters nicht wieder besetzt wurden, weil es neue Einsparauflagen von oben gab.«

»Das macht mich nicht schlauer, was soll das auf einem Deichbauplan? ›Künftig wegfallend‹ …«

»Hier heißt es natürlich etwas anderes, du musst nur ›künftig‹ durch ›kann‹ ersetzen.«

»Ist aber schlechtes Deutsch.«

»Blödmann. Streich das letzte ›d‹. Sei doch mal ernst, Mann, ich meine es jedenfalls bitterernst.«

»Ja, ja. Kann wegfallen«, murmelte August und schenkte erneut Tee ein. »Und?«

»Mann, du bist aber auch ein Bauer, wie er im Buche steht«, lamentierte Wiard, wurde aber unterbrochen:

»Wie war das mit dem fair Bleiben?«, fuhr August dazwischen.

»Ist ja schon gut. Also, wenn da ›kann wegfallen‹

steht, heißt das, dass hier etwas ursprünglich Vorgesehenes nicht mehr in den Bau eingefügt werden soll. Und dann muss man mal genau gucken, wo der kleine, schwache Pfeil hinzeigt, an dem ›k.w.‹ steht.«

Wiard verfolgte mit dem Bleistift diesen Pfeil, der auf der Plankopie an einer ebenso dünnen Linie endete, die parallel zu einigen anderen verlief, diesmal aber in dem Ausschnitt zum Deichquerschnitt.

»Das ist die Kleischicht, ein entscheidender Faktor für die Stabilität des Deiches. Sie verhindert, dass der gesamte Deich allzu schnell durchweicht. Die konnte hier wegfallen oder zumindest dünner ausfallen. Und ich weiß auch warum. Es ging schlicht darum, dass die Lieferungen des Materials für ein, zwei Wochen eingestellt worden waren, weil das Konsortium in dieser Zeit als zahlungsunfähig galt. Gleichzeitig hatte sich die Betriebsleitung verpflichtet, die Ostkrümmung bis zu einem bestimmten Datum fertigzustellen. Die vertraglich festgelegten Sanktionen bei Nichterfüllung wären vermutlich ziemlich saftig ausgefallen. Und nun kam es, wie es kommen musste. Da wir gerade mal wieder Landtagswahlkampf hatten und ein Termin mit hochkarätigen Politikern am neuen Deich nicht fehlen durfte, wurde beschlossen, den Deich gemäß des Zeitplans fertigzustellen. Das offizielle Bauende war nach den Verzögerungen im Rahmen der finanziellen Schwierigkeiten des Baukonsortiums nach hinten verschoben worden. Andererseits war es praktisch nicht möglich, den

Deichbau ordnungsgemäß abzuschließen. Also musste man etwas tun, um den Bau voranzutreiben. Gleichzeitig kamen offenbar Lieferschwierigkeiten hinzu – eben bedingt durch die drohende Insolvenz. Da stand nun die Deadline im Weg, wie bei so vielen Projekten, die fertig werden müssen, obwohl man weiß, dass dies in ausreichender Qualität kaum möglich sein wird. An dieser Stelle, an der Ostkrümmung, ist der Deich also schnell zusammengeschustert worden, anders kann man das wohl nicht sagen. Im Moment kein Klei vorhanden, extremer Zeitdruck, also Klei weglassen. Oder wenig Klei, dann eben nur das verbauen, was gerade noch da ist, kommt hier ja nicht so drauf an ... Sand, Steine, Deckwerk für den Deichfuß? Auch weglassen. Sand setzen lassen? Ja, aber nicht zu lang .... Positive Folge: Der Zeitplan wurde eingehalten, die Verantwortlichen haben den obligatorischen Schnaps drauf getrunken, es wurden Reden gehalten, alle sind nach Hause gefahren, und das war's. Nachteil: Na, dazu brauche ich dir nichts zu sagen ...«

August sah Wiard an, entgegnete aber nichts.

»Und nun lies mal das hier«, fuhr Wiard fort und drückte August eine weitere Kopie in die Hand, die nun keine Zeichnungen, sondern ausschließlich Text enthielt. ›Vertraulich‹, dieser Stempel war nicht zu übersehen.

»Nun lies schon, den Tee nehme ich mir selbst«, sagte Wiard und setzte seine Absicht in die Tat um.

August folgte der Aufforderung und konnte

nicht glauben, was er da wahrnahm. Nach einigen einleitenden Sätzen kamen die entscheidenden Worte: ›… ist davon auszugehen, dass angesichts der wesentlich geringeren seeseitigen Bedrohung dieses Deichabschnittes auf Höhe der Ostkrümmung die standardmäßig überaus hohen Qualitätsanforderungen nicht notwendig sind und daher von der vorgeschriebenen Norm geringfügig abgewichen werden kann.‹ Weitere Erläuterungen zu ›DIN‹ und ›ISO‹ und anderen, ihm oft nicht bekannten Abkürzungen las er nur oberflächlich, wusste aber, dass es hier um gute Ingenieurpraxis und gängige Vorgehensweisen beim Deichbau ging, die offenbar in der Endphase mit Füßen getreten worden waren. Soviel jedenfalls verstand er. ›Auf Höhe der Ostkrümmung werden daher angesichts des knapp bemessenen Zeitplanes einige sonst gängige Komponenten in von der Regel abweichender Menge verwendet, die für die speziell in diesem Abschnitt zu gewährleistende Sicherung des Deiches ausgelegt und in einem kurzfristig bei einem unabhängigen Büro in Auftrag gegebenen Sondergutachten unter den gegebenen Maßgaben als ausreichend erachtet worden sind.‹ August musste den Abschnitt zweimal lesen, um ihn zu verstehen. Wenn es so ausgedrückt wurde, dass man's nicht gleich verstand, musste wohl etwas daran faul sein. So jedenfalls dachte August. So war das immer, auch beim Kleingedruckten in Versicherungsverträgen. Die Wahrheit kann man auch einfacher ausdrücken. Dennoch mutmaßte er: »Vielleicht ist das ja wirklich so, dass hier den

Anforderungen nicht in vollem Umfang entsprochen werden muss, wenn ein unabhängiges Büro das bestätigt.«

»Absoluter Unsinn«, befand Wiard barsch, »die Anforderungen müssen überall gleichermaßen erfüllt werden. Und so ein unabhängiges Büro, das kannst du erstens schmieren und zweitens ganz schnell mal eben gründen und dann ebenso schnell wieder auflösen, gerade wie es am besten passt. Alles andere zu denken, wäre naiv, August. So ist die Welt. Ich sage dir: Weil die Finanzierung plötzlich auf schwachen Füßen stand, wurden auf einmal ganz viele Leute nervös. Die im Konsortium tätigen Bauunternehmer, weil sie ihre Felle davonschwimmen sahen, die Chefs, weil sie ohne das Geld das Projekt nicht ordentlich zu Ende führen konnten und dann wohl kaum ihren verabredeten Lohn – na, das soll wohl einiges gewesen sein – bekommen würden, die Politiker, weil sie die Erfolgsgeschichte ihrer Legislaturperiode gefährdet sahen, die lokalen Behörden, weil sie der Bevölkerung hätten sagen müssen, dass sie den Deichbau trotz nahender Herbst- und Winterstürme stoppen würden, und, und, und … Die Finanzierung musste – wie auch immer – wieder passend gemacht werden, und der Deichschluss musste her. Was also dahintersteckt, ist eines: Geld – die einen wollten nicht Gefahr laufen, in Regress genommen zu werden, die anderen wollten das Risiko eines weiteren Kredites nicht eingehen, diese wollten das, andere jenes. Das alles wäre für die Verantwortlichen ein Desaster geworden. Außerdem wäre der politisch wichtige Termin geplatzt und die ganze Angelegenheit in die Presse gekommen, und ...«, Wiard leerte die dritte Tasse in einem Zug, »... und es wäre, alles in allem, ein großes Hallo geworden, gelinde gesagt. Öffentlich ein großes Hallo, für die Politiker ein sehr negativer Punkt gerade vor der Wahl, für die Firma – und das ist das Entscheidende – endgültig das wirtschaftliche Fiasko. Die hatten ihre Gläubiger schon bis an den Rand des Wahnsinns getrieben; die erneute Nichteinhaltung der Deadline hätte das Fass zum Überlaufen gebracht. Für die Politiker hätte das einen Haufen neuer Arbeitsloser bedeutet, gerade hier in der Region, wo es ohnehin reichlich mau aussieht mit der Arbeit. Das hätte was bedeutet, und das so kurz vor der Wahl, das hätte wieder Prozente gekostet ...«

»Was ist mit dem Sondergutachten? Die Ostkrümmung liegt so weit vom Ufer weg, da läuft doch das Wasser wirklich nicht so hoch auf. Wiard, das sind doch alles noch keine Beweise – hier steht ja auch gar nicht, was eigentlich gemeint ist, wir haben das jetzt mal so interpretiert, dass es passt, aber ...«

»Mit dem Sondergutachten ist es genau so, wie ich es dir erklärt habe: Irgendwo findet man immer einen sogenannten Fachmann, der ein Gutachten schreibt, das so ausfällt, wie man es wünscht – man muss nur genügend bieten. Warum gibt es wohl Gegengutachten? Und wenn's nicht klappt, schreiben die Ersten ein Gegengutachten zum Gegengutachten, und so weiter ... Und wer soll sagen, welches Gutachten nun stimmt? Wir mit Sicherheit nicht, August, das steht fest. Etwas Derartiges wird manchmal so lange betrieben, bis es keine Sau mehr interessiert ... Na, und am Ende wird's dann eines der Gegen-Gegen-Gegengutachten, aufgrund dessen irgendetwas unternommen wird. Und wenn Argumente nicht mehr ausreichen, ob sie nun stimmen, oder nicht, na, dann muss man eben mit anderen Mitteln nachhelfen. Da steckten große Firmen drin, und wo viele Große sind, da ist auch großes Geld.« Wiard gönnte sich eine kurze Pause und fuhr dann fort: »Was soll's, ich habe es dir erzählt. Ich jedenfalls gebe nicht auf. Gerade jetzt, nach dem Steinwurf, der auch dir alle Zweifel nehmen sollte. Weißt du, ich will auch einfach wissen, wer es da auf mich abgesehen hat. Schließlich läuft der hier noch irgendwo herum und kommt unseren Häusern gefährlich nahe. Ich habe schon ein wenig Fracksausen, wenn ich mir das so vorstelle«. Wiards Wangen waren inzwischen wieder rötlich angelaufen.

»Deinem Haus«, warf August ein.

»Ach nee, und wer sagt dir, dass derjenige nicht auch weiß, dass wir ständig zusammenstecken? Der kann sicher eins und eins zusammenzählen, und dann ist die nächste Scheibe kaputt – aber auf deinem Hof.«

August entgegnete darauf zunächst nichts, dann wurde ihm bewusst, dass Wiard recht hatte, und sein Pulsschlag erhöhte sich merkbar. Er murmelte: »Oh nee, holl mi up!«

»Ich habe dir deshalb noch ein bisschen Bettlektüre mitgebracht. Aber bitte, ich weiß ja, dass das alles noch kein vollkommen rundes Bild ergibt«, er lächelte und schob ihm einen Plastikschnellhefter zu. August nahm den Ordner und ließ die Blätter einmal durch seine Hände rauschen.

»Ich kann's mir ja mal ansehen«, er flüsterte geradezu, Papierkram lag ihm nicht, egal wie er ihm entgegentrat. Er dachte an seine Kälberställe und daran, dass er nun weiter wittjen wollte. Wo war noch einmal die Linie, die er in Gedanken an die Wand gemalt hatte? Und überhaupt – es war Montagvormittag, und es musste jetzt weitergehen.

»Wat sitten ji in't Köken to proten«, hätte sein Großvater gesagt, »Tee drinken gafft bi uns nur an't Weekenend, so kanns't keen Geld verdeenen.« Das ging ihm jetzt seltsamerweise durch den Kopf.

Aber sich den Deich aus dem Kopf schlagen konnte August nicht mehr. So viel hatte Wiard erreicht, das musste er anerkennend zugeben. Vor allem aber war er zutiefst beunruhigt. Er lebte hier mit seiner Familie. Und es trieb sich jemand in der Gegend herum, der offenbar vor Gewalt nicht zurückschreckte. Wenn er daran dachte, dass seine Kinder in die Schusslinie geraten könnten, dass sie eventuell schon jetzt bedroht waren ... Es fröstelte ihn. Als Wiard gehen wollte, drehte dieser sich noch einmal um: »Übrigens, seitdem die Bucht und andere Teile hier an der Küste weiter eingedeicht worden sind, läuft die Flut tatsächlich doch höher auf, ich habe dazu zufällig eine wissenschaftliche

Studie gefunden, die genau dies bestätigt. Stimmt also nicht, was du eben gesagt hast und was in dem Sondergutachten steht ...«

»Tatsächlich?«, entgegnete August matt. »Wiard, also, wir müssen sehen, dass wir weiterkommen, weißt du, ich guck mir das mal an. Mein Kopf ist jetzt zu, ich muss das erst mal alles sacken lassen. Also, bis dann.« Wiard sah August an, dass es ihm für den Moment reichte.

»Tschüss«, sagte er und ging. Kurz vor dem Hinausgehen drehte er sich noch einmal um und setzte an, etwas zu sagen, doch er ließ es, wandte sich wieder ab. Die Tür fiel leise hinter ihm ins Schloss.

7

Wieder war August in der Nacht oft aufgewacht. Die Angelegenheit ging ihm einfach nicht mehr aus dem Kopf. Er wusste nicht, ob er Henrike etwas erzählen sollte. Er wollte seine Familie aus all dem heraushalten. Bloß kein Steinwurf in eines seiner Fenster. Was, wenn nun gerade das geschah und er dann zugeben musste, dass er gewusst habe, dass so etwas passieren konnte? Er hatte Wiards Kopfverband vor Augen. Wenn er sich vorstellte, dass Gero oder Karina gerade hinter der Scheibe spielten ...

August und Freerk waren gut mit den Kälberställen vorangekommen, abends waren viele schon fertig in Persil-Weiß gekalkt.

»Fehlen nur noch die Tiere. Und die sauen dann alles in ein paar Tagen wieder ein.«

»Aber nur unten, oben bleibt das erst mal so, und es sieht doch gut aus«, entkräftete August sogleich den Einwurf seines Sohnes. »Und nun habe ich Hunger. Hast du Mama schon gesehen?«

»Ja, von Weitem, da stand eine Zeit lang ein Auto vor der Tür, und sie hat mit jemandem geredet, kannte ich aber nicht.«

»Was für ein Auto?«

»Roter Opel Zafira. Keine Ahnung, wer das war. Jedenfalls war er nach kurzer Zeit wieder weg, obwohl, zunächst schien er nicht anspringen zu wollen. Ich glaube, das war irgend so ein Vertreter, wollte euch wahrscheinlich 'nen neuen Laufstall oder Melkstand andrehen.«

»Das fehlt mir noch, ich frage mich, ob ich das, was hier jetzt rumsteht, jemals abbezahlen kann.« August machte sich auf den Weg zum Haus. »Kommst du auch?«

»Gleich. So in 'ner halben Stunde. Ich will noch kurz zum Schlafdeich, das Wetter ist so geil.«

Ja, ja, alles nur noch voll krass und geil bei der Jugend, ging es August durch den Kopf. Und wenn nicht, dann war es – wie war das noch – lappig, ja, so hieß das heute. Genau wusste er aber nicht, was lappig eigentlich bedeutete.

Der Schlafdeich lag etwa 300 Meter südwestlich vom Hof. Vor mehr als 120 Jahren hatte er noch als Außendeich gedient, damals hatte er den alten Polder geschützt, vor dem nun der jetzige, neue angelegt worden war, in dem die Saathoffs ihren Hof hatten, und der im Schutz des neuen Deiches lag, an dessen Standhaftigkeit Wiard Lüpkes so sehr zweifelte.

Hoffentlich hält er, schoss es August durch den Kopf, und er erkannte, dass irgendetwas passieren musste. Es konnte nicht alles einfach so weiterlaufen, er würde das auch nicht lange nervlich durchstehen. Er war ein ruhiger Typ, aber so etwas, Unbekannte, die Straftaten begingen, und das hier in der Einöde, das hatte er noch nicht erlebt – und es machte ihm zu schaffen.

Freerk ging gerne, gerade abends bei Sonnenuntergang, zum alten Schlafdeich. Der Blick nach

Westen war dann besonders schön, vor allem bei Wind Stärke drei bis vier, wenn der Himmel sternenklar, aber dennoch von schnell dahinziehenden Kumuluswolken durchzogen war und der Mond sein Licht in immer neuen Facetten in den Polder warf. Freerk blieb meistens eine gute halbe Stunde dort, manchmal auch länger, und war anschließend oft sehr gut gelaunt. Als August und Henrike sich kennenlernten, waren sie auch oft zum Schlafdeich gegangen. Zum einen, weil es dort schön war. Man hatte Ruhe, konnte sprechen, träumen, knutschen. Zum anderen, weil es in diesem platten Land eine Erhebung war, die die Sicht zum Hof nahm. So war es einer der wenigen Plätze, wo man sich ungestört nach Herzenslust küssen konnte oder auch mehr, wenn eine laue Sommernacht es wettermäßig hergab. Schon als Junge war August dort herumgestromert. Er dachte an den Song von Udo Lindenberg: ›Bin jahrelang tagtäglich am Deich entlanggerannt ...‹ Er überlegte einen Augenblick, ob er seinen Sohn begleiten sollte, doch schnell entschied er, dass Freerk sich kaum darüber freuen würde, hatte er doch den ganzen Tags schon mit dem Vater verbracht. Dafür war August ihm sehr dankbar. Und Freerk würde ihm dankbar sein, wenn er ihn jetzt allein ließe. Wer weiß, worüber er zu grübeln hatte. Vielleicht wollte er wirklich nur den Sonnenuntergang genießen. Ein ungeschriebenes, uraltes Familiengesetz besagte außerdem: ›Wer zum Schlafdeich geht, ob allein oder zu zweit, wird in Ruhe gelassen.‹ Selbst seine Eltern hatten sich immer daran gehalten. Aus seinem Zimmer hatten sie August und dessen Freundinnen (viele waren es nicht gewesen, bis er Henrike kennenlernte) das ein oder andere Mal vertrieben (so etwas gehörte sich schließlich nicht) – am Schlafdeich hatte er immer ungestört die Zeit mit dem Mädchen verbringen können. August entschied, in Kürze mal wieder mit Henrike einen Spaziergang dorthin zu machen. Der letzte lag schon längere Zeit zurück. Immer kam etwas dazwischen. Die tagtägliche Hausarbeit, der Hof, die Tiere, die vielen kleinen Probleme der Kinder und die größeren der Erwachsenen. Man vergaß einfach, auch einmal etwas für sich selbst zu tun, den Tag zu genießen, und wenn es nur für ein paar Minuten war. Die Tage, Wochen und Monate vergingen schnell, sodass sie eins ums andere feststellten, dass man doch in diesem Sommer mal wieder dies oder jenes hatte tun wollen, die Umsetzung aber ausgeblieben und nun schon wieder Oktober war, es überwiegend stürmte und regnete, und es schon wieder so früh dunkel wurde, dass man draußen zu nichts mehr kam. So war es nach dem letzten Sommer jedenfalls gewesen, und jetzt, im November, erwies sich das Wetter oft als noch miserabler, sodass es keinen Spaß gemacht hätte, obwohl August sich auch im Winter gerne mal auf den Deich, auch den Außendeich stellte, um sich so lange vom Nordwestwind durchpusten zu lassen, bis es zu kalt und ungemütlich wurde. Das tat einfach gut und führte nicht – obwohl viele das meinten – zu Erkältung, Lungenentzündung und Triefnase, sondern zu klaren Gedanken, neuen Ideen und guten Gefühlen. Ein heißer Tee danach wärmte den ausgekühlten Körper schnell wieder auf. Und wieder dachte August an einen Lindenberg-Song: ›... und jetzt trinken wir erst mal einen Rum mit Tee.‹

Als er ins Haus trat, hörte er die Kleine schreien. Sie zeterte in dem Zimmer, das sie sich mit der Schwester teilte.

»Was ist mit Wienke?«, fragte er Henrike, die Küche betretend.

»Sie meint, ich müsse ihr etwas zu trinken hochbringen, ich habe gesagt, sie soll es sich hier abholen. Das reichte für einen Heidenradau.«

»Soll ich mal hochgehen?«

»Wenn du dich beliebt machen willst, klar. Ich jedenfalls bin bis auf Weiteres ›oberdoof‹, dir wird sie das sicher gerne bestätigen.«

»Ich warte noch ein bisschen.« August küsste Henrike auf die Stirn und sagte, dass er nach dem Abendessen mit ihr gerne kurz über das, was Wiard ihm erzählt hatte, sprechen würde. Er wunderte sich, hatte das ganz spontan gesagt, ohne vorab darüber nachzudenken.

Wienke beruhigte sich glücklicherweise kurz vor dem Abendessen, sodass die Vierjährige mit ihren drei Geschwistern und den Eltern am Tisch sitzen und den vor Eigenlob strotzenden Geschichten des Vaters und des großen Bruders zuhören konnte. Sie priesen die Schönheit der neu geweißten Kälberställe, nicht ohne zu betonen, wie viel Arbeit das gewesen sei und sie nur wegen der fehlenden Pausen so weit gekommen wären.

»Ich habe euch aber lange Tee trinken sehen, und Wiard war auch da«, rief Karina dazwischen.

»Na, höchstens eine halbe Stunde«, warf August ein.

»Wiard war da?«, fragte Henrike.

»Ja, sagte ich doch. Er ist im Moment ein bisschen hinter einer Sache her – deshalb will ich mit dir ja auch mal sprechen.«

»Worum geht's denn?«, fragte Freerk, der sich ansonsten herzlich wenig um die Probleme anderer kümmerte. Meistens sah er nur seine eigenen.

»Ach, um einen Job, den er bei der Firma hatte, während des Sommers, als sie hier den Deichschluss bauten.« August hatte diese Frage von seinem Sohn nicht erwartet.

»Was ist ein Deichschluss?«, fragte Karina.

»Wenn der Deich von der einen Seite und von der anderen kommt und dann dazwischen auch fertig gebaut wird«, antwortete Freerk und ergänzte: »Die Lücke wird eben geschlossen«, denn seine Erklärung für die kleine Schwester hatte ihm selbst nicht besonders gefallen, er merkte aber auch, dass er momentan keine wirklich bessere parat hatte.

»Was für eine Lücke?«, wollte nun Wienke wissen.

»Die Deichlücke eben«, antwortete Freerk patzig, »das Stück, was noch fehlt«, fügte er hinzu; und nuschelte noch »Frag nicht so blöd« in den mit dem ersten Fläumchen sprießenden Bart, als August ihn mit tiefer Stimme und fast buchstabierend ermahnte: »Fre-herk!« Freerk lachte seinen kleinen Bruder Gero an, der lachte voller Bewunderung zurück, während Wienke erneut zu heulen begann.

»Mann, Wienke, stell dich nicht so an!«, fuhr Karina sie an, und Henrike bestätigte, das habe sie auch gerade sagen wollen. Wienke habe diesen Nachmittag schon genug geheult: »Und immer wegen irgendwelcher dusseliger Kleinigkeiten.«

»Wenn ihr mich immer ärgert«, schnaufte Wienke.

»Das war doch kein Ärgern, es war die Wahrheit«, stellte Freerk fest, was für einen neuen Tränenausbruch vollkommen ausreichte.

»Wenn ich dir an den Kopf werfe, dass du blöd bist, was würdest du sagen?«, fragte August, der nicht wusste, ob er etwas lauter um ordentliches Benehmen am Tisch bitten oder Wienke nachlaufen sollte, die inzwischen ihren Stuhl verlassen und weinend in ihr Zimmer gerannt war.

»Ich würde nicht heulen, bin ja kein Mädchen«, sagte Gero.

»Ich habe dich aber heute auch schon heulen sehen«, warf Henrike ein.

August ergänzte: »Jungen, sogar Männer heulen auch manchmal«, und dachte, sich mit dieser Aussage pädagogisch klug verhalten zu haben.

»Nee, heulen tun immer nur Mädchen«, war Gero überzeugt, womit die Diskussion vorerst beendet war und August nun doch entschied, seine Jüngste wieder zum Abendbrottisch zu holen. Schließlich hatte sie noch nichts gegessen und würde wahrscheinlich bald so müde, dass ihr, egal wo, die Augen zufallen würden. Nachts geweckt zu werden und noch ein Butterbrot schmieren zu müssen, wollte August auf jeden Fall vermeiden und war sich der Solidarität Henrikes in dieser Frage absolut sicher.

Schließlich waren die Kinder im Bett, und August und Henrike blieb noch ein wenig Zeit, sich über Wiards Geschichte vom Deich zu unterhalten.

Nachdem August ihr Wiards Schilderungen erläutert hatte – er hatte auch den Steinwurf, das zerborstene Fenster und damit den wahren Grund für Wiards Kopfverletzung erwähnt –, dachte Henrike, ins Leere schauend, einen Augenblick nach. Sie schien nicht genau zu wissen, was sie sagen sollte. In ihren Augen sah man große Beunruhigung.

»Ich bin ein bisschen geschockt, August. Ich kann das gar nicht glauben, dass so etwas hier bei uns passieren kann. Außerdem, wenn dieser Verrückte Wiard kennt, dann kennt er vielleicht auch uns, und ... wenn er weiß, dass Wiard recherchiert, und dass du oft mit Wiard zusammen bist ..., ich mag gar nicht dran denken.«

»Mir macht das auch zu schaffen.«

»Was können wir tun?«

»Das wollte ich eigentlich dich fragen. Ich weiß nicht, was ich dazu sagen soll. Erst hatte ich ein wenig das Gefühl, dass das mal wieder eine von

Wiards Geschichten ist, so alles Mögliche zusammengereimt. Aber durch diesen Anschlag und die Kopien, die er mir vorgelegt hat, kam ich ins Schwanken, ach, es ist eindeutig. Mir geht die ganze Angelegenheit nicht mehr aus dem Kopf. Andererseits habe ich immer noch eine Stimme im Hinterkopf, die mir sagt: ›Nein, so was kann doch gar nicht passieren.‹ Es klingt alles zu sehr nach einem schlechten Film. Nehmen wir mal an, Wiard hat recht – was dann mit dem Polder geschehen kann und mit unserem Hof, oh Mann!« August hielt inne und blickte aus dem Fenster in die Dunkelheit.

»Wir müssen versuchen, sachlich zu bleiben. Obwohl mir das jetzt gerade sehr schwerfällt. August, wir haben vier Kinder, die müssen wir schützen. Auf jeden Fall muss die Polizei her. Lass uns mal überlegen. Wir kennen doch Wiard schon lange. Klar, manchmal muss man aufpassen bei dem, was er so sagt. Aber wie er jetzt so verbissen hinter einer Sache her ist, dann ist da auch was dran. Und die Warnung, die er bekommen hat, ist Beweis genug, finde ich. Es hat jemand definitiv etwas dagegen, wenn Wiard sich weiter um den Deich kümmert – und das kann auch dich betreffen, August. Wiard hat den richtigen Riecher. Denk mal an die Geschichte bei der Feuerwehr vor Jahren – da war wirklich was im Busch gewesen, bei dem Einsatz auf Eilert Onkens Hof, weißt du noch?«

»Ja, sicher, klar. Onken hat ihn natürlich selbst angesteckt. Dem stand das Wasser bis zum Hals – da hat er nur noch die Möglichkeit gesehen, den Hof einfach abzufackeln. Die Entschädigung der Versicherung war ja nicht gerade üppig, aber hat ihm geholfen, noch mal von vorne anzufangen. Und er hat's gut gemacht, schließlich hat keiner was gemerkt.«

»Keiner hat's nachweisen können, sagen wir mal so. Und ich bin noch immer davon überzeugt, dass Wiard das Ganze hätte aufdecken können, aber die beiden spielen bis heute Skat zusammen – außerdem ist niemand zu Schaden gekommen, was soll's, ich gönne es Eilert.«

Eilert Onken hatte einen Schweinezuchtbetrieb etwa fünf Kilometer vom Saathoff'schen Hof entfernt, und eine Zeit lang war er ein wenig aus der Bahn geraten (»De is van't Pad off«). Seine Frau hatte sich von ihm getrennt, er hatte daraufhin mehrere Monate gesoffen wie zehn und es mit dem Betrieb auch nicht mehr so genau genommen. Das aber hat in jedem landwirtschaftlichen Betrieb, ganz besonders aber in der Schweinezucht, fatale Folgen. Er entwickelte neue Pläne, wollte den Hof aufgeben, dann wieder nicht, kaufte ein kleines Häuschen nahe der Kreisstadt (»Wat sall de Blödsinn nu weer?«, hatte man im Polder gefragt). Jedenfalls war er recht schnell in eine finanziell bedrohliche Lage gekommen. August erinnerte sich, dass er noch mit Eilert geredet hatte. Er konnte zwei Monate seine Kreditraten nicht abzahlen, und schon stand die Bank auf der Matte: »Herr Onken, bislang waren wir ja sehr nachsichtig. Sie waren lange ein guter

Kunde, aber jetzt, Herr Onken, geht es so nicht mehr weiter ...«

»Dass man so schnell am Ende sein kann, ich habe den Betrieb doch zehn Jahre lang gut geführt, und nun strauchelt man mal ein kleines bisschen ...«, hatte Eilert gezweifelt und August um Hilfe gebeten. August sah damals kaum Möglichkeiten, ihm zu helfen, er hatte gerade die Verträge für den neuen Laufstall und den Melkstand unterschrieben und war finanziell bis an die Grenze gegangen (»Mann, der Kredit ist nun wirklich auf Kante genäht«, hatte er mehrfach Henrike gegenüber geklagt). So hatte er Eilert zwar nicht finanziell, aber moralisch unter die Arme greifen können. Eilert hatte sich auch bei einigen anderen erkundigt, aber Geld zu verschenken hatte nun mal niemand und leihen war den meisten zu unsicher. Die Banken waren indes unnachgiebig. Freundlich war man zu zahlungsfähigen Kunden, bei anderen ging es rasch in schrofferem Ton zu, schließlich sitzt man als Bank am längeren Hebel und lebt von denen, die brav zahlen. Plötzlich war, in der Nacht von Samstag auf Sonntag, Eilert Onkens Hof in Flammen aufgegangen. Erstaunlicherweise waren die Schweine – bis heute weiß keiner, wie – vorher aus dem Stall entkommen, sodass nur wenige Tiere Opfer des Brandes wurden. Da das Feuer an drei Stellen mehr oder weniger gleichzeitig ausbrach und sich schnell ausbreitete, hatte die Feuerwehr, ohnehin reichlich spät eingetroffen, da viele den Samstagabend anders zu gestalten dachten als mit einem Einsatz, das

Hofgebäude nicht mehr retten können. Der Stall nebenan hatte renoviert werden können, was Eilert etwa ein halbes Jahr nach dem Brand auch begonnen hatte. Jetzt, zwei Jahre später, standen wieder Schweine drin. Jeder im Polder wusste, dass Onken weder Menschen noch Tieren etwas zuleide tun konnte. Da er zu dem Zeitpunkt allein auf dem Hof gewesen war, konnte er Menschen nicht schaden, und natürlich hatte er dafür gesorgt, dass die Schweine entkommen konnten. Sie wurden an allen möglichen und unmöglichen Orten wieder eingefangen, einige waren bis ins Deichvorland gelaufen, was selbst die härtesten Kritiker davon überzeugt hatte, dass die ›überzüchteten und mit Medikamenten vollgestopften Kreaturen‹ gesundheitlich offenbar doch stabiler waren, als diese vorher angenommen hatten.

Wiard war damals zu August und Henrike gekommen, da er durch seine Recherchen belegen konnte, dass Eilert seinen Hof selbst angesteckt hatte. Das hatte er August eigentlich nie erzählen wollen, und bis heute wusste Eilert Onken vielleicht selbst nicht, dass es Leute gab, die im Bilde waren. Eines schönen Sommerabends hatten Wiard und August sich mit ein paar Bieren und einer Flasche Korn an den Deich gesetzt. Und da August sich an dem Abend mit Henrike über die Haushaltspflichten gestritten hatte und Wiard ohnehin hier und da jemanden suchte, der mal einen mit ihm trank, hatten sie alle Flaschen, auch den Korn, geleert. Dabei hatten sie so manches

Wort von Freund zu Freund gewechselt. Seitdem sagte August immer: »Wiard spinnt ein bisschen, aber im Grunde seines Herzens ist er 'n feiner Kerl.« Wiard hatte ihm seine Sicht des Hofbrandes erläutert, und August hatte es später Henrike erzählt.

Wiard jedenfalls hatte recht gehabt, daran gab es nichts zu rütteln. Es war Brandstiftung gewesen. Da Eilert aber auch ein feiner Kerl war, »im Grunde seines Herzens«, wie Wiard über Onken nun wiederum sagte, und er auf den Pfad zurückkehrte, von dem er abgekommen war, hatten die Dorfbewohner Gras über die Sache wachsen lassen. Erstaunlich schnell.

»Die Versicherungen sollen ruhig mal wieder was von dem abgeben, was sie einem jeden Monat aus der Tasche ziehen«, hatte Wiard damals gesagt. »Was die sich da für Paläste hinsetzen in München und Frankfurt, woher kommt denn das ganze Geld?« Da stimmten ihm ausnahmsweise alle zu. Von da an galt der Brand unter der Hand sogar als geschickter Schachzug eines Polderbewohners, dem man es gönnte, dass er nach einer schlechten Phase – wie sie das Leben eben auch bereithält – den Weg zurück gefunden hatte.

»Wiard hat auf jeden Fall recht gehabt«, wiederholte August, aus all den Gedanken erwachend.

»Eben«, reagierte Henrike, »Wiard ist gut in solchen Sachen, schließlich hatte er auch die Zeit, sich um so etwas zu kümmern, wer hat die schon? Und genau darauf ... darauf spekulieren die da oben immer, wenn etwas schiefläuft. Da wird sich schon keiner drum kümmern, hat doch heute keiner mehr die Zeit ... Da gibt es ein großes Unglück, zwei Wochen sind die Zeitungen und Nachrichten voll davon, und dann war es das auch schon. Dann muss was anderes kommen – der Hunger auf neue Sensationen ist zu groß, als dass die alten noch von Bedeutung sein könnten. Wer sich weiter für das Thema interessiert und vielleicht auch noch gegen Missstände etwas unternimmt, den kriegt man dann schon irgendwie still. So wird das auch mit dem Deich laufen.«

August fand, dass Henrike den Kern der Sache mit wenigen Worten getroffen hatte.

»Magst wohl recht haben. Und was nun?« Er merkte, dass es ihnen beiden gutgetan hatte, mal kurz vom eigentlichen Thema abzuschweifen und über anderes zu sprechen. Außerdem hatten sie sich so vergegenwärtigt, dass Wiard, wenn es um etwas Wichtiges ging, durchaus ernst zu nehmen war.

»Ich bin immer noch ... völlig unentschlossen. Keine Ahnung, was jetzt das Richtige ist. Aber es muss was passieren! Mir ist ganz und gar nicht wohl bei dem Gedanken, dass hier jemand durch den Polder schleicht und Fensterscheiben einschmeißt. Deshalb müssen wir die Polizei einschalten, das musst du Wiard klarmachen, August. Wer weiß, was der Täter sich noch überlegt! Aber um Wiards These zu stützen, brauchen wir noch ein paar Beteiligte, die sie bestätigen, sodass die Verantwortlichen es nicht mehr nur mit einem Gegner zu tun haben. Wiard allein schafft das nicht. Und wir mit ihm auch nicht. Am besten wären klare Beweise und dann Presse, Funk und Fernsehen.«

Nach langem Überlegen ohne endgültige Lösung gingen August und Henrike zu Bett. Während Henrike schnell in süße Träume fiel, lag August noch lange wach und wälzte sich von einer Seite auf die andere. Mal schlief er ein, mal schlug er die Augen wieder auf. Einmal, im Halbschlaf, war es ihm, als habe er einen Knall gehört – dann hörte er aber doch nur den Wind in den blattlosen Baumkronen rauschen. Endlich übermannte ihn der Schlaf, und erst der Wecker holte ihn wieder in den anbrechenden, neuen Tag zurück.

8

Am nächsten Tag wollte sich August früh auf den Weg nach Norden machen. Er hatte den Getreidehänger noch abends hinter den 120er-Schlepper gehängt, Freerk hatte ihm dabei geholfen, was die Sache erheblich erleichtert hatte. Die Getreidepreise waren im Moment ganz passabel, sodass August sich entschlossen hatte, eines der Silos möglichst bald zu leeren. Besser wurde die Qualität des Korns bei längerer Lagerung schließlich nicht. Henrike hatte ihm noch allerlei Aufträge mitgegeben, die von zwei Kisten Wasser bis hin zu einigen Besorgungen im Supermarkt und schließlich zehn Brötchen beim Bäcker am Neuen Weg reichten.

»Hast du den Knall heut Nacht gehört? Hörte sich fast an wie ein Schuss ...«, fragte August Henrike beiläufig, bevor er losfahren wollte.

»Ich habe geschlafen wie eine Bärin«, verneinte Henrike indirekt und fuhr fort: »Vergiss Tee und Kluntje nicht.«

»Nee, vergess ich nicht.« August entschied, dass er wohl geträumt haben musste.

Er hatte sich entschlossen, Peter Kümmel, der bei der Bezugs- und Absatzgenossenschaft arbeitete und den er sicher bei der Ablieferung und Auswiegung des Getreides dort treffen würde, nach dessen Schwager zu fragen, der seit vielen Jahren beim Amt für Küstenschutz tätig war. War das nicht der

Redenius, von dem Wiard erzählt hatte? Der so sauer auf Wiard gewesen war, als dieser besoffen über den Deich gefaselt hatte? Klar, das musste ein und derselbe sein. Der wusste sicher etwas vom Deichbau, der Fast-Pleite des Konsortiums und den damit zusammenhängenden Geschichten und Gerüchten. Vielleicht hatte er deshalb auch so reagiert, da es sein Amt nicht im besten Licht erscheinen ließ. Da war die Reaktion erklärbar, nach viel Alkohol ohnehin, wenn August auch Gewalt in jeder Form ablehnte. Schließlich war das Amt in die Planung und Ausführung direkt eingebunden und hatte Aufsichtspflichten. Vielleicht hatten Peter oder dessen Schwager wenigstens einen Tipp, der Licht in die Sache brachte.

August setzte sich in die Kabine, startete den Motor, legte den ersten Straßengang ein und fuhr an. Doch sofort merkte er, dass etwas nicht stimmte. »Düfel!«, ging es ihm durch den Kopf, und er fühlte, was es war. Er stoppte sofort, stieg aus der Fahrerkabine aus und sah, was er schon vermutet hatte: Ein Reifen war platt. Einer der mächtigen Hinterreifen – wie konnte das sein?

»Bullshit!«, rief August (das hatte er von Freerk). Aber es war weit und breit niemand da, der ihn hätte hören können. Die Reifen waren doch so gut wie neu. Beim näheren Hinsehen begriff er schnell. Da war ein Loch, fast kreisrund. Angesichts des dicken Gummis war ein Schaden in dieser Form so gut wie unmöglich – da steckte eine gewaltige Kraft dahinter. Kleinkaliber, Jagdgewehr. »Scheiße, Scheiße, Scheiße!« Wer machte denn so etwas?! Und plötzlich fror es ihn ein wenig, ein kalter Schauer lief über seinen Rücken. Der Steinwurf durch Wiards Fenster, der zerschossene Reifen, der Knall in der Nacht. Von wegen Traum.

Die Fahrt nach Norden hatte sich einstweilen erledigt – hoffentlich blieben die Getreidepreise so, wie sie waren, wenigstens für ein paar Tage. Doch dann gingen Augusts Gedanken wieder in eine andere Richtung. Er starrte auf den Reifen (Was das kostet!), und der grauenvolle Gedanke schoss ihm in den Kopf, auch ihn könne demnächst ein Stein am Kopf treffen, oder, schlimmer, irgendetwas träfe Henrike oder eines der Kinder … Plötzlich wurde ihm schwindelig.

Oder war alles doch Zufall? Nein, hier hatte sich jemand an seinem Reifen zu schaffen gemacht, das war sonnenklar. Was war nur plötzlich hier los? August ließ den Trecker mit vollem Getreidehänger stehen, wo er war, und ging ins Haus. Er hatte die Schuhe noch nicht ausgezogen, als das Telefon klingelte. Er nahm ab, meldete sich mit Namen. Die hohe Stimme am anderen Ende der Leitung näselte nur:

»*Dein Freund Wiard und du, ihr sollt mit dem Schnüffeln aufhören. Ist doch schade um den Reifen?*« Klack. Aufgelegt.

August wurde kreidebleich im Gesicht, und Schweiß brach ihm aus. Er starrte auf das Telefon. Da stand es, stumm und schweigend, und hatte ihm doch gerade einen schweren Schlag versetzt. War das der Steinewerfer gewesen? Der Reifenschießer? August raffte sich auf, taumelte ins Wohnzimmer, setzte sich aufs Sofa und wusste nicht, was er denken oder tun sollte.

9

August hatte den Reifen ganz stiekum ersetzt.

»Dicker Hufeisennagel drin – nichts zu machen«, hatte er Henrike angelogen. Sie wusste zwar schon einiges, er wollte die Sache aber nicht auf seinen Hof kommen lassen, um zu verhindern, dass Henrike Panik bekam. Und doch musste er jetzt schleunigst etwas unternehmen. Wohin? Direkt zur Polizei? Der Reifen stand in der Scheune. Er würde ihn vielleicht erst Holger Janssen, dem Dorfpolizisten, zeigen müssen. Mal sehen, was der dazu meinte. Oder erst mit Wiard sprechen? Oder doch Henrike aufklären? Die würde glatt mitsamt der Kinder und Großeltern den Hof verlassen, bis geklärt war, wer hier nachts umging – das durfte doch nicht sein!

Was auch immer geschehen würde – er musste erst einmal mit Wiard sprechen, dem fiel immer etwas ein. Außerdem musste das Getreide aus den Silos raus, besser würde die Qualität mit dem Alter schließlich nicht (war ja kein schottischer Whisky, der hier lagerte). Mit neuem Reifen hatte er vor, nach Norden zu fahren, um dort bei der Raiffeisengenossenschaft seine Ladung abzuliefern und den Lohn für seine Erntearbeit einzustreichen. Kurze Zeit vergaß er den Ärger und die Furcht, die sich seiner bemächtigt hatten. Die Kabine war warm, der Sitz gut gefedert, die Elektronik in Ordnung und die Schalldämpfung erstaunlich. Es war ohne Weiteres möglich, in Ruhe Radio zu hören, stereo. Er liebte es, samstags nachmittags zu pflügen, da er dabei ungestört die Berichterstattung zur Fußball-Bundesliga hören konnte, von der Anfangsphase bis zur Schlusskonferenz. Und wenn dann noch der ›HSV‹ gewann ... Konnte das Leben schöner sein? Aber da war er sich nicht einig mit Freerk, der stand auf ›Werder Bremen‹. Dann fielen ihm Wiards Fenster, der kaputt geschossene Reifen, der Deich und alles andere wieder ein, und seine Miene verfinsterte sich.

Der Trecker surrte ruhig dahin, und die Fahrt ging fast zu schnell vorbei, denn August dachte angestrengt nach. Er würde die Polizei einschalten müssen.

Er parkte gleich vorne, da offenbar auch andere auf die Idee gekommen waren, heute Getreide zu liefern. Es war eine Menge Betrieb. Schneller, als er erwartet hatte, lief ihm Peter Kümmel über den Weg.

»Moin, August, sag bloß, du hast immer noch Korn in deinen Silos?«, fragte dieser, als er August entdeckte.

»Sicher, und ich verkauf nur, wenn die Preise hoch sind.«

»Hast du doch gar nicht nötig bei den Subventionen, die ihr aus Brüssel kriegt«. Das Gesicht, das Kümmel bei dieser Aussage machte, verriet, dass er gespannt war, wie August auf diese Flanke reagieren würde.

August konterte: »Subventionen, lachhaft, und

wenn, dann absolut notwendig, da nun mal der ganze Markt völlig aus dem Ruder gelaufen ist. Die Preise werden hier künstlich hochgehalten, dort künstlich gedrückt. Kann ich was dafür? Wir verdienen doch nichts mehr ...«

»Schon gut, schon gut, reg dich nicht auf, August, weiß ich ja alles, aber übertreiben brauchst du nun auch nicht, denn dein Trecker sieht nicht so aus, als würdet ihr am Hungertuch nagen. Was soll's, irgendwann wird sich das ändern müssen, kann ja nicht immer so weitergehen mit der verdrehten Politik ... Aber unser neuer Landwirtschaftsminister ist wohl auch nicht so 'ne große Leuchte. Ach, manchmal kann einem schlecht werden ... Heute ist viel los hier, wirst wohl ein bisschen warten müssen. Ich würde dir glatt eine Tasse Tee aus meiner Thermoskanne abgeben, aber nur, weil du es bist«, bot Kümmel an.

»Das ist nett, aber vielen Dank. Henrike hat mir so viele Erledigungen mit auf den Weg gegeben, dass die Zeit kaum reichen wird. Ich wollte mal eben in den Supermarkt, Kluntje und Tee sind alle«, lehnte August höflich ab.

»Oh, das ist schlimm, Kluntje und Tee alle ...«, murmelte Peter ein wenig geistesabwesend, und man merkte ihm an, dass er das ›schlimm‹ ernst meinte.

»Kann ich den Schlepper hier stehen lassen?«, August zeigte zu seinem Deutz und machte sich schon auf den Weg Richtung Supermarkt.

»Ja, den lass da mal stehen, das geht wohl, stört nicht weiter. Lass doch den Schlüssel hier. Falls eine Lücke entsteht, fahr ich ihn schon mal auf die Waage.«

»Um dann gleich ein paar Zentner abzuziehen, oder wie?«, grinste August. »Nee, gute Idee, hier ist der Schlüssel. Ach, da fällt mir noch ein, dein Schwager, der ist doch beim Bauamt beschäftigt?«

»Beim Amt für Küstenschutz, das ist was anderes. Die einen passen auf, dass die Deiche halten, die anderen, dass keiner einen Schuppen in seinem Garten baut, der nicht genehmigt ist. Warum fragst du?«

»Hat er was mit dem Deichbau bei uns im Polder zu tun gehabt, im Sommer?«

»Ja, sicher. Er sagte immer, der Bau dieses Deichabschnittes, das sei Sache seines Chefs. Er selbst zählt sich auch zu den Führungskräften, aber hier verweist er gerne auf seinen Vorgesetzten. Im September war er da, sollte irgendetwas prüfen, er hat es mal erwähnt, aber nichts Näheres dazu gesagt. Irgendjemand hatte behauptet, dass der Deich an einigen Stellen nicht dicht sei, oder so. Georg meinte jedenfalls, dass alles in Ordnung wäre.«

»Wie heißt er noch mit Nachnamen?«

»Redenius, Georg Redenius.« Kümmel rief einem anderen Schlepperfahrer zu, er solle weiter nach links fahren.

»Kannst du mir seine Nummer geben?«

»Sicher, was willst du von ihm?«

»Hm, nur so. Mich interessiert der Deich natürlich, schließlich sitzen wir direkt dahinter, er schützt unseren Polder, da will ich nur nach ein paar Einzelheiten fragen, mehr nicht. Auch Zuständigkeiten und so. Du weißt ja, heutzutage darf man den Deich nicht mehr betreten, wegen Naturschutzbestimmungen. Da wollte ich mal fragen, ob es Ausnahmen für diejenigen gibt, die direkt dahinter wohnen.« August war froh, diese Begründung gefunden zu haben, und hoffte, dass sie ausreichend sein würde.

»Kannste getrost vergessen«, wehrte Peter Kümmel ab, »die Vorschriften sind so scharf, dass du da auch nicht draufkämst, wenn du direkt am Deichfuß leben würdest und jeden Morgen über den Deich zur Arbeit laufen müsstest. Das hat mir Schorsch, also der Georg, schon öfter verklickert. Wenn du bei schönem Wetter mit 'nem Paddelboot über die Bucht fährst und auf 'ner Sandbank aussteigst, darfst du gleich blechen, wenn sie dich erwischen. So ist das jetzt auch auf dem Deich, jedenfalls in dem Abschnitt bei euch. Mensch Junge, die Staatskassen sind leer, da muss man neue Einnahmequellen schaffen. Ist doch eine gute Idee, Geld fürs Spazierengehen und Bootfahren zu kassieren. Lass man, unsere Politiker sind gar nicht so unkreativ, wie manche sagen. Demnächst kommt die Kneipenbesuchssteuer oder die Kartenspielsteuer. Verlass dich drauf!«

»Mach wohl sein. Ist doch alles nix, holl mi up. Aber an der Ostkrümmung, da muss das nun wirklich nicht sein«, rutschte August heraus.

»Richtig, von der Ostkrümmung sprach er«,

pflichtete Peter ihm bei, ohne zu merken, dass August mehr gesagt hatte, als er eigentlich wollte. Der Betrieb nahm zu.

»Du, ich muss hier mal wieder ein bisschen meiner Tätigkeit nachgehen«, meinte Peter Kümmel.

»Ich muss auch los, ein Wagen ist schon wieder durch. Bis gleich«, rief er noch und machte sich auf den Weg, Kluntje zu kaufen. Indes ging das Wiegen der Getreidehänger weiter, August wusste seinen Wagen bei Peter Kümmel in guten Händen, und wenn die Schlange im Supermarkt nicht allzu lang wäre, würde er rechtzeitig zurück sein.

10

August wählte die Nummer, die er von Peter Kümmel erhalten hatte, noch am selben Abend. Am anderen Ende der Leitung meldetet sich eine Stimme: »Redenius«.

»Moin, August Saathoff hier, ich habe Ihre Nummer von Ihrem Schwager Peter, den ich gut kenne«, stellte sich August vor.

»Ja, Moin, Ihren Namen kenne ich auch«, antwortete Redenius. »Peter hat mir schon öfter von Ihnen und Ihrem Hof erzählt.«

»Ich habe ein paar Fragen zum Deich.«

»Zum Deich?«, kam es zurück, und August meinte, plötzlich aufkommende Unsicherheit auf der anderen Seite zu verspüren.

»Ja, zum Deich, dem neuen Deich, der neulich erst fertiggestellt wurde.«

»Nun?«

»Ja«, fing August an und bemerkte in diesem Augenblick, dass er zwar viel über die Sache nachgedacht, aber sich keine guten Fragen zurechtgelegt hatte. Das war ausgesprochen dumm gewesen. Nun war es zu spät, jetzt musste er etwas sagen, wollte aber auch nicht gleich mit der Tür ins Haus fallen.

»Ja, also, wie ist das mit dem Begehens-, nee, Betretungsverbot, ich meine, wegen der Naturschutzbestimmungen, an wen muss ich mich da

wenden? Ich dachte, Sie wissen das vielleicht?«
August ging durch den Kopf, wenn er das Gespräch so einleitete, würde es zumindest mit dem übereinstimmen, was er Peter Kümmel erzählt hatte.

»Ach so, das Begehensverbot«, kam es aus dem Hörer zurück, und jetzt hatte August den Eindruck, bei seinem Gesprächspartner ein wenig Erleichterung zu verspüren. »Also, das ist absolut zu sehen. Keine Begehung des Deiches, für niemanden. Sehen Sie, Ausnahmen können wir nun mal nicht machen. Dann kommen die Leute, die nicht dürfen, und wollen auch.«

Ganz der Amtmann, dachte August.

»Auch nicht für uns hier, die Einwohner, sozusagen?«

»Leider auch nicht für die«, Redenius hielt sich weiter kurz.

»Aber es muss doch Ausnahmen geben, zumindest zeitweise, zum Beispiel im Herbst oder Winter.«

»Nein, die gibt es nicht. Die Strafen, die gezahlt werden müssen, wenn man den Deich oder gar die Salzwiesen im Deichvorland betritt, jedenfalls an den gesperrten Stellen, sind sogar ziemlich saftig«, meinte Redenius und fügte hinzu: »Ich würde es auf jeden Fall sein lassen. Es gibt eine neue Verordnung, wahrscheinlich blödsinnig, viel zu scharf, aber was soll man tun …«

»Aber Sie sind nicht der Zuständige für diese Fragen?«

»Nein, nicht direkt. Aber ich weiß Bescheid. Zuständig ist die Koordinierungsstelle im Bauamt, die mit allen Naturschutzfragen zu tun hat. Aber eigentlich kriegen die ihre Order auch nur von oben, ich denke, von der Nationalparkverwaltung, ja, und die unterstehen dem Umweltministerium.« Redenius gab sich jetzt sehr sicher.

»Uuh«, entfuhr es August, »das geht ja schnell nach oben.«

»Ja, so ist das mit unserer Bürokratie. Irgendeiner unten macht etwas, dann gibt es darüber einen, der das prüft und genehmigt, und darüber wieder einen, der die Genehmigung erneut prüft, und so weiter«, führte Redenius nicht ohne Selbstironie aus, denn er war einer, der oft genug das Geprüfte zu prüfen hatte.

»Ja, sicher, so ist das wohl ...« August überlegte fieberhaft, wie er zu dem Thema überleiten könnte, das ihn eigentlich interessierte.

»Sagen Sie, Herr Redenius«, begann er unvermittelt, »ich habe gehört, während des Deichbaus habe es Unregelmäßigkeiten gegeben?« Es entstand eine kurze Pause.

»Ja, ja, da gab es mal ein Gerücht«, ging Redenius bereitwillig auf den Einwurf ein, »aber das hat sich schnell erledigt. Wir waren damals vor Ort, hatten aber eigentlich nicht viel zu melden, eine Sonderkommission hat das geprüft, und dann hat sich herausgestellt, dass alles in Ordnung war. Ein entsprechendes Gutachten ist erstellt und genehmigt worden – da sehen Sie, dass es immer etwas zu genehmigen gibt und daher all die Stellen notwendig sind.« Redenius entfuhr ein kurzer Lacher, der aber eher gequält klang. Irgendetwas anderes war mitgeschwungen, mit seinem Lachen, schoss es August durch den Kopf, aber er konnte nicht zuordnen, was es war.

»Und woher kam diese Sonderkommission?«

»Das hat ein Büro organisiert. Wie hieß das noch – etwas Englisches, muss ja alles auf Englisch sein heutzutage. ›Water Engineering Consult and …‹ irgend so etwas Englisches, hab's im Moment vergessen. Die Sonderkommission ist irgendwie zusammengesetzt worden, ich weiß nicht, nach welchen Kriterien, so fünf, sechs Mann waren das, halt, eine Frau war auch dabei, die hieß Weiß. Ich habe mir das gemerkt, weil sie auch immer helle Sachen trug, was bei schlechtem Wetter am Deich nicht unbedingt eine gute Idee ist.« Redenius lachte wieder, aber wie vorhin ein wenig verkrampft. Außerdem hatte August den Eindruck, dass Redenius sehr wohl wusste, wie dieses Büro hieß.

»Und was waren das für Unregelmäßigkeiten?«

»Ach, an einer Stelle war der Baufirma wohl tatsächlich ein Fehler unterlaufen, da hatten sie die Kleischicht zu dünn gemacht. Hier und da Kleinigkeiten. Na ja, zu wenig Klei – zu viel Durchfeuchtung – ist ja klar, aber das war an einer Stelle, wie gesagt, an einer Stelle nur.« Redenius machte eine Pause, als müsse er nachdenken, was er sagen sollte. Dann fuhr er fort: »Hier und da noch ein paar Schlampigkeiten – wohl etwas schnell gearbeitet und dabei nicht immer an Qualität gedacht. Das hat irgendjemand gemeldet, dann hat das seinen ordnungsgemäßen Lauf genommen. Die Kommission hat, soweit ich mich erinnere, Auflagen gemacht, das Gutachten wurde abgesegnet, so schlimm war das alles nicht. Da wollte sich wohl jemand wichtig machen. Danach ist alles ganz normal weitergelaufen.«

»War das zu der Zeit, als die Pressemitteilungen über den drohenden Konkurs der Baufirma durch die Zeitungen gingen?«

»Ja, sicher, das war etwa gleichzeitig.« Wieder machte Redenius so eine kleine Pause, die August an dieser Stelle als seltsam empfand. Er meinte beinahe zu spüren, wie sein Gesprächspartner sich verspannte.

»Ach, Herr Saathoff«, jetzt klang Redenius so, als wolle er sichtlich Positives vermitteln, »da war auch viel Tamtam um nix. Vielleicht wollte da noch jemand einen draufsetzen, Sie wissen ja, wie die Medien heutzutage sich auf alles stürzen, was irgendwie ein bisschen nach Sensation oder Skandal riecht.«

»Haben Sie denn selbst gesehen, dass etwas mit dem Deich nicht stimmte?«

»Warum wollen Sie das alles so genau wissen?«, kam es etwas genervt zurück. »Sind Sie Deichrichter, oder was?«

August war ob der plötzlichen Gereiztheit verblüfft. »Schließlich wohne ich hier, der Deich schützt alles, was ich habe«, antwortete er und überlegte, ob das etwas zu pathetisch geklungen hatte.

»Hm«, kam als Antwort, dann eine kleine Pause. »Also, ja, doch, diese eine Stelle, die wir gesehen haben, die war wirklich schlecht gemacht. Die hätte bei einer ordentlichen Sturmflut schnell aufweichen können. Da waren wohl Leute am Werk, die das erste Mal im Leben einen Deich bauten. Die Baustelle war in Abschnitte unterteilt, das Konsortium war groß und hatte den Kuchen sozusagen je nach Beteiligung zugeschnitten. Ganz so glücklich ist das alles nicht gelaufen. Aber das wurde schnell entdeckt, und ich betone nochmals – diese eine Stelle, sonst nichts. Wir haben das ordnungsgemäß abgenommen, hat alles seine Richtigkeit, das kann ich Ihnen versichern«.

August bekam erneut den Eindruck, dass Redenius nicht alles sagte, was er wusste. »Na hoffentlich ist es auch richtig repariert worden.«

»Das denke ich doch, schließlich haben wir es – Herr Saathoff, ich sagte es doch schon – abgenommen.« Kleine Pause, dann setzte Redenius hinzu, als liege ihm besonders daran: »Dafür war ich aber eigentlich gar nicht verantwortlich. Das war mein Vorgesetzter.«

»Nicht, dass es noch mehr von diesen Stellen gibt.«

»Nein, nein, die Kommission hat sicher sorgfältig gearbeitet, die haben genau hingeguckt. Ich war vor Ort, aber, wie gesagt, nicht direkt dabei, also, mehr am Rande, verstehen Sie?«

»Ja, sicher. Aber – was schon unter Gras ist, sieht man nicht mehr. Wenn nun die Kommission Interesse daran gehabt hätte, dass der Deich nicht weiter untersucht wird, oder so, dass nichts Weiteres dabei ans Licht kommt?« August ärgerte sich über sich selbst, er ging vielleicht zu weit.

»Nein, also, das glaube ich nicht«, beeilte sich Georg Redenius zu versichern. »Es war auch einer von der übergeordneten Behörde vor Ort, der Dezernatsleiter ... Nein, die Deichqualität ist die Aufgabe unseres Arbeitsgebietes hier in unserer Behörde. Uns obliegt die Qualitätsprüfung, wie bei Lidl oder Aldi«, wieder lachte er gequält, »aber der Dezernatsleiter, nee, der hätte das nie und nimmer mitgemacht.«

Meint der das ernst?, dachte August und stimmte dennoch zu: »Nein, wohl nicht.«

»Ja, das ist jetzt alles hundertprozentig, seien Sie ganz beruhigt«, fuhr Redenius fort, ohne dass August das erwartet hätte, »übrigens muss ich gleich weg, ich habe jetzt keine Zeit mehr, muss ich Ihnen leider sagen.«

»Natürlich, klar, ich will Sie auch nicht weiter aufhalten«, zögerte August nicht zu sagen, »ich wollte in erster Linie etwas zum Betretungsverbot wissen, aber, doch noch eine Frage. Der Dezernatsleiter, der in der Kommission war und und das von Seiten des Amtes abgenommen hat, kennen Sie den?«

»Na, Herr Saathoff, so groß ist unsere Behörde nun auch nicht. Selbstverständlich kenne ich ihn, er ist mein Chef.«

»Ach«, August lachte ebenso verkrampft wie sonst am anderen Ende der Leitung Redenius, und

er ärgerte sich über seine dumme Frage. »Den werden sie dann wohl kennen, sie arbeiten direkt für ihn, also, ich sag mal, unter ihm, Sie wissen, wie ich das meine?«
»Noch, ja.«
»Wieso noch?«
»Mein Chef wird nächstes Jahr pensioniert.«
»Dann kommt ein neuer?«
»Es sieht so aus, dass ich dann seinen Stuhl übernehmen werde«, sagte Redenius, und diesmal, aber nur dieses eine Mal, schwang so etwas wie Genugtuung in seiner Stimme mit.

11

»Freerk, was ist denn los, der Bus wartet nicht!« Henrike war genervt, weil gerade ihr Ältester an diesem Morgen nicht fertig wurde. Freerk hatte am Abend zuvor bei einem Freund Geburtstag gefeiert, versprochen, spätestens um zehn zu Hause zu sein, und war schließlich um kurz nach zwölf zurück gewesen.

»Du riechst nach Bier, vorsichtig ausgedrückt«, hatte Henrike ihm ohne zu grüßen ins Gesicht gesagt. Sie hatte schon geschlafen, Freerk hatte seinen Hausschlüssel vergessen und so lange geklingelt, bis seine Mutter ihm geöffnet hatte. Sie war natürlich sauer, erstens wegen seiner Verspätung, zweitens, weil er mitten in der Nacht so einen Lärm veranstaltete. Zum Glück war keines der Kinder aufgewacht, und auch August hatte wie ein Bär geschlafen.

»Die Geburtstagsfeiern, bei denen Kakao getrunken und danach Topfschlagen gespielt wird, sind eben vorbei, Mama«, hatte Freerk grinsend in der Tür stehend gesagt und war dann schnurstracks in sein Zimmer gegangen, ein »Danke fürs Türaufmachen« nuschelnd. Jetzt kam er nicht aus dem Bett, um 7.20 Uhr fuhr sein Bus. Es war bereits fast 7 Uhr, und Freerk hatte noch nicht gefrühstückt.

»Kannst du mich mit dem Auto bringen?«, rief er zu seiner Mutter herunter.

»Vergiss es, das kannst du selbst ausbaden.«

»Mann, Mama, ich hab den Wecker nicht gehört, und so ganz fit bin ich heute Morgen nicht.«

»Das wundert mich nicht. Soll ich dich jetzt bemitleiden, oder was?«

»Ist ja gut. Aber ein Brot einpacken, das kannst du doch?«

»Könnte ich, hier liegt aber gerade keines rum, das man einpacken könnte. Ein geschmiertes schon gar nicht.«

»Ich möchte eins mit Käse und eins mit Salami.«

»Mach's dir selbst, wozu wirst du bald 17?« Henrike ärgerte sich. August war muffelig zum Melken gegangen, und nun wurde der Große nicht fertig. Ausgerechnet der. Nächstes Jahr wird er 18 Jahre alt. Wahlfreiheit, alle Rechte des freien Bürgers in der Demokratie, Führerschein (das Gebettel um das Geld dafür ging schon los) – aber morgens nicht rechtzeitig in die Socken kommen und dann noch von Mama das Butterbrot machen lassen. Henrike blieb stur.

Schließlich kam Freerk die Treppe heruntergestürzt. »Wo sind meine Brote?«

»Weiß nicht, wo hast du sie denn hingepackt?«

»Och Mama, hast du wirklich keine gemacht?«

»Nein, hab ich nicht. Ich bin nicht euer Sklave, Freerk, du wirst demnächst volljährig ...« Weiter kam sie nicht.

»Ist ja gut, hör mit den Sprüchen auf ... immer dieselben ... wäre ja nur mal ein Gefallen gewesen, aber wenn das schon zu viel verlangt ist ... kann doch jedem mal passieren, dass er verschläft ...«

»Das sind keine Sprüche, das ist ...« Freerk warf sich seine Jacke über und knallte die Tür hinter sich zu. Henrike schaute aus dem Fenster auf die Hauseinfahrt und sah Freerk nur Sekunden später auf seinem Rad Richtung Haltestelle sprinten, mit offener Jacke und der Tasche unterm linken Arm.

»Mach die Jacke zu«, murmelte sie nutzloserweise und dachte gleichzeitig: »Na, die Brote hätte ich doch machen können.« Einen Moment zweifelte sie, ob sie nun richtig gehandelt hatte, entschied aber, dass es keinen Sinn habe, weiter darüber nachzudenken. Nur wenig später betrat August das Haus.

»Na, fertig mit dem Melken?«, fragte Henrike, mehr um irgendetwas zu sagen.

»Saukalt heute Morgen im Stall. Hast du Tee klar?«

»Nein, hab ich nicht, hast du, hast du ... könnt ihr nichts anderes als fragen, ob ich dies oder das gemacht habe? Ihr könnt mich mal gernhaben!« Diesmal knallte Henrike die Küchentür und verschwand im Schlafzimmer. August guckte erst einmal etwas verdattert in die plötzliche Leere. Dann verstand er, dass an diesem Morgen nicht alles so verlaufen war, wie es sollte. Er stellte den Wasserkessel auf den Herd, räumte den Frühstückstisch ab, wischte ihn sauber und platzierte zwei Tassen darauf. Nachdem er den Tee aufgegossen, das Stövchen auf den Tisch gestellt und Kluntjes in die Tassen gegeben hatte, ging er zum Schlafzimmer und öffnete behutsam die Tür. Henrike stand am Fenster.

»Alles in Ordnung?«, erkundigte er sich so sanft es einem friesischen Bauern möglich war.

»Ja, klar. Aber ich sehe nicht ein, warum ich euch alle von hinten bis vorne bedienen muss. Ein paar Dinge können die Kinder mittlerweile auch allein tun – die sehen gar nicht, was alles zu erledigen ist, und wundern sich nicht, wenn alles immer wieder auf wundersame Weise in Ordnung gebracht wird. Und bei dir habe ich auch manchmal den Eindruck.«

August merkte, dass Henrikes Wut noch keineswegs verraucht war.

»Hast wohl recht«, begann er und überlegte angestrengt, was zu sagen jetzt wohl das Beste wäre. »Vielleicht sollten wir feste Aufgaben verteilen, so nach dem Motto, du räumst den Tisch ab, du die Spülmaschine ein ...«

»... wenn schon mal nicht jeder seinen Scheiß überall einfach so liegen lassen würde. Jeden Tag räume ich hinter allen her, ich hab es satt!«

Einen Moment war Stille. August näherte sich mit kleinen Schritten seiner Frau. Früher hatte er öfter gekocht, es hatte ihm Spaß gemacht, jedenfalls so zwei, drei Gerichte. Die konnte er. Aber in den letzten Jahren hatte es nachgelassen. Vieles war selbstverständlich geworden, Henrike wirbelte von morgens bis abends. Ein ›Danke‹ sprang dabei selten heraus, was für ihn selbst und für alle restlichen Familienmitglieder galt. Mama macht das schon.

»Lass uns Aufgaben verteilen. Und wer nicht mitmacht, bekommt Taschengeldkürzung. Gute Worte sind prima, aber Restriktionen helfen, sie zu verstärken«, schlug August vor.

»Na, du bist ja ein Erziehungsgenie.« Henrike schien aufzutauen. »Jedenfalls kommt das heute Abend auf die Tagesordnung. Und jetzt will ich Tee trinken, ich mach mal welchen.« Damit stand sie auf und wandte sich Richtung Treppe.

»Ist fertig«, sagte August, der auf diesen Moment gewartet hatte.

»Das hört sich schon besser an«, Henrike zeigte ein Lächeln, »und das nun nicht nur einmal, sondern öfter, immer öfter.«

»Ja, ich werde in Zukunft dran denken, versprochen!« August fügte hinzu: »Soll ich am Wochenende nicht mal kochen? Du weißt, mein Gulasch ist sehr gut.«

»Mann, bist du platt.« Henrike wusste nicht, was sie noch dazu sagen konnte, irgendwie so etwas wie ›Männer sind manchmal so furchtbar banal.‹ Andererseits war der Vorschlag an sich ja gar nicht so schlecht.

Sie lächelte erneut. »Der Vorschlag ist o. k., Samstag oder Sonntag?«

»Sonntag, 13 Uhr ist alles fertig.«

»Da bin ich gespannt.« Mittlerweile waren beide in der Küche angekommen, hatten sich vor ihre Tassen gesetzt, und August schenkte ein.

»Sieh mal, wie eine sanfte Wolke …«, flötete August. Beide schauten sich einen Moment die Sahne auf der Oberfläche des Tees an, dann küsste August Henrike auf die Stirn.

»Im Film geht das immer mit Prosecco oder Champagner. Du machst das mit Tee …«

»Tee ist mindestens genauso gut – vielleicht besser.« August setzte sich, und für ein, zwei Minuten hing jeder seinen Gedanken nach.

Dann begann August, von seinem Telefongespräch mit Georg Redenius zu erzählen. Er versuchte, so objektiv wie möglich zu sein, verschwieg aber seinen Eindruck nicht, Redenius habe bei einigen Fragen etwas unsicher gewirkt.

»Wenn er was weiß und an dem, was Wiard gesagt hat, etwas dran ist, und dafür spricht vieles, hat er allen Grund gehabt, unsicher zu sein«, meinte Henrike. »Aber aus den Aussagen kann man nichts konstruieren, was irgendwie Hand und Fuß hätte.«

»Vielleicht sollte ich ihn mal persönlich in seinem Amt aufsuchen. Ich glaube, er weiß mehr, als er gesagt hat.«

»Das wird nichts bringen, du bekommst aus dem nichts raus.« August war verblüfft über diese ungewohnt direkte Aussage Henrikes. »Der ist schon sensibilisiert. Mit ihm hat sich Wiard doch gestritten, als er anfing, über den Deich zu reden. Mit Redenius stimmt was nicht. Der weiß mehr, als er zugibt. Wie wär's, wenn du mit Peter mal einen trinken gehst und ihm sagst, du würdest dich für diese Gerüchte um den Deich interessieren, und ob er seinem Schwager ein bisschen auf den Zahn fühlen könne …«

»Ob Peter da mitmacht, weiß ich nicht.« August bewunderte Henrikes feste Meinung und die direkten Vorschläge zum Handeln, er selbst war oft viel zu zögerlich. »Aber es ist eine Möglichkeit. Immerhin sind seine Hinweise ja ein Fingerzeig auf das, was Wiard erzählt hat. Zusammen mit den Geschichten, die damals von der drohenden Pleite des Konsortiums in den Zeitungen gestanden haben, ist das eine Sache, die zu Pfusch führen könnte und was weiß ich noch für … für Sauereien.«

»Ja, und Peter kann noch am ehesten etwas aus seinem Schwager herauskriegen. Ich weiß allerdings nicht, was für ein Verhältnis sie haben.«

»Och, ich glaube, die verstehen sich ganz gut. Vielleicht nicht die große Schwagerliebe, dazu sind sie zu unterschiedlich, in jeder Hinsicht. Versuchen kann ich's ja. So unauffällig wie möglich.« August musste ohnehin noch einen zweiten Getreidehänger nach Norden fahren, solange die Preise stimmten, sodass er die Gelegenheit beim Schopfe packen und mit Peter einen Termin für ein Bier im ›Schwarzen Bock‹ vereinbaren konnte. Früher hatte er dort einmal wöchentlich Doppelkopf gespielt, hatte sich allerdings nach dem dritten Kind endgültig aus der Runde zurückgezogen. Zu Hause war jetzt, neben der Arbeit auf dem Hof, zu viel zu tun. Immerhin war er einer der jungen Väter gewesen, die auch mal den Kinderwagen den Deichverteidigungsweg entlang geschoben hatten, oder, bei gutem Wetter, außendeichs.

»Ich komme aber wieder, so in einem Jahr«, hatte er den anderen gesagt. Inzwischen waren jedoch vier Jahre seit der Geburt seines jüngsten Sohnes vergangen.

12

Der ›Schwarze Bock‹ war eine Kneipe, in der sich in den letzten Jahrzehnten nichts verändert hatte. Selbst die Einrichtung war noch haargenau dieselbe. Der Wirt, den alle immer nur ›Joke‹ nannten, war längst über 70 Jahre alt, führte die Kneipe noch, allerdings hatte er den Gastraum um mehr als die Hälfte verkleinert. Einen Nachfolger gab es nicht, man würde für den alten Laden wohl auch keinen finden. So führte er die Kneipe weiter. »Bis ich hinter'm Tresen liege, aber nicht, weil ich duhn bin«, fügte Joke meistens noch hinzu. »Ich mache das, was die Regierung und die Arbeitgeberverbände immer als Allheilmittel gegen die Arbeitslosigkeit und zur Rentensicherung predigen – ich arbeite bis 80. Wenn ich einen Nachkommen hätte, würde ich allerdings nicht mehr hinter dieser gottverdammten Theke stehen …«

Für den Lebensunterhalt brauchte er die Kneipe nicht mehr, er hatte zeit seines Lebens in die Rentenkasse eingezahlt, das reichte ihm jetzt, auch wenn es, angesichts einer erneuten Nullrunde bei den Renten, nichts würde mit den drei Wochen auf den Malediven, die Jokes Lebenstraum waren. Angesichts der mittlerweile um sich greifenden Billigflüge hatte August ihm vorgeschlagen, er könne doch wenigstens mal nach Mallorca fliegen, aber Joke brachte diese schöne Mittelmeerinsel ausschließlich mit dem Ballermann in Verbindung, was ein Fehler war, denn sie war zweifelsohne überaus schön. Sangria trinken mit überlangen Strohhalmen aus 10-Liter-Eimern, das wäre nichts für ihn. Und ein ordentliches friesisches Pils könne er sich auch selbst an der eigenen Theke zapfen. Seine Frau war schon seit über zehn Jahren tot, und Kinder hatte er keine. Von anderen Verwandten war nichts bekannt, und eigentlich wusste auch keiner, ob Joke tatsächlich Freunde hatte.

Peter Kümmel hatte den Vorschlag gemacht, gemeinsam mit Schorsch ein Bier im ›Schwarzen Bock‹ zu trinken. Joke öffnete nur noch an drei Tagen pro Woche, von Mittwoch bis Freitag; sie hatten sich für den Freitag entschieden. Das war Georg Redenius' Vorschlag gewesen, da könne er dann auch ein, zwei Bier mehr trinken, weil er am nächsten Tag nicht auf's Amt müsse.

Um die Runde aufzulockern, hatten sie beschlossen, Skat zu spielen, und das erwies sich als gute Idee, denn insbesondere Schorsch war ein begeisterter – und guter – Skatspieler. Doppelkopf, von August ins Gespräch gebracht, der zunächst anvisiert hatte, Wiard mitzunehmen, hatte Schorsch abgelehnt – das sei ihm zu kompliziert, und was das überhaupt solle, anstatt des Kreuz-Bauern, die Herz-Zehn zum höchsten Trumpf zu erklären. Außerdem, das müsse er gestehen, wäre er nicht besonders gut auf Wiard zu sprechen, seit diesem Sportfest, neulich. Da Wiard an diesem Abend ohnehin keine Zeit hatte, waren sie zu dritt, und damit hatte sich Doppelkopf von selbst erledigt. Joke stand hinter seiner Theke und sprach mit zwei Gästen, die hier jeden Freitag saßen, den Arbeitstag ausklingen ließen und das Wochenende einläuteten.

Schorsch Redenius spielte gut, was natürlich auch durch gute Blätter bedingt war, die er gerade in der Anfangsphase zugespielt bekam. Im Moment stand er unangefochten auf Platz eins. Bis auf einen vergeigten Null-Ouvert war bei Schorsch alles im grünen Bereich, bis Peter sich nicht verkneifen konnte, zu Beginn des nächsten Spiels prahlerisch anzukündigen, dass er sie nun alle satt machen werde. Er legte einen Grand Hand hin, der ihm eine Menge Punkte bescherte, zumal er mit Dreien war. August sah sich indes auf Platz drei und hatte bisher kaum Land gewonnen.

Während eines Spiels, bei dem August eine erneute Niederlage drohte, entschloss sich dieser, das Gespräch, das sich vorher nur um Kommentare zu den Spielen, Fußball und die Arbeit gedreht hatte (Frauen würden wohl erst bei weiterem Alkoholgenuss einbezogen), auf den Deich zu lenken.

»Also, diese Geschichte um den Deich, die hat mich immer noch nicht ganz losgelassen, Herr Redenius«, begann er.

»Herr Redenius«, sagte Georg beinahe etwas abfällig, »das ist das Stichwort, Joke, bring mal drei Corvit.«

»Oh nee, bloß nicht«, kommentierte Peter Kümmel, allerdings schien das nicht ganz ehrlich gemeint, und Joke war auch schon blitzschnell mit drei eiskalten Corvit im Anmarsch. Umsatz.

»Auf meinen Deckel.« Schorsch Redenius hob sein Glas und sagte: »Herr Redenius ist nun nicht mehr, Herr Saathoff. Ab jetzt Georg, oder besser, Schorsch.« Er hielt August sein Glas hin.

»Na dann, von mir aus, ich bin August.«

Die drei kippten den Klaren, nicht ohne sich danach kräftig zu schütteln.

»Ich nehme noch einen«, raunte Schorsch Joke zu, sah in die Runde, aber die beiden anderen lehnten ab. Wenig später stand ein Schnaps da, und so schnell er vor Schorsch Redenius gelandet war, so schnell war er auch geleert.

»Jetzt geht's mir besser.« Schorsch atmete tief durch und fügte hinzu: »Wir können doch nicht bei Joke sitzen, Skat spielen und uns immer mit ›Herr Redenius‹, ›Herr Saathoff‹ ansprechen. So'n Tüdelkrams. Also, ab jetzt auf Du.« Er lachte etwas krampfig und fuhr fort: »Nun lass uns nicht über den vermaledeiten Deich reden, der steht, und der steht auch noch in 100 Jahren, das sage ich euch. Auch dir, Peter, du hast heute auch schon zweimal danach gefragt.« August sah kurz Peter an, der nichtssagend zurückblickte. Er konnte sich des Eindrucks nicht erwehren, dass Schorsch Redenius' plötzliche Freundschaftsgeste nicht ganz ehrlich, ja, gespielt war.

»Na, Georg«, versuchte August es erneut, »ich wohne nun mal knapp hinter dem Deich, da interessiert man sich schon dafür, ob er stabil ist oder nicht. Davon hängt die Zukunft meiner Familie ab. Es hat schon mal einer behauptet, sein Bauwerk werde noch in hundert Jahren stehen, und ruckzuck war's weg.«

»Da haben auch zu viele dran rumgehämmert, und es wurde zugelassen, dass sie dran rumhämmern. Du siehst ja: Der neue Deich wird heute gesichert wie einst die Mauer, da geht schon nix kaputt.«

»Aber diese Gerüchte gehen herum im Polder, dem Baukonsortium sei damals das Wasser bis zum Hals gestanden, die mussten schnell fertig werden, und eben vielleicht zu schnell, da fehlt es am Ende an Qualität.«

»Das sind Gerüchte, du hast es selbst gesagt, August. Du solltest nicht so viel darauf geben. Wir sind nicht beim ›Schimmelreiter‹ im Hauke-Haien-Koog, wo es darum ging, über Deichstabilität zu sprechen, weil man keine Ahnung hatte, wie man einen Deich baut. Aber ich verstehe deine Sorgen. Wie gesagt, es hat Unregelmäßigkeiten gegeben«, offenbar wurde Schorsch Redenius nach Bier und Corvit nun doch etwas redseliger, und er hatte noch einen dritten Korn bestellt, »aber ich weiß auch, dass alle Stellen, bei denen was zu beanstanden war, ordnungsgemäß erneuert wurden, oder was heißt erneuert, sie wurden eben nachgebessert.«

»Alle Stellen? Ich dachte, es wäre nur eine. Auch die Ostkrümmung?« August hatte entschieden, mit der Tür ins Haus zu fallen, drum herumreden und sich langsam dem Ziel nähern, das war nicht seine Stärke.

»Die Ostkrümmung? Ja, die Ostkrümmung ...«, Schorsch zögerte, sein Gesicht ergraute plötzlich. »Ja, sicher, klar, auch die. Ach, da war nicht viel. Also, ich war nicht oft dort und kann das nicht so gut beurteilen. Mein Chef erzählte davon. Das wurde nachgebessert, soweit ich weiß. Genaues ist mir zur Ostkrümmung aber nicht bekannt. Man kann sich nicht um jede Einzelheit kümmern, wir hatten schließlich die amtliche Aufsicht über das Gesamtwerk. Leute, ich habe keine Lust mehr, darüber zu reden. Dienst ist Dienst und Schnaps ist Schnaps, verdammt noch mal.« Tatsächlich verfinsterte sich Georgs Miene für einen Moment.

»Ja, sicher, das Gesamtwerk«, bemerkte August noch. »O. k., lasst uns nicht mehr über den Deich sprechen. Er soll wohl halten.«

»Sicher tut er das«, bemerkte Redenius und bestellte drei Bier. August indes strich mit Genuss einen Stich ein, zwei Asse, geholt mit dem Karo-Bauern. Gestochen, ha, machte 24 Punkte. Damit hatten die anderen nicht gerechnet, er hatte nur zwei Farben auf der Hand. Jetzt hatte er den Sieg so gut wie in der Tasche, war sich aber von vorneherein schon recht sicher gewesen. Das war nicht immer so.

13

Am Samstag war August mit Wiard verabredet, um ihm von dem Abend mit Peter Kümmel und dessen Schwager zu erzählen. Er hatte sich auch vorgenommen, Wiard von dem Schuss in den Reifen zu erzählen – und mit ihm zusammen die Polizei zu alarmieren. Die musste nun informiert werden, davon war er überzeugt. Sollten die den nächtlichen Unbekannten jagen und festsetzen – wozu war die Polizei schließlich da?

Vor allem anderen musste August jedoch die Entmistung reparieren. Sie war heute Morgen ausgefallen, weil irgendeines der Kinder ein etwa ein Meter langes Brett in die Anlage geworfen hatte, das mitgeschleift worden war, sich verhakt und zum Bruch eines Bolzens geführt hatte. Eine Brücke hätten sie gebaut, über eine 1.000 Meter tiefe Schlucht, in der ein Ungeheuer hauste. (Das war der Mitnehmer, der den Mist abtransportierte.) August hatte vor Wut gekocht, zumal keines der Kinder ihn informiert hatte und alle erst einmal behaupteten, es nicht gewesen zu sein.

»Nee, das war wieder mal der dicke Bär«, hatte August wütend gerufen und war schnaubend davongestapft, um sich erst einmal zu beruhigen. Nun musste er den Bolzen dringend ersetzen, denn es war erstaunlich, in welch kurzer Zeit seine Kühe allerhand Mist produzierten. Angenehm überrascht war er, als er noch einen entsprechenden Bolzen in seiner Werkstatt fand und nicht extra in die Stadt fahren musste, um einen neuen zu kaufen. Beim Auswechseln jedoch kehrte sein Groll zurück:

»Düfel, Düfel, Dönnerschlag. Und die Kinnings vergnügen sich wer weiß wo, kein Schwein schert sich um die kaputte Entmistung ...«, doch August fluchte nur für sich. Niemand hörte ihn.

Nachmittags machte er sich gegen 15 Uhr auf den Weg zu Wiard. Er fuhr mit dem Trecker, da er glaubte, es würde seltsam aussehen, wenn er mitten unter der Woche und mitten am Tag einfach so durch das Dorf spazieren würde – er sah schon bestimmte Leute hinter den Gardinen:

»Het de vandaag nix to dohn?«

Oder hörte Malte Kröger mit den Worten: »Na, Landwirte haben aber auch oft Urlaub pur, was?«

Das sagte er vor allem dann gerne, wenn die Zeiten kamen, in denen es wegen Wind und Wetter im Herbst und Winter tatsächlich nicht mehr so viel draußen zu tun gab. August hatte es aufgegeben, sich zu verteidigen, er ließ diese Sprüche einfach durchrauschen, links rein, rechts raus. Dennoch entschied er, jetzt mit dem Trecker zu fahren: Mit dem Trecker unterwegs – das sah immer nach Arbeit aus.

Wiard öffnete gleich nach dem ersten Klopfen mit dem schweren, eisernen Ring nebst Löwenkopf, den er nach dem Brand des Hofes von Eilert Onken hatte mitgehen lassen. Eilert hatte das später entdeckt, glaubte sich Wiard aber zu Dank verpflichtet, obwohl er sich nicht hundertprozentig sicher war, ob Wiard tatsächlich etwas über die Brandstiftung wusste, geschweige denn, ob er es beweisen konnte. Aber Eilert Onken wollte die ganze Angelegenheit so schnell wie möglich in Vergessenheit geraten lassen, daher war ihm der Türklopfer an Wiards Hauseingang durchaus recht.

»Moin, Wiard«, grüßte August, als Wiard ihm Platz machte, einzutreten.

»Moin, schön, dass du kommst, ich habe etwas Neues zu berichten.«

»Ich auch, wenigstens ein bisschen«, schränkte August gleich ein, um nicht schon zu viel zu verraten.

»Tee?«, bot Wiard an.

»Wenn du gerade einen fertig hast, sonst mach dir aber keine Umstände«, bat August.

»Nee, ich habe keinen fertig – aber ich mag auch eine Tasse, hast du etwas Zeit?«

»Na, 'ne halbe Stunde, ich bin extra mit dem Trecker gekommen, weil ...« August war froh, dass Wiard ihn unterbrach:

»Egal, ich weiß ja, ihr Landwirte habt auch alle einen 24-Stunden-Tag. Wie alle fleißigen Deutschen, jedenfalls die, die Arbeit haben.« Wiard entschwand in die Küche und setzte den Wasserkessel auf.

»Mann, der glänzt aber«, meinte August, der ihm gefolgt war.

»Habe ihn gestern beim ›Tatort‹ blitzblank geputzt. Ich habe fast die Auflösung des Mordes verpasst, als ich einen neuen Lappen holen musste«, Wiard lachte.

»War er gut?«

»Wer?«

»Der ›Tatort‹.« August musste über Wiards verblüfftes Gesicht lachen.

»Ach, der ›Tatort‹, ja, war gut, war einer von diesen älteren, mit Manfred Krug und dem – na, wie heißt er noch – jedenfalls die, die immer am Ende zusammen singen. Spielt auf einer Insel, das ist natürlich eine tolle Atmosphäre. ›Tod auf Scharhörn‹, ja, so hieß der Titel. Gut gemacht. Und spannend. Manfred Krug ist vielleicht nicht der schönste Kommissar, aber der beste. Nee, die schönste Kommissarin ist ja wohl Charlotte Lindholm, ganz klar«, meinte Wiard etwas geistesabwesend.

»Ja, machst wohl recht haben«, sagte August und ergänzte unvermittelt: »Brockmüller.«

»Wie, Brockmüller?«

»Brockmüller heißt der andere, der mit Stöver singt.«

»Richtig, genau, Brockmüller.« Eine kleine Pause entstand.

»Wir können auch ins Wohnzimmer gehen«, Wiard zeigte in die genannte Richtung, aber August winkte ab.

»Du, deine Küche ist so gemütlich, lass man gut sein. Dein Wohnzimmer ist mir auch zu gefährlich«, fügte er etwas sarkastisch hinzu.

Wiards Küche war klein, alle Möbelstücke und Küchengeräte waren bunt zusammengewürfelt, und da Wiards Aktivitäten vielfältig waren und er ständig irgendwelche Bücher, Zeitschriften oder Unterlagen las, lagen diese ebenso bunt verstreut herum. Dazwischen waren viele Erinnerungsstücke von seinen Reisen untergebracht, die er in der Vergangenheit gemacht hatte, und das alles, zusammen mit dem jetzt durch die zwei kleinen Fenster hereinfallenden Sonnenlicht, machte die Küche tatsächlich urgemütlich, obwohl sie mancher als den Inbegriff des Chaos bezeichnet hätte.

»So ein Durcheinander würde Henrike nicht durchgehen lassen, was?« Wiard hatte beobachtet, dass Augusts Augen durch den ganzen Raum schweiften.

»Holl mi up. Nee. Aber, man muss ja den Kindern wenigstens ein bisschen ein Vorbild sein.«

»Vielleicht, vielleicht auch nicht. Ich denke, die machen sich schon ihren Reim, früher oder später. Du sagtest, du hast Neuigkeiten?«

»Ja, nichts Weltbewegendes«, August legte eine kurze Pause ein. »Ich war mit Peter Kümmel und dessen Schwager Skat spielen bei Joke.«

»Ist 'ne Neuigkeit, aber so weltbewegend nun wirklich nicht, hast du wenigstens gewonnen?«, meinte Wiard, merkte dann, dass hinter der lapidaren Aussage von August mehr stecken könnte, wartete Augusts Antwort gar nicht erst ab und fragte: »Ach, der Schwager von Peter, der, wie heißt er noch …?«

»Georg, genannt Schorsch«, half August aus.

»Ja, richtig, Schorsch Redenius, der vom Amt für Küstenschutz, der mir einen auf die Nase geben wollte? Na, wir waren reichlich duhn. Und nun hat mir ja jemand anderer eine Kopfnuss verpasst«, Wiards Gesicht zeigte ein gequältes Lächeln.

»Ich dachte mir, der weiß vielleicht etwas mehr über die Deichgeschichte – immerhin war das die damals zuständige Aufsichtsbehörde, die übrigens mittlerweile ›Landesamt für Wasserbau, Küsten- und Inselschutz‹ heißt, oder so ähnlich. Hat auch 'ne tolle Abkürzung, hmm, ach, hab's schon wieder vergessen.«

»Ja, immer wenn die auf'm Amt nichts zu tun haben oder wenn die Regierung wechselt, wird umstrukturiert, und dazu gehört dann auch eine Namensänderung. Dann sagt man, man habe alles neu, besser und schöner gemacht, und danach geht's genau so weiter wie zuvor«, begann Wiard zu lamentieren, worauf August intervenierte:

»Nee, ganz so ist das auch nicht mehr. Als ich den Hof übernommen habe, waren da 84 Leute untergebracht, jetzt, 15 Jahre später, sind es noch ganze 53. Die machen jetzt das, was vorher 84 gemacht haben. Und die Aufgaben haben sich erweitert, das lässt sich ja prüfen, also die machen den anderen Kram jetzt mit, und die ganzen EU-Auflagen und so, das müssen die auch machen. Ich kenne ja nicht nur Schorsch Redenius, sondern auch ein paar von den Arbeitern, die immer mal am Deich, am Siel oder am Kanal zu tun haben. Die sitzen nicht mehr einfach so rum den halben Tag. Das war früher so, ich habe es ja selbst gesehen, wenn ich auf'm Acker war, da kreiste auch schon mal vormittags das Bier. Aber heute, wo es überall an Geld fehlt, die Stellen gestrichen werden, wohin man guckt, haben die einiges auf dem Tagesplan stehen.« August wusste, wovon er sprach, und war im Gegensatz zu früheren Jahren dazu übergegangen, die Staatsdiener auch einmal in Schutz zu nehmen: »Also, diejenigen, die dableiben, haben jetzt ganz gut zu tun. Die Gefahr ist natürlich, wenn man sieht, so klappt's auch, dass so weitergemacht wird, und dann wird's irgendwann haarig, dann hapert's wieder an allen Ecken und Kanten, dann wird zu viel gespart.«

»Darauf wird's hinauslaufen, die kürzen auf Teufel komm raus«, merkte Wiard noch an, kam dann aber auf das Wesentliche zurück: »Aber was sagte denn Schorsch Redenius, hast du ihn auf den Deich angesprochen?«

August erzählte von dem Skatabend, nicht ohne seine gegen Ende doch noch einsetzende Siegesserie unerwähnt zu lassen.

Anschließend schaute er ein Weilchen aus dem Fenster, in die Weite des Polders hinaus, während Wiard, ebenfalls schweigend, eine neue Tasse Tee eingoss, die dritte und letzte. Vorerst. Er ergriff als Erster wieder das Wort:

»Jedenfalls hat er versäumt, glaubhaft darzustellen, dass wirklich alles in Ordnung ist, finde ich. Und was ich sehe, ist ein Deich ohne ausreichende Kleischicht. Es suppt übrigens immer noch, ich war gestern da; der ist im Innern zu feucht!«

»Vielleicht kommt das Wasser auch woanders her.«

»Woher denn, bitte schön?« Wiard klang ein wenig ruppig. »August, denken kannst du doch auch, aber manchmal willst du die Realität einfach nicht wahrhaben. Wasser am Deichfuß. Obwohl der ja auch noch Gefälle hat, auch der Deichverteidigungsweg ist an der Ostkrümmung schön Richtung Binnenland geneigt – da lief gestern noch das Wasser in breiten Schlieren runter, obwohl die hohe Flut schon einige Tage her ist. Ein bisschen Wasser ist ja o. k., aber so viel und so lange? In dem Deich haben wir Treibsand, sage ich dir, da ist nichts Festes.«

Treibsand kannte August vom Westende von Juist, der Insel, auf der er mit Henrike und den Kindern schon öfter gewesen war, im Spätsommer, wenn die Ernte eingefahren und die Tage noch schön waren. Zweimal waren sie für drei, vier Tage dorthin gefahren. Wenn man auf Treibsand lief, wabbelte der Boden plötzlich unter den Füßen, und man musste zusehen, wegzukommen, weil man sonst schnell einsank, so durchtränkt war der Sand an diesen Stellen mit Wasser. Wenn sich so etwas auch nur ansatzweise im Deich befinden sollte, konnte der Deichfuß schnell aufweichen und wegbrechen, wenn von der Wasserseite Druck auf ihn ausgeübt wurde. Ihm schauderte bei dem Gedanken, er verwarf ihn aber gleich wieder. Das konnte einfach nicht sein. Es durfte nicht sein.

»Und was hast du herausgefunden?«, fragte er Wiard, obwohl er sich am liebsten wieder auf seinen Trecker gesetzt hätte, um nach Hause zu fahren und vielleicht die letzte Helligkeit des Tages zu nutzen, um einen Zaun zu reparieren. Nicht weit vom Hof waren einige Pfähle unten weggefault und mussten ersetzt werden.

»Wie viel Zeit hast du noch?«

»20 Minuten, mehr ist im Moment nicht drin.«

»Das reicht. Komm mal mit.« Wiard stand auf und zog August geradezu in sein Wohnzimmer, in dem es angesichts des noch nicht ersetzten Fensters etwas kühler war, zum Schreibtisch, auf dem Wiards neuestes Steckenpferd stand, ein Notebook, das jetzt – Wiard wurde nicht müde, es zu betonen – per DSL mit dem Internet verbunden war. August wusste zwar, dass sein 56k-Modem nicht mehr ganz dem aktuellen Stand der Technik entsprach, wohl auch nicht die schnellste Verbindung bot, aber man kam damit ins Internet und fand letztlich alles, was man brauchte. Bei Bildern wurde es etwas langsam, aber dafür wie auch für Musik und DVDs interessierte er sich wenig, deshalb reichte ihm die Übermittlungsgeschwindigkeit. Viel verstand er von der Sache ohnehin nicht, Freerk hatte den Internetzugang eingerichtet und war auch der Hauptnutzer. Er hatte allerdings schon öfter gesagt, sie müssten nun bald mal auf ISDN oder, besser, DSL umstellen, sonst würden sie technologisch noch in der Steinzeit landen. Diese Dramatik konnte August allerdings nicht erkennen, aber das war wohl ein typisches Generationsproblem, obwohl sich August noch gar nicht so alt fühlte. Wenn Freerk sich dann aber weiter ausließ über schnelle Verbindungen, Verbesserung der Performance und billige Flatrates, schaltete August meistens schnell ab, nickte zwar, aber dachte schon übers Melken, die nächste Fahrt zur Raiffeisengenossenschaft oder die schlechten Milchpreise nach.

Wiard bot August schweigend einen Hocker an, er selbst setzte sich auf einen alten Drehstuhl, den vierbeinigen (also in Amtsstuben gar nicht mehr zugelassen, denn die mussten fünf Beine haben. Er hatte einen der ausrangierten mitgenommen. Ein Kollege hatte zwar akribisch Buch geführt, und ein Stuhl musste in der Endstatistik gefehlt haben, aber gefragt hatte nie jemand, jedenfalls nicht ihn …). Wiard schaltete das Notebook ein. Beide starrten auf den Bildschirm, auf dem sich das altbekannte, weltweit verbreitete Betriebssystem mit der netten, aber allzu oft gehörten Begrüßungsmelodie meldete. Die Tonfolge schien zu vermitteln, dass sich der große Boss des Ganzen dafür bedankte, dass sich wieder jemand bereit erklärt hatte, sein Betriebssystem zu kaufen, ohne es vielleicht zu wollen, aber es war nun mal beim Kauf schon auf der Festplatte.

»Billyboy«, sagte Freerk immer, wenn es um den großen Boss ging.

»Der«, dachte August, »könnte nicht nur den Polder, der könnte ganz Deutschland mal eben aufkaufen.«

Den Spruch hatte er von Freerk, der gleichwohl auf Linux schwor.

14

Wiard machte einen Doppelklick auf ein Icon, das mit ›GIS-Viewer‹ bezeichnet war. Es erschien eine Oberfläche, auf der, außer allerhand Buttons, zunächst einmal nichts Erwähnenswertes zu sehen war.

»Das ist ein Viewer für Geodaten«, erklärte Wiard kurz, »so etwas kann man gebrauchen, um ...«

August unterbrach ihn: »Das habe ich doch schon mal gehört!«

»Natürlich, das musst du schon gehört haben, demnächst muss nämlich jeder Landwirt GIS-Daten nutzen und ebensolche liefern, zum Beispiel, wenn er noch Ausgleichszahlungen von der EU haben möchte. GIS steht für ›Geo-Informationssystem‹. Ein Viewer ist aber eigentlich keine echtes GIS ...«

»Da kam so ein Schreiben von der Landwirtschaftskammer oder sogar vom Ministerium, weiß ich nicht mehr genau. Die haben Infomaterial über die neue Regelung der Ausgleichzahlungen geschickt. GIS-Flächenskizzen-Beteiligungsverfahren, ja, so nannten sie das.«

»Ich weiß, habe ich gelesen. Gar nicht so dumm. Zukünftig müsst ihr eure Daten digital an die Kammern oder Ämter für Agrarordnung, oder wie die heißen, schicken und die berechnen die Höhe der Zahlungen. Dabei greifen sie auf hochgenaue Flächengrößen zurück, die du liefern musst. Allerdings gibt es Kontrollen, die per GPS durchgeführt werden, also mogeln geht nicht mehr.«

»Genau. Mit Abschreiten nichts mehr, ich meine, mit unterschiedlichen Schrittweiten, und …«

»Nee, GPS ist supergenau«, diesmal unterbrach ihn Wiard, »darauf basieren die meisten sogenannten Navigationsdienste weltweit, auch im Auto. ›Precision Farming‹ basiert auch auf satellitengestützter Positionierung. Hast du doch sicher schon gehört, oder?«

»Gehört schon, aber viel weiß ich noch nicht darüber, passgenaue Düngung und so was …« August sah Wiard etwas unsicher an und dachte: »Wieso weiß er das nun wieder alles?«

»Ja, genau, Düngung so, dass auf jeden Quadratmeter genau die richtige Menge kommt, nicht Gießkanne, man immer drup damit, sondern schön unter Berücksichtigung auch kleinster räumlicher Variationen.« August sah Wiard an, ohne dass man hätte erkennen können, ob er ihm folgen konnte. Kleinste räumliche Variationen? Na, er mag wohl recht haben …, dachte er sich.

»Frag mich ruhig immer«, sagte Wiard jetzt, »ich berechne deine Flächengrößen mit dem GIS, mache alles etwas größer, und das Geld, das dir nicht zusteht, überweist du dann mir.«

»Ach …«, August starrte etwas abwesend auf den Bildschirm. Er war hier doch nicht auf Weiterbildung.

»Also«, sagte Wiard, »nun mal wieder ernst. Ich will dir etwas zeigen. Ein GIS arbeitet mit Geodaten, Informationen, die man mit einem Standort verbinden kann. Zum Beispiel deine Hofgebäude, deine Ackerschläge. Nehmen wir mal einen deiner Ackerschläge, den du immer ›Am Schlafdeich‹ nennst. Jede Ecke des Schlages kann man mit Koordinaten beschreiben, also zum Beispiel Länge und Breite, du erinnerst dich dunkel an die Schulzeit? Mit einem GPS-Empfänger kann jeder den Ackerschlag sofort finden, selbst wenn er noch nie in der Gegend war. Alles, was sich auf der Erdoberfläche befindet, hat einen Standort, den ich mit Koordinaten angeben und also prima auf einer Karte anzeigen kann. Jedes Objekt ist individuell, aber nur durch die genaue Ortsangabe mittels seiner Koordinaten. Es gibt sicher noch mehr Schläge, die ›Am Schlafdeich‹, oder so ähnlich heißen. Da kommt es schnell zu Verwechslungen. Nicht aber, wenn's eindeutig verstandortet ist. Ist ja logisch.«

August mochte Wiards Ausdruck ›ist ja logisch‹ nicht besonders. Wiards gebrauchte ihn oft, wenn er in seinem Element war und anderen Neues erklärte. Und wenn man etwas nicht gleich verstand, erschien es, als sei man ein wenig beschränkt, denn wenn etwas ›einfach logisch‹ war, war es ja kaum möglich, es nicht zu begreifen.

»Schau mal, hier ist zum Beispiel eine Karte des Landkreises«, fuhr Wiard fort, klickte auf ein Icon, das neben einer gezackten Linie die Abkürzung ›TK25‹ enthielt, und es erschien eine Karte.

»Das ist eine einfache topografische Karte, deshalb TK, im Maßstab 1 : 25000. Eine amtliche Karte, das heißt eine, die von den Landesvermessungsämtern abgesegnet ist und für weitere Karten als Grundlage dienen kann.«

»Interessant«, sagte August nur, für Karten hatte er sich nie sonderlich interessiert, wusste aber, dass es ohne sie nicht ging, bei Anträgen an die Kammer schon gar nicht. Henrike hatte ihm einmal ein Buch mit alten Karten und Stichen geschenkt, in dem er vor allem die Entwicklung der Küstenlinie im Bereich des Polders nachvollziehen konnte, was er durchaus interessant fand. Aber wann kam man schon mal dazu, sich in Ruhe mit einem solchen Buch in die Ecke zu setzen (ein Pils oder ein Glas Wein daneben)?

»So. Mit dem Viewer kann ich weitere Karten anzeigen, die sich thematisch voneinander unterscheiden. Voraussetzung ist nur, dass sie die gleichen Koordinaten haben, also die Eckkoordinaten übereinstimmen, dann passen sie genau aufeinander. Man sagt, sie sind georeferenziert«, Wiard war nun ganz in seinem Element.

»Sag mal, wird das hier ein ganzer Einführungskurs, oder was?«, ärgerte sich August und wollte gerade fortsetzen, dass er auch anderes zu tun habe.

»Nein, keine Angst, August. Entschuldige, wenn ich zu viel rede, du kennst mich ja, wenn ich von etwas begeistert bin ... und GIS und GPS sind nun einmal begeisternde Technologien ...«, Wiard machte eine kurze Pause, »ich will dir etwas ganz Bestimmtes zeigen, über das andere können wir gerne mal reden – wie gesagt, du wirst das demnächst sowieso brauchen. Und wenn du nicht nur die Abrechnungsgeschichten, sondern auch andere Dinge mit einem GIS machst, kann dir das eine Menge erleichtern, und vor allem kriegst du ein ganz neues Bild deines Hofes, deines Landes, deiner Äcker. Aber das heben wir mal für später auf. Jetzt zu dem, was im Moment wichtig ist. Schau mal hier.« Wiard klickte erneut, und diesmal erschien eine Karte, die einen deutlich größeren Maßstab aufwies. August brauchte nicht lange, um zu erkennen, dass es sich hier um den Westteil des Polders handelte.

»Mein Hof«, rief er fast wie ein Kind aus, das auf einem Foto sich selbst entdeckt.

»So ist es«, stimmte Wiard kurz zu, »und hier ist der Deich, der alte Verlauf, und der neue. Warte mal.« Wiard änderte über einen ›Legend Editor‹ einige Strichstärken und Farben. Nun erschien die Karte des Polders neu, und die Linien des Deiches – alter und neuer Verlauf – wurden wesentlich dicker, einmal in Grün und einmal in Rot dargestellt.

»Jetzt kannst du den Deichverlauf genau sehen«, erläuterte Wiard. »Rot ist der neue Deich, und hier ist die Ostkrümmung, na, das brauche ich dir nicht erklären, du kennst dich ja aus. Aber jetzt musst du genau aufpassen, ich rufe jetzt noch ein neues Layer auf ...« Doch August unterbrach ihn:

»Ein was?«

»Ein Layer, ach so, na, das ist jetzt egal, erkläre ich dir später. Pass einfach mal auf«, wehrte Wiard die Frage ab.

»Jawohl, Herr Lehrer.«

»Komm, sei nicht so. Es geht etwas schnell, aber ich will dir eines noch zeigen, bevor du los gehst.«

»Na, denn man los.«

Wiard rief besagtes Layer auf, und über die rot und grün eingefärbten Deichlinien legte sich eine Art Skizze, auf der u. a. Handnotizen zu lesen waren. Außerdem einige ebenso per Hand gemalte Linien. Die Notizen und Linien befanden sich offenbar auch auf einer topografischen Karte. Die beiden Karten, die zuerst aufgerufene und die darübergelegte, passten zwar recht gut übereinander, die Linien wiesen jedoch Abweichungen auf. Die Notizen waren über per Hand gezeichnete Pfeile mit diesen Linien verbunden. ›Schadstelle 1a–c‹, ›Schadstelle 2b‹ und ähnliche Notizen las August.

»Was bedeutet das?«, fragte er. Wiard hatte bislang geschwiegen, um August Zeit zu geben, sich das Ganze anzusehen.

»Das habe ich von jemandem bekommen, dessen Namen ich im Moment nicht nennen will. Ein paar Umwege, dauert zu lange, es jetzt zu erklären. Jedenfalls ist es nichts weiter als eine Handskizze, gemalt auf einer topografischen Karte, in einem recht großen Maßstab natürlich, nicht wie eben, 1 : 25.000. Die Handeintragungen zeigen Schadstellen am Deich, um es kurz zu machen. Erfasst, wie du siehst, im Juli und August letzten Jahres. Die Handskizze ist schlicht gescannt worden, und den Scan habe ich als JPEG hier eingeladen, aber transparent dargestellt, damit man die Karte darunter auch noch sehen kann«, Wiard machte eine Pause.

»Aha«, sagte August nur, bislang verstand er nicht so recht, worauf Wiard hinauswollte. Während die vorab gezeigten Karten recht übersichtlich und seriös ausgesehen hatten (es waren ja auch amtliche), erschien ihm dieses JPEG störend. Was JPEG bedeutete, war ihm schon völlig unklar, er kannte diese Situationen aber. Freerk bombardierte ihn manchmal auch mit einer Reihe ihm nicht bekannter Begriffe oder gab in einer für August wenig nachvollziehbaren Sprache Erklärungen ab, meinte etwa, auf der neuesten DVD irgendeiner Top-Band sei eine saugeile Sequenz, die total abging ...

»Also«, fuhr Wiard fort, »es ist eine Handskizze der neuen Deichlinie, auf der einige der Schadstellen verzeichnet sind, die uns die großen Sorgen machen. Ich habe das von einem Mitarbeiter der Wasserwirtschaftsverwaltung. Sozusagen ein Untergebener von Georg Redenius. Ich bin, wie gesagt, über Umwege an ihn herangekommen, und er hat durchweg meine Vermutungen bestätigt. Er fühlt sich nicht recht wohl in seiner Haut, darum hat er mir diese Informationen zukommen lassen. Er will absolut nicht genannt werden – fürchtet Konsequenzen, auch wenn es sich um die Wahrheit handelt. Das muss ich respektieren und werde selbst dir den Namen nicht nennen. Ich hoffe, du glaubst mir, dass nicht ich diese Skizze gemalt habe – wozu auch?

Ich hatte das mit dem Scannen und Übereinanderlegen im GIS nur mal testweise probiert – finde aber, dass man aus dem Ergebnis neue Schlüsse ziehen kann, vor allem aber ist meine Theorie bestätigt, und unsere Beobachtungen vor Ort finden sich hier eigentlich auch wieder.«

Im ersten Moment war August ein wenig verblüfft. An Wiard war ein Lehrer verloren gegangen, wenn er so daherredete.

Dann fasste er sich und sagte: »Ein paar Striche auf ein Blatt Papier malen und ›Schadstelle‹ dranschreiben, das kann ich auch schnell machen. Und das stimmt doch alles nicht exakt mit der Karte überein, das ist für mich kein Beweis.«

»Von Beweisen redet hier doch keiner. Dir muss ich auch gar nichts beweisen. Dass da nichts übereinstimmt, ist auch nicht ganz richtig. Natürlich, die Deichlinie der Skizze und die der Karte sind nicht identisch – aber das ist ganz logisch. Die Handskizze ist nun mal nicht exakt vermessen, und selbst wenn sie es wäre, könnte es sein, dass die Linien nicht genau aufeinanderliegen, wenn nämlich die Georeferenzierung nicht gut genug ist. Schau dir mal die dicke rote Linie der Karte und die der Handskizze an. Da sind doch deutliche Ähnlichkeiten zu erkennen. Und hier, schon gesehen?« Wiard zeigte am Bildschirm auf einen schlecht lesbaren Schriftzug, recht klein zwischen zwei ›Schadstelle‹-Bezeichnungen gequetscht.

»Ostkrümmung«, las August laut vor.

»Eben«, sagte Wiard, »das ist unser Deich, der neue, gespickt mit Schadstellen. Handskizze auf amtlicher Karte, aber, in gewissem Sinne, amtliche Handskizze, wenn auch inoffiziell und natürlich streng geheim. August, die Sache ist heißer, als wir gedacht haben.«

August wusste nichts zu entgegnen. Wieder gingen allerhand Gedanken durch seinen Kopf: Wenn das stimmt, dann …

Als hätte Wiard seine Gedanken gelesen, fuhr er fort: »… dir erzähle ich nun wirklich keine Märchen, August. Das, was wir hier mit dem GIS sehen, müssen wir irgendwie publik machen. Freund Computer – wie du ihn immer nennst – hilft uns doch, die Sachverhalte zu verdeutlichen. Auf diesem Weg müssen wir weitermachen. Und dann, seriös und mit ordentlicher Unterstützung der Medien die Missstände anprangern. Nur so etwas ist überzeugend in unserer heutigen Welt. Ich kann's auch anders ausdrücken: Wenn wir das nicht tun, stell dir mal vor, im Winter oder Frühjahr gibt's ein, zwei oder auch drei richtig heftige Stürme, aus Nordwest, Stärke zehn bis zwölf. Weißt du, was dann ist? Dann bricht uns der Puddingdeich einfach so weg, dann ist Land unter, und wir kriegen hier verdammt nasse Füße.« Wiard lehnte sich zurück, starrte auf den Bildschirm und machte den Eindruck, als wolle er sagen: ›Puuh, nun ist es raus.‹ August war erschüttert, jedenfalls für kurze Zeit. Er hatte Wiards aufrichtige Erregung bemerkt.

Puddingdeich, wiederholte er in Gedanken. »Welche Beweise? Woher? Das muss ein Offizieller bestätigen. Und wenn nicht ein Schorsch Redenius von der Aufsichtsbehörde, wer dann?«

August war ratlos.

»Gute Frage, nächste Frage«, sagte Wiard. »Da habe ich noch keine zündende Idee. Und nach dem, was du von Georg Redenius erzählt hast, wird der keine große Hilfe sein. Er will wahrscheinlich vor allem Ruhe haben, will auf seine alten Tage noch Chef werden, und da muss er alles, was auch nur den geringsten negativen Anstrich haben könnte, aus seinem Haus raushalten. Er wäre ansonsten natürlich ideal, um die Missstände anzuprangern, in seiner Position ... Trotzdem, wir wissen jetzt, dass da was im Busch ist, was uns alle unsere Existenz kosten kann. August, wenn mein kleines Häuschen hier weggespült wird, mit dem alten Kram, finde ich schon was Neues. Ich paddele einfach mit meinem alten Faltboot davon, falls die Mäuse es nicht längst zerfressen haben, es liegt schon seit zwei Jahren unbenutzt auf dem Dachboden«, er lachte, doch dann wurde er ernst. »Aber bei dir, da hängt ein ganzer Hof dran, mit sauteuren Maschinen, einem Haus, deine komplette Existenz mit Familie. Wenn das weg ist – na dann, prost Mahlzeit, dann kannst du dir auch nur noch 'nen Strick nehmen. Oder betteln, dass dich einer mit einem gezielten Steinwurf vom Stuhl haut und du einfach liegen bleibst.«

»Nun mal nicht gleich den Teufel an die Wand«, wehrte August erneut ab, »das ist ja das schlimmste Szenario, das man sich vorstellen kann. Seit 1962 haben wir doch dazugelernt, oder?«

»Ich weiß nicht. Der Mensch ist so bestellt, dass immer etwas passieren muss, bevor gehandelt wird.«

»Da ist was dran.«

»'62 ist menschlich betrachtet eine halbe Ewigkeit her. Seitdem glauben alle, die Deiche seien sicher. Zeit, dass mal wieder was passiert, was genau das widerlegt ... Könnte sein, oder? Es sei denn, es gibt einige, die vor möglichen Folgen falschen Handelns warnen.«

»Mann, Wiard, du hättest Politiker werden sollen!«, meinte August, der Wiard zuletzt doch recht überzeugend gefunden hatte.

»Bloß das nicht. Dann würde mir ja niemand mehr glauben«, witzelte Wiard und beendete per Mausklick den ›GIS-Viewer‹, »oder glaubst du denen noch irgendetwas?«

»Im Moment weiß ich nicht, was ich glauben soll. Und ich muss los. Was nun weiter?«

»Bleib an Schorsch Redenius dran. Ich höre mich auch weiter um. Ich will nicht übertreiben, August, aber wenn was passiert und man erfährt, dass wir davon wussten, aber nichts getan haben, dann können wir nur noch nach Mauritius auswandern.«

»Da ist doch auch bald Land unter, dank dem Treibhauseffekt und dem Anstieg des Meeresspiegels«, antwortete August und fragte sich, warum er ›auch‹ gesagt hatte.

»Dann ziehen wir eben irgendwo in den Kaukasus«, bemerkte Wiard, und fuhr fort: »Hätte nicht gedacht, dass du dich für den Treibhauseffekt interessierst als friesischer Bauer.«

»Da kannste mal sehen. Und der friesische Bauer macht demnächst deinem Puddingdeich zu schaffen. Ich habe die Nase voll! Sollten wir nicht gleich zur Polizei gehen?«

»Unserem Puddingdeich, August, unserem.« Wiard gab ihm die Hand. »Lass uns noch ein, zwei Tage warten, dann gehen wir zur Polizei. Ich möchte meine Unterlagen noch so ordnen, dass sie auch jedem Dorfpolizisten klar und deutlich zeigen, was Sache ist.«

Die Hand zur Verabschiedung reichte Wiard selten. August ergriff sie, und für einen Moment dachte er an so etwas wie eine verschworene Gemeinschaft; verwarf den Gedanken aber sehr schnell wieder. Von so etwas hielt er eigentlich nicht viel. August warf den Trecker an und fuhr nachdenklich nach Hause. Fast zwei Stunden war er bei Wiard gewesen. Der kaputte Zaun würde wohl noch warten müssen. Das Vieh stand ohnehin im Stall, schließlich war es Herbst. Und im Herbst kamen die Stürme.

15

Als Henrike an diesem Nachmittag aus Norden kommend nach Hause fuhr, wunderte sie sich über Aktivitäten am neuen Deich. Die Straße beschrieb hier eine lang gezogene Kurve und umrundete so die Ostkrümmung. Der alte Deich hatte wesentlich näher an der Straße gestanden, von ihm war aber so gut wie nichts mehr zu sehen. Das alte Material war teilweise direkt im neuen Deich verbaut und dieser 200 Meter Richtung Wattenmeer hinaus angelegt worden, ein kleines Stück Neulandgewinnung, obwohl das längst nicht mehr das vorrangige Ziel war. Bislang hatte der neue Deich frei gestanden, zwar wiesen vereinzelt Schilder darauf hin, dass ein Betretungsverbot bestand, da das Bauwerk durch die Verlegung in die Ruhezone des Nationalparks fiel, aber das war es auch gewesen. Als Henrike an diesem Tag vorbeikam, waren – wieder einmal – rege Bautätigkeiten im Gange. Es wurde aber nicht am Deich gebaut, sondern davor. Einige Pkws standen herum, zwei Lieferwagen und ein kleiner Bagger waren zugegen, und schnell hatte Henrike erkannt, was dort errichtet wurde. Sie war ziemlich erstaunt. Ein Zaun, an der Binnenseite des Deiches, und zwar ein recht hoher. Sie schätzte ihn auf etwa zwei Meter, obwohl sie gestehen musste, dass sie verdammt schlecht im Schätzen war.

Zufällig hatte sie Lübbert Sieken getroffen, der nicht weit von hier in einem kleinen Haus lebte, mit einem Hund, einer Katze und zwei Schafen. Siekens Frau war vor drei Jahren an Krebs gestorben, dieser »gottverdammten und völlig nutzlosen Seuche«, wie Sieken seitdem nicht ohne Verbitterung sagte. Er war, nach einer Phase, in der alle überzeugt gewesen waren, dass er nun endgültig dem Alkohol verfallen würde, vor dessen krankhaften Folgen ihn bis dahin wahrscheinlich nur seine Frau weitgehend abhalten konnte, vor anderthalb Jahren von einem Tag auf den anderen aus seiner Lethargie erwacht und hatte sich daran gemacht, aus seinem Haus und dem Grundstück ein kleines Schmuckstück zu zaubern. Das war sein neues Lebensziel geworden. Er hatte alles selbst gemacht, Fenster und Türen dunkelgrün gestrichen, was gut zu den roten Ziegeln passte (zumindest fand Lübbert das), den Garten auf Vordermann gebracht, Obstbäume beschnitten und den Zaun erneuert, an dem im Frühling Wicken rankten, die im Sommer herrlich dufteten. Manchmal wurde er ganz melancholisch und seufzte: »Wenn Erna nun von oben guckt, wird ihr das gefallen.«

Nicht dass er dem Alkohol abgeschworen hätte, aber er hielt den Konsum so weit in Grenzen, dass er den Tag über arbeiten konnte, klar, mit Pausen natürlich, aber schließlich war er Rentner. Mittlerweile ging er wieder mit offenen Augen durch seine Umwelt, zwischenzeitlich hatte ihn rein gar nichts mehr interessiert. Sein Verstand war immer noch scharf. Die 35 Jahre als Gemeindearbeiter im nächsten Sielort hatte er hinter sich, war etwas früher in Rente gegangen, und die »reichte allemal, selbst wenn sie die noch mal kürzen, damit die Diäten erhöht werden können oder wenn es wichtiger war, ein paar Panzer mehr für die Bundeswehr anzuschaffen, um die Heide kaputt zu walzen.« Außerdem, so ergänzte er, spare der Staat doch auch, obwohl er ihm Rente zahle – schließlich sei seine Stelle nach seinem Weggang nicht wiederbesetzt worden.

Am Deich hatte Lübbert Sieken Henrike schon von Weitem gegrüßt. Lübbert kannte Henrike seit deren Kindheit. Henrike ihrerseits schätzte ihn als netten, älteren Mann, der oft witzig war und beim Dorffest den Kindern eine Süßigkeit spendierte. Gerade dann besonders gern, wenn er angetrunken war. Der manchmal mürrische Sieken wurde unter Alkoholeinfluss lebhaft und lustig, was bekanntlich nicht bei allen Zeitgenossen der Fall ist, und von daher verband sie positive Erinnerungen mit ihm. Als Kind hatte sie den Alkohol nie bemerkt, jedenfalls konnte sie sich nicht daran erinnern. Sie grüßte ihn zurück, und als er nahe genug herangekommen war mit seinem Fahrrad, rief er: »Moin, min Kind, wat makst du hier so alleen bi de Schietwedder?«

»Moin, Lübbert, ich kam gerade aus der Stadt, und da sah ich, dass hier schon wieder gebaut wird ... Was machen die denn hier?«

»Hest du Bohnen up dien Oogen?«, meinte Lübbert und fuhr dann auf Hochdeutsch fort: »Hier wird ein Zaun gebaut, würde ich mal tippen.« Geradezu väterlich lächelte er sie an, und wieder ging ihm durch den Kopf, dass er schon, als Henrike noch nicht einmal zehn Jahre alt gewesen war, immer hervorgehoben hatte: »Das wird mal das schönste Mädchen im ganzen Polder.« Henrike hatte später entgegnet, ob das denn nun ein Kompliment oder eher das Gegenteil davon sein sollte, aber Lübbert hatte erwidert: »Wieso? Gibt's denn noch was anderes als unseren Polder auf dieser Welt?«

»Ja, das sehe ich, aber wozu?« In diesem Moment fiel Henrike auf, dass sie eigentlich immer mit Lübbert Sieken Gespräche geführt hatte, in denen sie Fragen stellte und Lübbert wohlwollend antwortete.

»Na, ich denke, da soll keiner mehr auf den Deich.«

»Da standen doch schon Schilder, reicht das nicht?«

»Doch, das reicht wohl. Aber erklär das mal den Leuten auf'm Amt. Die meinen, das reicht nicht. Und dann kann man ja noch ein paar Steuergelder verschleudern, ist ja Herbst, da muss das Geld weg, baut man eben einen Zaun an den Deich, wenn einem nix anderes einfällt. Und die Verbotsschilder dazu, die gibt's ja auch nicht umsonst, da kann man noch ein bisschen mehr Geld verballern«, ereiferte sich Sieken, und wusste nicht, ob er dabei nun lachen oder weinen sollte. Kurz dachte er auch wieder an die erneute Nullrunde bei den Renten.

»Aber man muss doch mal drauf können, auf den Deich. Die können hier doch nicht alles dichtmachen«, war das Einzige, was Henrike hervorbrachte.

»Da kommen sicher ein paar Türen rein. Ja, klar.« Lübbert machte eine kleine Pause. »Aber die werden wohl verschlossen sein, und den Schlüssel hat dann wieder so ein Amtlicher – also, wir, die hier wohnen, wir kommen nicht mehr auf den Deich, jedenfalls nicht hier.« Es lag echte Trauer in seiner Stimme, denn er war über viele Jahrzehnte hinweg fast jeden Tag auf und vor dem Deich gewesen. Der Wind, die See, das waren Lebenselixiere für ihn. Wenn man hinter dem Deich wohnte, aber ihn nicht begehen durfte, war das mindestens so bitter wie zu lang gezogener Tee, und dann noch ohne Kluntje. Oder Beutel-Tee, im Glas, mit Kondensmilch. Holl mi up.

»Ich verstehe ja, dass nicht jeder drauf soll, aber die Einheimischen, die wissen, dass man auf so einem Deich nicht alles machen darf und auch nicht im Deichvorland einfach herumtollen kann, wie man will, die müssten doch eine Sondergenehmigung erhalten«, dachte Henrike laut nach, und Lübbert Sieken nickte zustimmend, aber schweigend mit dem Kopf.

Schließlich fügte er hinzu: »Das meine ich auch, min Deern, aber solche Dinge zählen heute nicht mehr, alles schnuppe. Amtliche Vorgänge sind anders. Zäune bauen, betreten verboten, und wer's trotzdem tut, kriegt 'ne saftige Strafe aufgebrummt. So geht das. Die Krux ist, dass so etwas nicht hier beschlossen wird, sondern in der Kreisstadt oder noch weiter weg. Das entscheiden Leute, die zum Deich hier keinerlei Verbindung haben, denen es egal ist, ob ein Zaun davor steht, oder nicht. Die wissen doch rein gar nicht, was uns der Deich hier bedeutet – und dass wir gut mit ihm umgehen, schließlich schützt er uns. Denen da oben ist das so schnuppe, wie der nächste Huster des bayerischen Ministerpräsidenten mir piepegal ist«, Lübbert Sieken sah durchaus erbost aus.

Henrike und Lübbert standen eine Weile, sahen zu den Arbeiten am Deich hinüber und sagten nichts. Schließlich ergriff Lübbert wieder das Wort, und was sie hörte, verblüffte Henrike.

»Ich mache mir aber weniger Sorgen um den Zaun und die Schilder als um den neuen Deich.«

»Sorgen?«

»Also, man darf den Deich nicht mehr begehen, das ist schlimm für mich, weißt du? Ich wohne hier hinter'm Deich und darf nicht darauf, das ist fast wie im Knast. Du kannst dir vorstellen, dass ich oft hingegangen bin, zum Deich, vor allem abends, um noch ein paar Schritte auf oder vor ihm zu gehen. Ich brauche das einfach, den frischen Wind, den Geruch des Watts, die Vögel, die irgendwo rufen. Möwen, Enten und vor allem Austernfischer, Tütjevögels. Du weißt ja, wie schön das ist, hast August doch auch am Deich kennengelernt, ja … da kann Liebe entstehen … Ich habe den alten Deich gekannt wie meine Westentasche, und auch der neue ist mir schon ein wenig vertraut geworden.« Lübbert machte eine kleine Pause, als denke er nach. »Der neue ist aber nicht wie der alte, obwohl er ja höher, fester und besser sein soll. Wie alles Neue angeblich besser sein soll, schneller, weiter, am höchsten, am ... ach, was weiß ich ...« Lübbert Sieken schwieg wieder. Seine Wangenknochen traten hervor, er schien sich auf die Zunge zu beißen. Sein Blick ging in die Ferne.

»Was meinst du?« Henrike spürte, dass sie sich der Wiard'schen Deichgeschichte näherten, die nun auch im Kopf ihres Mannes herumschwirrte.

»Ich glaube, die haben den Deich nicht überall so gebaut, wie er eigentlich gebaut sein müsste. Das ging alles zu schnell. Ich habe nicht Buch geführt, aber man hat das im Gefühl, wenn man sein ganzes Leben hinter dem Deich verbringt. Auch mit den neuen Maschinen und so, ich habe das damals schon komisch gefunden, wie schnell plötzlich alles fertig war. Da wurde mit einer Hochgeschwindigkeit gebaggert, aufgeschüttet, modelliert, gesodet, gesät, dann war die Einweihung und schwupp, alles bestens. Und nun ist mir bei meinen – zugegebenermaßen verbotenen, aber da sag ich mal wie die im Süden: ›Hobt's mi alle gern‹ – abendlichen Wanderungen etwas aufgefallen, was mir ernsthaft Sorgen macht.« Er machte wieder eine Pause.

»Was?« Henrike ahnte, worauf er hinauswollte.

»Der Deich ist weich. Und ich reime da nicht aus Spaß.«

»Weich?« Henrike wusste genau, was Lübbert meinte, wollte aber seine Version hören.

»Er ist nicht so widerstandsfähig, wie ein Seedeich sein sollte.«

»Wie meinst du das? Da steht ja sogar ein Bagger drauf, der ist doch stabil.«

»Nee, so mein ich das nicht. Weich heißt, dass der Kern, das Innere des Deiches, vor allem aus Sand besteht, was ja in Ordnung ist, aber ich glaube, den haben die einfach nur reingespült. Was auch normal wäre, wenn man ihm genug Zeit gelassen hätte, um sich setzen zu können. Noch schlimmer ist, dass die Kleischicht viel zu dünn ist und eine ordentliche Einsaat fehlt. Klar, Gras wächst da, aber wohl mehr, damit es schnell über etwas wächst, was nicht gut gemacht ist. Da gibt es jetzt schon Schadstellen, die nur aufgrund der miserablen Arbeit entstanden sind und die extrem nachlässig geflickt wurden. Ich habe mir das mit eigenen Augen angesehen! Wenn man ein bisschen den Blick dafür hat, sieht man das sofort. Also ich sage: Der hält keine zwei Sturmfluten aus. Ist vielleicht übertrieben, aber vielmehr werden es nicht sein. Und es soll mehr davon geben in Zukunft, sagt man. Ein paar Nordweststürme, hoch auflaufendes Wasser, läuft ja sowieso höher auf nach dem Eindeichen der halben Bucht, dann ist Land unter, es könnte zumindest sein. Ich übertreibe nicht, Henrike! Das alles passt zusammen mit der Hektik, mit der der Deich hier an der Ostkrümmung fertiggestellt wurde – die haben auf ein paar elementare Dinge verzichtet. Wenn Karnickel am Deich wühlen und ganz schnell heller Sand aus ihrem Bau kommt, dann stimmt da was nicht. Und weißt du was? Die bauen hier den Zaun und machen all das Verbotstrara, weil das keiner sehen soll. Dann würden hier nämlich ein paar Leute mal zur Verantwortung gezogen. Die sitzen aber auf Stellen, dank derer sie die Möglichkeiten haben, das zu verhindern.« Wieder schwieg Lübbert Sieken, und wieder traten seine Wangenknochen deutlich hervor.

»Der neue Deich?«, Henrike konnte kaum glauben, dass Lübbert bestätigte, was Wiard August erzählt hatte, dies aber ganz unabhängig voneinander.

»Ich denke, hier, am Deichschluss, ist es am schlimmsten, wahrscheinlich ist der Rest in Ordnung. Ich glaube, nur hier, im Bereich der Ostkrümmung, ist was faul. Ich habe das im Gefühl. Habe auch mit den Leuten gesprochen, die dort arbeiten. Die reagieren ein bisschen verstockt. Manchmal meine ich, sie weichen aus. Sagen dann: »Keen Tied, du, ick mutt arbeiten, wie hebben hier Akkord«, so wat ähnelsk jedenfalls. Aber an einem Deich darf's nirgendwo eine Schwachstelle geben. Schließlich kannst du einen Eimer, der nur ein winzig kleines Loch hat, wegschmeißen. Am Deichfuß entstand nach der etwas höheren Flut neulich ein richtiger Wasserstrom. Ich war jeden Abend da, die Nässe hat mich gewundert und daran erinnert, wie die Leute bei der großen Oderflut in Ostdeutschland befürchteten, dass die alten Flussdeiche nach einigen Tagen Wasserhochstand durchweichen und schließlich brechen könnten. In Holland, an den Rheindeichen, war es genauso. Die haben gebangt und gebibbert, unsere lieben Nachbarn, dass die Deiche halten. Es war schon alles für eine rasante Evakuierung geplant, na der Herrgott, oder wer auch immer, hat's erst einmal noch nicht so weit kommen lassen, obwohl es grob fahrlässig ist, Deiche über Jahrzehnte nicht zu sanieren. Oder denk mal an diese Hurrikane in den USA, in New Orleans. Da haben die Deiche nicht gehalten, weil sie schlecht gebaut waren. Und was sie danach wieder aufgebaut haben, war wahrscheinlich noch schlechter. Stand doch alles in der Zeitung. Also, so was gibt's, das sind keine Märchen. Und hier, Henrike, hier haben wir einen Seedeich vor uns, keinen Flussdeich, das ist noch ein kleiner Unterschied«, nach einer weiteren Pause fuhr er fort, »und das mit der Ostkrümmung passt gut, denn das war sozusagen das Schlussstück des Meisterwerks. Damals gab es diese Verzögerungen und Diskussionen, weil die Baufirma plötzlich vor der Pleite stand, und es musste dann alles ganz schnell gehen. Nee, der Deich ist gut, aber hier, genau hier, wo ich wohne, gibt es eine Schwachstelle, ich bin mir da sicher. Ich bin vielleicht alt, aber nicht blöd. Mindestens 500 Meter, die müsste man noch mal sorgfältig prüfen und sanieren. Ich überlege schon die ganze Zeit, was man tun kann.«

»Na, das muss öffentlich gemacht werden!«

»Ja, das ist richtig. Aber wer soll das machen? Ich? Wer glaubt schon einem alten Mann, der als Frührentner hinter'm Deich wohnt und einige Jahre als Alkoholiker galt. Und manche halten mich immer noch dafür. Sie haben ja recht, bleibt man ja immer, auch wenn man trocken ist. Und außerdem: einmal in der Schublade, immer in der Schublade. Ich weiß, was geredet wird über mich. Nee, mir glaubt keiner. Guck dir doch mal an, wie in unserem Land Meinungsmache betrieben wird, in den Zeitungen. Und weißt du was? In den USA, nach dem Hurrikan, als New Orleans unter Wasser stand, haben sie auch getönt, wir erhöhen die Deiche, machen sie fester, besser. Und nun gab es viele Artikel, dass die neuen Deiche totaler Pfusch sind. Und die Konsequenz? Null, nichts. Sie stehen, und damit basta. Aber die Qualität wird sich erst im nächsten Ernstfall zeigen, und dann prost Mahlzeit.«

»Aber doch nicht bei uns in Ostfriesland«, warf Henrike ein, doch Lübbert unterbrach sie, beinahe barsch:

»Henrike, das ist naiv, was du da sagst. Zugegeben, die Deiche hier sind alle super gemacht. Durchweg. Aber hier scheint es eine Ausnahme zu geben. Skandale sind immer zeitlich punktuell. Wenn etwas lange und immer gut geht, gibt es plötzlich einen Einschnitt. Da gibt's doch viele Beispiele. In heutiger Zeit haben sich viele Dinge geändert. Alles muss immer schneller gehen, und dahinter stecken viel mehr Interessen, als noch vor wenigen Jahren. Da wollen Leute Geld verdienen, die sitzen unter Umständen in München, in der Schweiz oder wer weiß wo, aber bestimmt nicht in ihrem kleinen Landhaus hinter'm Deich. Die Globalisierung lässt grüßen. Einige schwarze Schafe wollen den schnellen Euro machen – die kümmert's nicht, ob etwas qualitativ gut oder schlecht ist. Und das ist die Gefahr. Solange nichts passiert, ist alles gut. Ein Deich muss aber den schlimmsten Sturm aushalten; viele kleine tun eigentlich nichts zur Sache. Als die Einheimischen noch selbst ihre Deiche und Warften bauten, hatten sie ein ureigenes Interesse an der Stabilität. Wenn aber Leute am Bau beteiligt sind, denen die Bedeutung dieser Bauwerke gar nicht klar ist, ist das etwas anderes. In New Orleans haben Army-Soldaten Deiche gebaut ... ich bitte dich, was soll dabei herauskommen?! Und hier hat man ein Baukonsortium zusammengezimmert, das einen Auftrag erhalten hat, den auszuführen es nicht kompetent war. Warum soll's das nicht auch bei uns geben? Erst einmal geht's ums Geld, Geld, Geld. Nichts anderes. Wenn jemand mit einem günstigeren Angebot einen lukrativen Auftrag erhalten kann, na, dann baut er eben mal einen Deich. Und was ich sehe, ist, dass hier eine Stelle nicht richtig gemacht wurde. So ist das!« Lübbert holte tief Luft. Er hat wohl recht, dachte Henrike, obwohl sie zweifelte, aber auch wusste, dass sie bislang noch nie Veranlassung gehabt hatte, an das, was Lübbert sagte, nicht zu glauben.

»Und wenn es andere gäbe, die dich unterstützten, die Sache publik zu machen?«

»Das wäre etwas anderes, ein paar ganz seriöse Leute, sag ich mal. Fragt sich nur, wer das sein könnte.«

»Ich werde mal mit August darüber sprechen.

Ist ja keine gute Neuigkeit, die du da erzählst. Aber nun muss ich dringend weiter, das Abendessen muss gemacht werden, die Wäscheberge türmen sich schon wieder.«

»Was machen deine vier Bälger und wie geht's August?«, erkundigte sich Lübbert Sieken, ganz bewusst auf Henrikes schnellen Abschied eingehend.

»Och, alle gesund und munter, Freerk wird groß und frech.«

Auf Tjadens Hof war Freerk als Fünfjähriger vom Heuboden gefallen. Zufällig hatte Lübbert Sieken genau unter ihm gestanden, als er herunterstürzte. Lübbert hatte ihm vielleicht das Leben gerettet, aber zumindest schwere Verletzungen erspart. Immerhin hatte Lübbert auf Betonfußboden gestanden.

»Ich bin dir heute noch dankbar dafür«, fügte Henrike hinzu, als Lübbert sie an die alte Geschichte erinnerte.

»Nicht dafür. Das hätte jeder gemacht, war Zufall, sonst nichts.«

»Aber ein glücklicher. Tschüss, Lübbert.« Henrike stieg ins Auto.

»Tschüss, min Deern. Grüß August, und es wäre schön, wenn du ihn darauf ansprechen könntest. Ich gehe gern mal mit ihm zum Deich. Ich bin zwar nicht mehr der Jüngste, aber über den Zaun da, das schaffe ich noch. Allein schon aus Trotz. Diese Arschlöcher«, fluchte Lübbert, doch bei den letzten Worten hatte er sich schon von Henrike weggedreht. Gegenüber ›den Kindern‹ hatte er solche Ausdrücke nie benutzt, und es fiel ihm, manchmal, wie vielen alten Menschen, schwer, in den früheren Kindern nun selbstständige Erwachsene zu sehen.

»Ich werd's ihm sagen«, rief Henrike, startete den Motor und fuhr los, Lübbert, der sich noch einmal kurz umdrehte, durch die Windschutzscheibe grüßend. Im Rückspiegel sah sie, wie er sich auf sein altes Fahrrad setzte und in die Gegenrichtung davonfuhr. Er freute sich auf einen warmen Tee und dachte über die Hamburger Flut 1962 nach, die ihm noch lebhaft in Erinnerung war; die Berichte im Fernsehen, im Radio und in der Zeitung.

»Na, hat der Schnaps doch noch nicht alles weggepustet«, ging es ihm durch den Kopf, und er hatte dabei die Berichte über das entschlossene Vorgehen von Innensenator Helmut Schmidt vor seinem inneren Auge, als sei es gestern gewesen.

Mistzeug, dachte er und beschloss, dennoch einen zu trinken, am Abend. Aber nur einen. Und ein Pils. Er hatte gelernt, ein verträgliches Quantum einzuhalten. War schwer genug gewesen.

16

»Wenn Lübbert Sieken etwas über den Polder, den Deich oder das Wasser dahinter sagt, hat das immer Hand und Fuß. Er ist eine Saufnase ...«

»War«, unterbrach Henrike ihren Mann.

»Oh, neulich war er wieder reichlich duhn, beim Feuerwehrfest.«

»Und wie war das mit dir?«

»Nun lass mich doch mal ausreden. O. k., ganz nüchtern war ich nicht ... jedenfalls traue ich Lübbert voll und ganz. Wenn ich mit ihm in seiner Jolle in die Bucht rausgefahren bin, hat er immer recht gehabt – die Bucht, den Deich und den Polder kennt er. Und er spürt, wenn da was nicht stimmt.«

August hielt viel von diesen ganz natürlichen Fähigkeiten Lübbert Siekens. Es konnte auch kein Zufall sein, wenn mehrere Leute, unabhängig voneinander, auf einmal Vermutungen anstellten, die vorher keine Rolle gespielt hatten. Die Unsicherheit bei Georg Redenius, Wiards Recherchen und Lübberts Beobachtungen. Es gab allerhand Puzzlestücke. Aber es fehlten nach wie vor Hinweise auf die Person, die Wiards Scheibe eingeschlagen und den Stein geworfen hatte. Es gab nicht die vagsten. August beschloss, mit Lübbert noch einmal zur Ostkrümmung zu gehen, selbst wenn er dabei über den Zaun, dessen Bau er nun überhaupt nicht nachvollziehen konnte (»Die sind doch nicht mehr ganz dicht, das kannst du doch alles in die Wurst hauen!«), klettern musste. Wer konnte nicht über all das Nutzlose, was in dieser Welt geschah, ab und an schon mal verzweifeln.

Unmittelbar nach Henrikes Erzählungen war er mit einem Fernglas auf seinen Acker gelaufen und hatte in Richtung der Ostkrümmung die Zaunbauarbeiten beobachtet.

»Das ist doch nicht zu glauben«, hatte er laut gedacht, und: »Wo leben wir hier eigentlich?« Er war überzeugt, dass der Zaun weniger mit Naturschutz als mit der Vertuschung von Baumängeln zu tun hatte. Als er wieder im Haus war, sagte er mehr zu sich selbst als zu Henrike: »Wie weit dieser dusselige Zaun wohl vom Deichfuß weg steht ... ich rufe gleich mal Lübbert an, ich muss da mit ihm hin!«

Es hatte ihn endgültig gepackt. Schließlich hing die Sicherheit und Zukunft seines Hofes, ja des ganzen Polders, von diesem Deich ab. Außerdem wurde die permanente Bedrohung mehr und mehr unerträglich. Dass ihn jemand durch subtile Anschläge hindern wollte, das auszusprechen, was doch ausgesprochen werden musste, wollte er sich nicht mehr gefallen lassen. Man musste etwas gegen diese Art der Volksverdummung und gegen diesen Dunkelmann unternehmen, der im Polder sein undurchsichtiges Unwesen trieb. Schließlich war der Deich mit Steuergeldern gebaut, also hatte man doch ein Recht zu erfahren, wie es um ihn stand. Und auf ihm gehen dürfen wollte er auch.

»Vergiss es.«

»Was?«

»Das Anrufen – Lübbert haben sie das Telefon abgestellt, er hat die Rechnungen nicht bezahlt. Er sagt, das sei egal, ihn würde eh niemand anrufen.«

»Dann fahre ich eben heute Abend hin, vielleicht hat er ja Zeit.«

»Das denke ich schon, zumal, wenn du vorbeikommst. Weißt du, er hält viel von dir, sagt immer, dass du nicht so bist wie viele andere, die jemanden gleich verurteilen oder abstempeln. Bei vielen spürt er sofort, dass sie nur denken: ›de Suupnös‹ ...«

»Na ja, er ist im Grunde ein feiner Kerl, hat natürlich auch seine negativen Seiten, aber wer hat die nicht«, murmelte August mehr, als dass er deutlich sprach.

In diesem Moment klingelte es an der Tür. Es war Wiard. »Moin August, hast du zufällig Tee klar?«

»Nee, aber warte mal«, August wandte sich um und rief: »Henrike?«

»Bitte?«

»Kannst du eben Tee machen? Wiard ist da.«

»Leider Pech gehabt. Ich will nämlich rüber zu Marlene, wir haben uns verabredet, weil wir den nächsten Klönabend bei Joke besprechen wollen. Tee müsst ihr euch schon selbst machen, aber das schafft ihr wohl, ich bin ganz zuversichtlich«.

August bemerkte den Spott in der Stimme seiner Frau, sah Wiard etwas verwirrt an und wusste gleich, dass es hier keinen Verhandlungsspielraum gab: »Dann will ich mal Wasser kochen.«

»Mach das mal. Ich bin übrigens ganz Henrikes Meinung: Du schaffst das mit dem Tee.« Bevor August reagieren konnte, fuhr Wiard fort: »Ich komme mit Neuigkeiten vom Deich. Interessante Entwicklung. Wenn man erst mal anfängt zu wühlen, findet man gleich eine Menge Maulwürfe.«

»Habe ich mir schon fast gedacht. Ich weiß auch Neues zu berichten, dank Henrike.« August ging in die Küche, nahm den Kessel, füllte Wasser ein und stellte ihn auf den Herd.

»Dank Henrike?« Wiard machte es sich am Küchentisch bequem. August berichtete von Henrikes Gespräch mit Lübbert Sieken. Als er geendet hatte, meinte Wiard:

»Ich denke das Gleiche wie du. Lübbert hat sicher nicht immer alles richtig gemacht. Ich aber auch nicht, das macht ihn ja so sympathisch ...«, Wiard lächelte, »und wenn's um den Polder, den Deich und das Wattenmeer geht, weiß er wie kein anderer Bescheid. Außerdem bestätigt er genau meine Beobachtungen, da stimme ich also umso lieber zu. August, sag selbst – das hat er nicht von mir, das sagt er von sich aus, also muss was dran sein!« Erwartungsvoll sah Wiard seinen Freund an, jedenfalls hatte er den Eindruck, dass sie gerade Freunde wurden.

»O.k., wir wissen nun, dass da was nicht stimmt. Allerdings wundere ich mich nach wie vor, dass so eine Sauerei überhaupt möglich ist. Ich meine, stell dir doch mal vor, was das für Folgen haben kann! In unserer aufgeklärten Welt, in der Presse, Funk,

Fernsehen und Internet sekündlich alles Neue berichten, das irgendwo auf der Welt passiert? Da soll hier ein butterweicher Deich gebaut worden sein, und keiner hat's gemerkt?« August blickte, während er redete, aus dem Fenster. Er hatte keinen so schönen Blick in den Polder wie Wiard, er sah ein Stück akkurat gemähten Rasen und die Wand seines neuen Laufstalls.

»Eben nicht«, erwiderte Wiard, »keiner hat's gemerkt stimmt nicht. Siehst du ja selbst: Ich hab's gemerkt, Lübbert Sieken hat's gemerkt, und noch ganz andere haben's gemerkt, die Offiziellen nämlich auch, denken wir mal an Georg Redenius.«

»Genannt Schorsch«, sagte August nur, füllte Teeblätter in den Treckpott und goss ein wenig des sprudelnden Wassers darüber. Erst musste der Tee ziehen, bevor er mit so viel Wasser übergossen werden konnte, dass es für die Anwesenden für mindestens drei Tassen reichte.

»Ja, aber wenn was passiert, will's niemand gewusst haben«, fuhr August fort.

»Das haben wir in den vergangenen 2.000 Jahren Menschheitsgeschichte schon öfter erfahren – das mit dem Sehen und offenen Auges Weggucken. Viele wissen was. Aber wenn es gerade mal nicht opportun ist, wird geschwiegen. Und obwohl alle Bescheid wussten, behaupten dieselben später, dass sie nichts gewusst hätten. Und keiner kann es so recht nachweisen – schließlich haben alle vorher geschwiegen. Es hat so viele Epochen gegeben, wo es immer wieder so gelaufen ist. Wenn massiver Druck dahintersteht, machen Regierende mit ihrem Volk, was sie wollen. Stell dir vor, dir untersagt einer, ein Thema anzusprechen, weil es unrecht ist. Unrecht aber nur im Sinne desjenigen, der das Recht auf seiner Seite hat, also des Staates. Wenn der die Macht hat, dir, sagen wir, eines deiner Kinder wegzunehmen, und damit droht, na, dann ist es doch ein Leichtes, dich zum Schweigen zu bringen. Glaubst du, da wärst du mutig aufgestanden und hättest dagegengeredet? Nein, sage ich, denn es ging ja um deine Kinder, nicht um dich. Das war und ist das Üble an der Sache. Ist auch nicht so, dass es so etwas nicht mehr gäbe. Diese Regime spielen die Leute untereinander aus, geopfert wird ein Nahestehender, nicht du selbst. Jedenfalls ist das ein Mittel, dafür zu sorgen, dass die Leute die Klappe halten. Oder ... ach, was weiß ich ... Mag sein, das sind die Extreme, im Kleinen geschieht aber häufig dasselbe, tagein, tagaus«, Wiard lief rosa an und geriet beinahe in Rage.

»Nun mal halb lang. Du steigerst dich schon wieder in Vergleiche, die nicht mit unserem Deich zusammenpassen. Was können wir tun? Wir müssen unsere Beweisstücke glaubhaft vorbringen ...«

»Was hältst du davon«, schlug Wiard vor und unterbrach seinen Satz, um seine Tasse Tee in einem Zug zu leeren, »wenn wir, zusammen mit Lübbert Sieken, zu unserem Deich, zur Ostkrümmung, gehen und uns gemeinsam ein Bild machen? Und – im wahrsten Sinne des Wortes – Bilder machen, die jeden überzeugen werden?«

»Genau daran habe ich heute schon einmal gedacht. Dann müssen wir über den neuen Zaun.«

»Na, noch wirst du das wohl schaffen, alter Mann«, lachte Wiard. »Lass uns das mit eigenen Augen sehen, damit wir das auch unumwunden glauben können.«

August spürte, dass Wiard ganz bewusst ›unseren Deich‹ und ›uns zusammen‹ gesagt hatte. Offenbar wollte Wiard jetzt alles tun, um August auf seine Seite zu ziehen. Ihm kam der Gedanke, dass Wiard ganz politisch vorging. August war im Polder geachtet, er kannte so gut wie jeden, hatte für die meisten immer ein nettes Wort parat, hatte gute Freunde gewonnen, und diejenigen, mit denen er nicht so recht warm wurde, hielt er auf Distanz. Das machte er nicht bewusst, es war schlicht sein Naturell, seine Persönlichkeit und wohl auch die Überzeugung, dass es grundsätzlich keine Unterschiede zwischen den Menschen gab – daher nahm er alle so hin, wie sie waren. Und dass sie sich alle unterschieden, war gut so, denn das Leben wäre »verdammt langweilig, wenn alle dasselbe denken, sagen und tun würden«, pflegte August zu unterstreichen. Erstaunlicherweise stimmten ihm alle zu. August wunderte sich dann, denn nur wenige Minuten später konnte das Gespräch über Abwesende oder solche, die anders redeten als die Mehrheit, schon wieder losgehen, und da wurde nicht immer nur Nettes gesagt. Da er sich daran nicht beteiligte, dies manchmal unbewusst, manchmal ganz bewusst nicht tat, bekam er auch nicht immer alles mit. Dies mochte hier und da von Nachteil sein, was ihm aber letztlich egal war. Wichtig war ihm, dass die Neutralität gegenüber allen gewahrt blieb. Damit blieb von August das Bild eines integren, freundlichen Mannes, dem alle im Polder glaubten, dass er vor allem für das Wohl seiner Familie und seines Hofes, aber auch für das des Polders insgesamt arbeitete und lebte. Deshalb war er schließlich bei der Feuerwehr, im Sportverein und sogar im Shantychor des Nachbarortes. Er machte bei allem mit, was dem Polderleben zuträglich war, etwa bei der Organisation der letzten gemeinschaftlichen Müllentsorgungsaktion.

August war sich nach diesen Überlegungen sicher, dass Wiard ihn gerade deshalb auf seiner Seite haben wollte – er war vielleicht einer derjenigen, der die Polderbewohner überzeugen konnte, dass der Deich nicht in Ordnung war. Wiard wusste schließlich, dass er selbst, oder auch Lübbert Sieken, kaum eine Chance hätte. August könnte den ganzen Polder bewegen, na, fast den ganzen. Er könnte ihre Bedenken in Worte fassen, sie vortragen, und alle würden ihm zuhören. Ihm schon.

17

Am darauffolgenden Tag war Lübbert Sieken durch eine Magen-Darm-Grippe ans Bett gebunden. (»Bin ständig auf der Latrine.«) Zwei Tage später kam er per Fahrrad bei August vorbei und teilte ihm mit, am Nachmittag könnten er und Wiard, wenn sie Zeit hätten, zu ihm kommen, die Därme arbeiteten wieder halbwegs normal, und er habe Zeit, zur Ostkrümmung zu gehen.

Am Morgen war es schon recht windig gewesen, der Nachmittag gestaltete sich zunehmend stürmisch, als August Wiard mit dem Auto abholte. Sie fuhren zu Lübbert Sieken, auch wenn es kein weiter Weg war, aber der Wind brachte manchen starken Regenschauer mit. Sie hatten keine große Lust, schon vor der Ankunft bei Lübbert durchnässt zu sein. Sie hatten Blaumänner an, aber trotzdem beschlossen, Regenjacken überzuziehen. Wiard war vollständig in Regenzeug eingepackt. Zwar würde sich derjenige, der sie am Deich sah, ohnehin wundern, dass sie arbeiteten und nicht auf Schlechtwetter machten, aber das konnte man – solange es Unbekannte waren – ohne Probleme mit dem steigenden Druck auf dem Arbeitsmarkt begründen, der erforderte, dass man sich hervortat. In Zeiten zunehmenden Wettbewerbs in allen Gesellschaftsbereichen würden das die meisten akzeptieren und für richtig befinden, warum nicht arbeiten, nur weil es ein wenig regnete und stürmte? Und die Gewerkschaft würde hier draußen schon nicht so schnell auf der Matte stehen, schon gar nicht bei solchem Wetter. August stellte den Scheibenwischer auf die höchste Stufe.

»Moin«, Lübbert öffnete die Tür, an der laut vernehmbar geklopft worden war.

»Moin«, erwiderten die beiden anderen unisono und duckten sich instinktiv, da eine Bö um die Hausecke schlug.

»Lasst uns mal gleich losgehen. Die Wettervorhersage ist nicht so berauschend, und besser wird es nicht, so viel ist sicher. Und – falls ihr es noch nicht bemerkt haben solltet – es ist schon miserabel genug, Schietwedder.« Lübbert lachte sie verschmitzt an, und Wiard und August sahen für einen Moment wie die verdutzten Badegäste aus dem Binnenland aus, denen man am Strand von Juist den Rat gibt, heute nicht auf die Wasserkante zu treten (und auf die Frage »Warum denn nicht?« antwortet: »Dann könnte der Strand unterspült werden.«).

»Wir werden wohl einiges abbekommen. Aber vielleicht ist das ganz gut so, es werden kaum Leute vor Ort sein. Die können sich dann auch nicht vor dir erschrecken, Wiard. Wären deine Regenklamotten weiß, würde ich denken, der Yeti steht vor mir«, rief August mehr, als dass er es sagte. Der Wind heulte in Schüben gewaltig.

»Vielleicht ist Yeti-Sein gar nicht so schlecht. Obwohl – der lebt in den Bergen ... Jedenfalls ist das Wetter auf unserer Seite«, bestätigte ihn Wiard. »Da können wir mal in aller Ruhe den Deich begucken. Außerdem wird das Hochwasser auch ein wenig über Normal auflaufen. Vielleicht ist das gleich ein interessanter Aspekt.«

»Nee wat, glaub ich kaum«, mutmaßte Lübbert, »so stark ist der Wind nun auch wieder nicht, und ein paar Plätscherchen wird der Deich schon noch aushalten.«

»Na, wir werden sehen«, mischte sich August ein, »nun mal los, ich will spätestens um 18 Uhr wieder zu Hause sein.«

Es war jetzt 15 Uhr. Die Erwähnung Wiards, dass eigentlich Teezeit sei, hatte Lübbert mit der Bemerkung abgetan, sie sollten jetzt lieber gehen, er hätte sich ja eine Thermoskanne mitnehmen können, zum Picknick am Deich sei das Wetter andererseits wohl kaum geeignet.

Die drei Männer erreichten schnell den neuen Zaun am Deich und entdeckten, dass kurz nach einer Biegung noch eine Baulücke bestand. Also betraten sie den Deich gänzlich ohne akrobatische Kletterkünste – allerdings auch ohne Genehmigung. Wenn das Redenius erfährt, ging es August durch den Kopf.

Oben auf der Deichkrone pfiff ihnen ein ordentlicher Nordwest ins Gesicht. Zudem näherten sich dunkle Wolken und kündigten aus der Ferne neuen starken Regen an.

»Wie sollen wir's nun machen?«, fragte Lübbert die beiden anderen.

»Wir sollten uns aufteilen. August geht Richtung Ost, du gehst Richtung West, und ich schaue mir den Außendeichfuß genau an, vielleicht auch ein bisschen den Heller.« Wiard übernahm die Leitung der Expedition.

»Von mir aus ist das o. k.«, erklärte August sich einverstanden, und Lübbert fügte sich, leicht die Schultern zuckend, ohne weitere Worte.

So gingen die drei Männer, kaum dass sie auf dem Deich waren, auseinander, und jeder überlegte sich, wie er sich in kurzer Zeit einen möglichst systematischen Überblick über die Ostkrümmung verschaffen konnte. Die dunklen Wolken waren indes wesentlich schneller angekommen als erwartet. Es schlug ihnen bei einem heftiger werdenden Nordwest starker Regen entgegen.

August wanderte zunächst etwa 15 Minuten Richtung Ost, oben auf der Deichkrone. Anschließend wollte er im Zickzackkurs an der Außenseite des Deiches zurückgehen in der Hoffnung, zufällig auf Besonderheiten zu stoßen. Wiard lief unten am Deichfuß, sodass, wenn der Wind nicht allzu sehr pfiff, eine Unterhaltung möglich war.

»Stell mal den Regen ab!«, rief August Wiard zu.

Der lachte zurück und entgegnete, mit wesentlich weniger Anstrengung, da er mit dem Wind sprach: »Stell du dich mal nicht so an – das bisschen Regen. Du weißt doch, es gibt kein schlechtes Wetter, nur die falsche Kleidung.«

Die beiden Freunde gingen weiter. August fiel zunächst nichts Besonderes auf, hier gab es auf der Deichkrone sogar einen gepflasterten Weg, umso weniger verstand er das Begehungsverbot der Behörden und den Bau des Zaunes, was beides dafür sorgen würde, dass nicht nur der gemeine Tourist, sondern auch solche Leute wie Wiard, August und Lübbert schon in Kürze nicht mehr auf den Deich gelangen konnten.

Der Wind nahm weiter zu und war so stark, dass August Wiard, der ihm aus größerer Entfernung etwas zurief, kaum noch verstehen konnte. Ihn erreichten nur Wortfetzen, aus denen er sich keinen zusammenhängenden Satz zusammenreimen und daher auch keinen Sinn erschließen konnte. Da er nun die Außenseite genauer unter die Lupe nehmen wollte, plante er, zu Wiard zu gehen, wenn er unten am Deichfuß angelangt war. Vorsichtig lief er schräg die Außenseite des Deiches hinunter. Durch den Regen war das Gras extrem glitschig, der Wind wehte in starken Böen, und es war ein Leichtes, auszurutschen. Das wollte August unbedingt vermeiden, da er eine Resttrockenheit unter der langen Unterhose verspürte, die nur von einer Jeans geschützt wurde und bei einem Sturz unweigerlich verloren gehen würde. Unter gedämpft ausgesprochenen Flüchen hatte er zu Hause vergeblich seine Regenhose gesucht und war schließlich nur in Jeans (»Wenigstens 'n langen Hinni an.«) mit Wiard abgefahren. Später stellte sich heraus, dass Freerk sich die Regenhose ausgeliehen hatte.

Schließlich erreichte August den Deichfuß. Er schaute sich um und sah Wiard etwa 50 Meter weit im Heller, dem Deichvorland, stehen. Er ging in dessen Richtung, und als er nah genug herangekommen war und der Wind für eine Weile nicht ganz so heftig blies, rief er Wiard zu: »Dein Deichfuß ist aber reichlich breit!«

Wiard antwortete nicht, sah nur auf und winkte August, zu ihm zu kommen.

»Schau mal hier«, forderte er August auf, als dieser herangekommen war. Sie standen mit den Stiefeln teils knöcheltief im Salzwasser, aufgrund des starken Windes gab es eine höhere Flut, das Normalhochwasser erreichte den Deich an dieser Stelle nicht.

»Hier hat einer gesodet«, stellte August fest.

»Allerdings. Ich nehme mal ein Stück mit, und dann zeige ich dir etwas.«

Der Regen ließ ein bisschen nach, die Wolken lichteten sich in diesem Moment, und es wurde etwas heller.

Mangels Spaten musste Wiard seine Hände benutzen, um eine Sode auszubuddeln. Hier hatte tatsächlich erst vor kurzer Zeit jemand weitere Grassoden entnommen. Der Bereich betrug etwa zehn mal fünfzehn Meter. Mit dem bewachsenen Erdstück in der Hand wandte sich Wiard wieder dem Deich zu, August folgte ihm wortlos. Am Deichfuß angelangt, betraten sie den Asphaltstreifen, der hier, schräg dem Wasser zufallend, angelegt worden war und im unteren Bereich mit hinausragenden Betonquadersteinen versehen war. Wiard ging ein Stück ostwärts, blieb kurz stehen und stieg den Deich ein kleines Stück hinauf. Wieder verdunkelten Wolken den zur Neige gehenden Tag, aber es war noch hell genug für August, um zu erkennen, dass es hier einen Bereich am Deich gab, der erst vor Kurzem ausgebessert worden war. Deutlich zeichneten sich noch die Soden gegenüber dem gesäten Gras ab, selbst ein Laie hätte das sofort gesehen.

»Vergleich mal«, sagte Wiard nur, und August bemerkte sofort, dass die Soden, die im Heller jetzt fehlten, hier verarbeitet worden waren.

»Ist doch erstaunlich, wie hier ein neuer Deich repariert wird, was?«, spottete Wiard und grinste zunächst, wurde aber sofort darauf sehr ernst. Der Regen peitschte ihm direkt ins Gesicht.

Nach einer Weile stimme August zu: »Du hast recht, so kann man das nicht machen, das ist nicht professionell. Das mache ich ja besser, wenn ich die Stücke im Rasen mit Soden ausbessere, an denen die Schiet-Maulwürfe mir alles zerwühlt haben.« Mehr fiel ihm im Moment nicht ein.

»Maulwürfe als solche sind ja durchaus nützliche Tiere, hier sind aber ganz andere Maulwürfe am Werk gewesen. Dahinter steckt noch eine andere Gattung, Geldhai genannt. Und noch was. Komm mal mit.« Wiard ging nun wieder zum asphaltierten Weg und folgte diesem etwa 200 Meter westwärts. Vor einem Bereich, der von Kuhlen und Unebenheiten geprägt war, blieb er stehen.

»Auch ein bisschen seltsam, oder?« Erwartungsvoll sah er August an.

»Hm«, machte dieser nur, ging in die Hocke, merkte dabei, dass der Regen nun durch die Jeans drang, die lange Unterhose erreichte und teilweise schon unangenehm auf der Haut zu spüren war. Er zwang sich aber, den Asphalt im Auge zu behalten. Hätte jemand seinen Wirtschaftsweg zum Hof so angelegt, hätte er Regressforderungen an die Baufirma gestellt.

»Ist ja nur eine kleine Stelle«, gab er zu bedenken, wohl mehr, um überhaupt etwas zu sagen.

»Kleine Stelle ist gut. Weißt du, woher das kommt?«

»Da wird wohl der Untergrund nicht sorgfältig vorbereitet sein, ich hatte das vor zwei Jahren, als ich ...« August kam nicht weiter.

»So ist es – das ist der Pudding!«, Wiard betonte ›Pud-ding‹, indem er beide Silben aussprach, als seien es einzelne Worte.

»Tja, wenn du meinst, also ...«

»Du nicht?« Innerlich regte sich Wiard schon wieder über Augusts Zögerlichkeit auf: Mann, Mann, Mann, bis der mal eindeutig Ja oder Nein sagt ...

»Na, der Deich ist neu, da darf so etwas nicht sein, das steht wohl fest. Unsauber gearbeitet«, murmelte August in sich hinein.

»Steht wohl fest. Nur nicht so zögerlich, Herr Saathoff. Ich fasse es nicht! Mann, August, das ist nicht nur unsauber gearbeitet, das ist hingepfuscht, sonst gar nix! Ich sage dir: Die haben hier in Windeseile Soden draufgelegt und ebenso schnell den Deichfuß asphaltiert – ohne groß darauf zu achten, was darunter ist. Ich rede von zu schnell zusammengeschobenem Sand. Vielleicht haben sie hier den Klei ganz weggelassen? Alles schnell, schnell; time is money. Und was folgt? Qualität? Vergiss es! Punkt. Aus.«

»Also ...«, setzte August an, wurde aber von Wiard unterbrochen:

»August, ich kann es nicht mehr hören, ehrlich nicht. Mach bitte deine Augen ganz weit auf: Die Stelle mit den Soden und diese miserable Asphaltierung – das siehst du doch, oder? Und wenn der Asphalt nicht mies ist, dann das, was darunter ist ...«

»Klar sehe ich das!« August war ein wenig verärgert über Wiards Art, mit ihm zu sprechen.

»Aha – und darf so etwas sein, nach wenigen Monaten?«

»Nein, sicher nicht ... nein, ist ja gut. Lass mich doch erst mal nachdenken.« August hatte große Lust, auf stur zu schalten, war sich aber bewusst, dass er im Unrecht war und sich lediglich an Wiards Art störte – nicht an den Tatsachen, die waren sonnenklar.

»Also, Entschuldigung, alter Knabe, aber ich finde, jetzt gibt's nichts mehr zu deuten«, beharrte Wiard, wobei er lauter sprechen musste, da Wind und Regen wieder zunahmen. »Hier ist das Ergebnis dessen, über das geredet wurde, wovon die Zeitungen zwei Wochen voll waren. Und kurz danach regte sich schon bald niemand mehr auf. Ging ja offenbar alles wieder seinen Gang. All das, was wir vermutet haben und was man nun vor der Öffentlichkeit verbergen will. Daher auch der Zaun – ist doch überdeutlich. Wenn das Wetter nicht so hundsmiserabel wäre, würde ich das gleich fotografieren, aber bei der Dunkelheit und dem Regen würde man auf dem Foto nichts erkennen können. Aber ich muss hier noch mal hin – wenn man das den Leuten zeigt, ein Bild sagt schließlich mehr als tausend Worte.«

So ein Scheißwetter und dann solche Sprüche, ging es August durch den Kopf. Er sah Wiard an und dachte nach, schließlich meinte er: »Wahrscheinlich hast du recht. Ich bin jetzt klitschnass, lass uns gehen, es wird eh dunkel. Wo ist Lübbert?«

»Da hinten, ist kaum zu sehen, wenn wir zurückgehen, treffen wir ihn. Guck mal, als hätte er unterschiedlich lange Beine, der läuft ganz gerade am Deich entlang.« Sie stapften wieder, Wind und Regen jetzt im Rücken, den Deich hinauf.

Die Dämmerung kam an diesem späten Herbstnachmittag schnell, der Wind nahm weiter zu, und der Regen hatte sich längst zu einem andauernden Ereignis gemausert. Wiard und August hatten auf der Deichkrone Richtung Westen beigedreht und liefen schweigend nebeneinanderher. Augusts Hose war langsam aber sicher total durchnässt. Sie liefen, etwas nach rechts gebeugt, dem Wind ein Gegengewicht bietend. Lübbert, der ihnen ein Zeichen gab, kam ihnen entgegen. Nach wenigen Minuten standen sie zu dritt auf der Deichkrone.

»Und?«, fragte Wiard und Lübbert antwortete nur: »Es ist so, wie wir dachten. Ich habe zwei Stellen gefunden, die erst vor Kurzem nachgebessert wurden, außerdem gefällt mir der Weg am Deichfuß nicht. Die Steine, die sie oberhalb gesetzt haben, sacken teilweise schon weg. Nur an wenigen Stellen, aber immerhin. Das kann doch nicht sein, das ist ein echter Witz! Selbst bei einem zehn, zwanzig Jahre alten Deich nicht, und dieser ist ja noch nicht mal ein Jahr alt!«

»Genau dasselbe wie bei uns«, Wiard sah August an.

»Ja, so langsam wird's mir auch klar.«

»Also, war doch erfolgreich. Lass uns bei Lübbert noch 'ne schöne Tasse Tee trinken, und dann ab nach Hause. Wir müssen uns überlegen, wie es weitergehen soll.«

»Ich fahre sofort nach Hause, ich bin nass, und mir wird langsam kalt«, winkte August ab. »Außerdem habe ich meinem Vater gesagt, dass ich wahrscheinlich rechtzeitig zum Melken da sein werde, was ich schon nicht mehr halten kann, und Henrike, dass ich auf jeden Fall zum Abendessen zurück bin, was knapp würde, wenn wir noch Tee trinken«, beeilte er sich zu erklären. »Sauwetter!«, fügte er noch hinten an.

»Ist gut, dann trinken Lübbert und ich eben allein Tee, wenn du nichts dagegen hast.« Wiard wandte sich Lübbert zu.

»Nee, nee, komm man mit«, stimmte Lübbert zu, und August meinte: »Dann überlegt euch was Schlaues, das man nun tun kann, mir fällt im Moment nichts Rechtes ein.«

Lasst uns zusehen, dass wir von diesem Deich herunterkommen, besser kann man sich dem Nordwest und dem Regen ja nicht präsentieren.«

In diesem Augenblick übertönte ein peitschender Knall das Rauschen des Windes und das Prasseln des Regens.

»Jäger – jetzt?« August traute seinen Ohren nicht.

»Hörte sich an wie ein Schuss ...« Wiard schaute sich ungläubig um.

»Auf Jagd ist jetzt sicher niemand, bei dem Mistwetter, außerdem ist es hier auch verboten«, entgegnete August.

Sie wandten sich Lübbert Sieken zu, der nicht nur über den Fischfang im Wattenmeer, sondern auch über die Entenjagd im Heller gut Bescheid wusste. Lübbert antwortete nicht. Er verdrehte nur die Augen und sackte langsam in sich zusammen.

18

»Schwein hat er gehabt, verdammt viel Schwein«, urteilte Dr. Meissner, den Wiard und August sofort alarmiert hatten, nachdem sie Lübbert von der Deichkrone zum Auto und dann nach Hause geschafft hatten. Lübbert trug einen Verband, der aber blutrot gefärbt war. Schussverletzung, am späten Nachmittag, bei Sturm und Regen, wobei sich August, Wiard und Lübbert rein zufällig an diesem Tag und zu dieser Uhrzeit getroffen hatten. Es konnte also niemand von ihrer Verabredung gewusst haben. Oder etwa doch? Die drei Männer waren immer noch völlig verstört.

Der Schuss hatte Lübbert – Gott oder wem auch immer sei Dank – nur gestreift, recht tief und vermutlich eine lange Narbe verursachend zwar, doch eben am Arm, auch knapp am Knochen vorbei. August und Wiard hatten ihm einen behelfsmäßigen Notverband angelegt, als sich im Schulterbereich blitzartig ein großer Blutfleck gebildet hatte. Lübbert war, nachdem August und Wiard ihn zum Deichfuß bugsiert und ins Auto geschleppt hatten, zeitweise wieder zu sich gekommen. Er hatte große Schmerzen und drohte zu verbluten, war darüber hinaus regelrecht verwirrt.

»Ich glaub's nicht, ich glaub's nicht«, stammelte er jetzt immerzu. Weiter nichts.

»Wäre der Schuss etwas gezielter gewesen, er hätte glatt durchs Herz oder die Lunge gehen können, dann wär's das gewesen mit Lübbert Sieken«, fügte der Doktor hinzu, und noch mal: »Schwein gehabt, bannig viel Schwein!«

»Ein Schuss, ich fass es nicht!«, Wiard war aufgewühlt.

»Ganz klar. Und ganz übel. Verstehen kann ich es allerdings nicht. Gewöhnlich verwendet man auf der Entenjagd Schrot, das hier war aber eine Kugel. Ob das ein Jäger war? Es sieht fast so aus, als wollte dich jemand umbringen!« Dr. Meissner war für seine direkte Art bekannt und fuhr an August und Wiard gewandt fort: »Ich denke, ich rufe einen Krankenwagen. Es ist zwar nicht lebensbedrohlich, nur ein Streifschuss, aber die im Kreiskrankenhaus können ihn besser versorgen.«

»Das is'n Ding«, sagte August und dachte gleich darauf: Wat 'ne blöde Bemerkung!

»Ja, ist es wohl. Was habt ihr bei dem Sauwetter überhaupt auf dem Deich gemacht?«, fragte Meissner, den jeder im Polder kannte. Seit fast 20 Jahren war er hier der allgemeine Hausarzt.

»Wir haben uns mal alles angesehen. Wenn man im Polder lebt, will man doch den neuen Deich mal genau begutachten, der da vor einem aufgebaut wurde, Doktor, das werden Sie doch verstehen?«

»Ja, sicher, scheint aber inzwischen nicht mehr ungefährlich zu sein«, meinte Meissner nur.

»Nee, wohl nicht«, röchelte Lübbert, der den ersten Schock überwunden hatte und nun auf seinem Sofa mit einem professionellen Verband lag.

»Ihr solltet die Polizei verständigen«, riet Meissner.

»Die Polizei?«, fragte August verwirrt – ihm fiel ein, dass er unbedingt zu Hause Bescheid geben musste, warum er noch nicht da war und dass es auch noch etwas später werden würde.

»Ja, natürlich die Polizei, oder findest du das normal, wenn man beim Deichspaziergang angeschossen wird?«, fragte Meissner spöttisch.

»Nein, nein, sicher nicht«, August war nicht ganz bei der Sache, aber so etwas hatte er auch noch nie erlebt – Schüsse bei Sturm und Regen, und dann noch auf dem Deich.

»Ich übernehme das.« Wiard ging zu Lübberts Telefon und wählte die 110.

»Da tut sich nichts!«

»Die haben mir die Leitung abgestellt«, stöhnte Lübbert vom Sofa aus, »habe die Rechnung nicht bezahlt, und mir war's egal.« Er verzog vor Schmerzen das Gesicht und röchelte erneut.

»Na prima. Hat jemand eines von diesen mobilen Wunderdingern? Ich jedenfalls nicht.«

»Hier ist mein Handy«, der Arzt reichte es Wiard.

Kurze Zeit später hörten die drei anderen Männer Wiard sprechen.

»Moin, Wiard Lüpkes hier. Holger, bist du das?« Holger Janssen, der örtliche Polizist, stammte aus dem Polder, und natürlich war auch hier das gemeinsame Leben im Polder Ursache dafür, dass sich alle duzten. »Holger, Lübbert Sieken ist angeschossen worden, du musst kommen, vielleicht auch noch ein anderer von eurer Truppe«, berichtete Wiard. Nach einer kurzen Pause fügte er an:

»Nein ich will dich nicht verarschen – es ist wirklich wahr! Der Doktor ist schon da, er hat Lübbert verarztet, meint aber, er müsse noch ins Krankenhaus, damit sie die Verletzung richtig behandeln können. Vielleicht ist etwas vom Knochen abgesplittert, oder was weiß ich. Außerdem nimmt Lübbert blutverdünnende Mittel – da ist es besser, wenn sie ihn noch mal richtig unter die Lupe nehmen.« Es entstand wieder eine Pause, dann hörten sie Wiard schon etwas unruhiger sagen: »Nein, ich bin nicht besoffen! – Mensch Holger, mach hinne, setz dich in deine Minna und komm zu Lübbert Sieken, du musst den Fall aufnehmen!«

Die drei sahen Wiard erwartungsvoll an. Der verdrehte die Augen, um den anderen klarzumachen, dass Holger Janssen ihm nicht recht glauben wollte. Jetzt setzte er wieder an: »Holger, es ist Sauwetter, ich weiß, und du hast Feierabend, weiß ich auch. Aber es stimmt, was ich gesagt habe, und da muss die Polizei ran. Und die Polizei im Polder, das bist du. Also komm her, wenn's nicht stimmt, gebe ich dir das ganze Jahr jeden Abend ein Pils und einen Kurzen aus.« Wiard hoffte, dass sein Angebot den Polizisten am anderen Ende der Leitung überzeugen würde. Doch der wusste wohl immer noch nicht, ob er glauben sollte, was er da hörte, oder ob man ihm einen Bären aufbinden wollte.

Wie Wiard das denn bitte finanzieren wolle, fragte Janssen unnötigerweise.

»Über das Geld dazu mach dir mal keine Sorgen, im Notfall nehme ich einen Kredit auf – Mensch Holger, ich sage die Wahrheit!«

Jetzt kam Dr. Meissner heran, nahm Wiard das Handy aus der Hand und sagte kurz und knapp: »Meissner hier. Moin, Herr Janssen. Doktor Meissner. Was Herr Lüpkes gesagt hat, ist tatsächlich wahr. Herr Sieken liegt hier verletzt, und die Ursache ist ein Schuss, also kommen Sie bitte umgehend.« Nach einer kurzen Pause und einem ebenso kurzen »Wiederhören«, drückte er die Taste mit dem roten Hörer.

»Tja, Wiard, so ist das, nicht jedem wird alles einfach geglaubt«, sagte August, sein Lachen in Richtung Wiard sah aber eher gequält aus.

Wiard fand das nur bedingt lustig, meinte nachdenklich: »Das ist wohl so« und sah dann schweigend den auf dem Sofa schnaubenden Lübbert Sieken an.

»Wieso siezt ihr euch, Holger und du?«, fragte August den Doktor, »ihr kennt euch doch auch schon seit Menschengedenken, oder?«

»Ja, sicher, aber gerade bei dienstlichen Fragen macht es das Leben manchmal leichter. Wir zollen uns auf diese Weise den Respekt, ohne den eine vernünftige Zusammenarbeit unmöglich ist. Denk nur mal an eine kleine Hauerei in der Kneipe – da muss der Polizist eine Aussage machen, ich aber auch. Wenn wir uns vor Gericht duzen, sieht das allzu sehr nach abgekartetem Spiel aus.«

»Ach«, sagte August nur und fügte an: »Ich mach mal Tee, wir müssen eh auf Holger Janssen und den Krankenwagen warten. Auf den Schock kann sicher jeder eine starke Tasse vertragen.«

»Richtig. Aber vielleicht brauchen wir den Krankenwagen gar nicht, ich kann Lübbert selbst in die Kreisstadt fahren. Ich kann das mit einem Patientenbesuch verbinden. Wird die Krankenkasse freuen, ist wesentlich billiger, und Lübbert ist nicht in einem kritischen Zustand, wollen wir also mal einen Beitrag zur Kosteneinsparung im Gesundheitswesen leisten.«

»So ein Liegendtransport ist verdammt teuer – wenn ich beim Notdienst wäre, würde ich immer liegend transportieren«, warf Wiard ein.

»Gut, dass du nicht beim Notdienst bist«, man sah Meissner an, dass er mit diesem Einwurf Wiards nicht ganz einverstanden war, aber im Moment auch keine Lust hatte, weiter darauf zu reagieren.

August ging in Lübberts Küche und suchte nach den Utensilien, die notwendig waren, um Tee zu kochen. Er fand eine kleine, alte Blechdose aus Holland, gefüllt mit Tee. ›Groeten uit Dokkum‹ war in den Deckel eingearbeitet, und August dachte kurze Zeit an eine Bootstour mit alten Bekannten, die er vor vielen Jahren über ein verlängertes Wochenende in Friesland unternommen hatte. Dabei waren sie von Delfzijl über Dokkum nach Leeuwarden gefahren, hatten viel gesehen, die niederländische Landschaft und Lebenseinstellung genossen und so manches Grolsch getrunken.

Müsste man mal wieder machen, dachte August. Er hatte vor Kurzem eine Werbeanzeige gesehen, die Hausboote zum Selberfahren auf holländischen Gewässern anpries. Das wäre doch was für die ganze Familie.

Aber wann?, fragte er sich, war in Gedanken erst

bei Kühen und Acker, dann beim Schuss am Deich und suchte gleichzeitig nach Teetassen.

Die Teekanne stand auf der Spüle, der Kessel auf dem Gasherd. Kluntje fand August in einem Porzellanschüsselchen, das sich im Regal nahe dem Küchentisch befand. Daneben stand die Sahne.

Nachdem das Wasser gekocht hatte, gab er mehrere Löffel Tee in den Treckpott und platzierte diesen auf den Kessel, damit der Aufguss vier Minuten ziehen konnte. Daraufhin stellte er Teetassen und Löffel auf das alte Tablett, das er in der Ecke der Küche stehend fand, und platzierte noch Kluntje und Sahne daneben. Er goss den Tee auf, schenkte ihn in vier Tassen ein und ging zurück in die Wohnstube. Er war während des Wasser-Kochens bewusst in der Küche geblieben, um ein paar Minuten nachdenken zu können. Das Abschweifen in die Niederlande hatte ihm gut getan.

Ausgerechnet Lübbert Sieken empfing ihn mit einem lauten »Aah« und fügte an: »Die beste Medizin kommt!« Er versuchte zu lächeln. Nachdem die Blutung gestillt war, kam Lübbert erstaunlich rasch wieder zu Sinnen. Die anderen atmeten auf, dass er ›glimpflich‹ davongekommen war, schließlich hätte er tot sein können. Sie tranken schweigend. Noch fiel es schwer, die Tassen ruhig zu halten, Aufregung und Schreck saßen August, Wiard und Lübbert ganz tief in den Knochen.

August fiel erst jetzt auf, dass er noch völlig nass war, aber nun störte es ihn nicht mehr. Der Tee gab ihm seine Lebensgeister zurück.

19

Nach der dritten Tasse klingelte es an der Haustür.

»Schkandarm kummt«, meinte Wiard kurz. August öffnete die Tür, Holger Janssen stand davor.

»Moin«, grüßte er und fuhr sichtlich erregt fort: »Dass ausgerechnet ihr dafür sorgt, dass ich hier nun auch noch arbeiten muss, gefällt mir ganz und gar nicht, und vor allem nicht, dass ihr mit Sachen ankommt, die es im Polder bisher noch nicht gegeben hat. Schusswunde, ihr habt sie wohl nicht alle, ihr Eierköppe.«

»Was ist denn das für eine Ausdrucksweise, Herr Wachtmeister? Moin, Holger. Also, wir waren's nicht. War auch nicht unsere Absicht, Holger, dich zu stören, am Feierabend, ganz und gar nicht. Das ist jemand anderes, der sie nicht alle hat. Dass jemand einfach drauflosballert, ist ja nun wirklich nicht zu erwarten«, antwortete August. »Nun komm erst mal rein«, fügte er an.

»Na, etwas mehr polizeiliches Auftreten wäre wirklich nicht schlecht«, betonte Dr. Meissner, der jetzt um die Ecke herum in Erscheinung trat.

»Ach, Doktor, Sie sind noch da«, Holger Janssen wurde etwas kleinlauter.

»Aber sicher, immerhin haben wir hier einen Schussverletzten auf dem Wohnzimmersofa liegen. Das müssen Sie erst einmal notieren. Also ab zum Protokoll.«

Wie ein Schuljunge zog der Dorfpolizist an den Männern vorbei in Lübberts gute Stube. Meissner war hoch angesehen im Polder.

»Was macht ihr auch auf dem Deich, ihr wisst doch, dass das jetzt untersagt ist«, begann Janssen die Befragung.

»Das mag sein«, entgegnete Wiard, »aber man muss deswegen ja nicht gleich erschossen werden. Oder ist das Deichbetretungsgesetz verschärft worden, dass gleich und unmittelbar die Todesstrafe verhängt wird, wenn jemand auf den Deich geht?«

»Da weiß ich nichts von, ist auch alles Blödsinn. Aber eines weiß ich, dass das Betreten eben verboten ist. Ich kann euch dafür zumindest zu einer Geldstrafe verknacken.«

»Nun lass mal die Kirche im Dorf, Holger«, mischte sich der Doktor ein. »Hier wurde ein Mensch angeschossen, und zwar nicht irgendjemand, einer von uns aus dem Polder! Was interessiert es da noch, dass die drei ein kleines Verbot missachtet haben – hier ist ein Verrückter unterwegs, der auf Unschuldige schießt!« Nachdem er sich ein wenig beruhigt hatte, fügte er hinzu: »Übrigens, was soll das eigentlich mit diesem Deichbegehungsverbot? Warum verwehrt man plötzlich den hiesigen Leuten etwas, das sie jahrhundertelang durften? Und mit welcher Begründung?«

»Ich halte davon auch nichts«, räumte der Polizist ein, jetzt mit wesentlich sanftmütigerer Stimme, »aber ich bin hier das Gesetz und muss dafür sorgen, dass es eingehalten wird, ob ich persönlich das nun richtig finde oder nicht, steht dabei nicht zur Debatte.«

»Ja, ja. Dienst ist Dienst und Schnaps ist Schnaps. Wie nun weiter? Das kann doch nicht einfach so im Sande verlaufen, Herr Gendarm.« Wiard versuchte, Holger Janssen anzulächeln.

»Gendarm ist gut«, erwiderte der, »aber recht hast du – ich muss ja schon eine Aktennotiz machen, allein weil ihr mich gerufen habt. Und da kann ich auch nicht so lapidar reinschreiben, dass ich angefordert wurde, weil ein Bürger des Polders beinahe erschossen wurde, und dann wieder zum normalen Dienst übergehen. Nee, das ist natürlich was Größeres, und ich komme nicht umhin, Schritte zur weiteren Untersuchung des Tathergangs einzuleiten.«

»Mann, Holger, an der Theke sagst du nie so schöne Sätze«, warf Lübbert Sieken ein und versuchte zu lächeln, was ihm angesichts der Schmerzen in der Schulter aber nicht recht gelingen wollte.

»Hier bin ich auch nicht an der Theke. Nun mal ernst, Jungs. Ich habe die Mordkommission in der Kreisstadt schon alarmiert. Die wird in spätestens einer halben Stunde hier sein.«

»Mordkommission?« August schaute Janssen ungläubig an.

»Ja klar, Mordkommission. Erstens bin ich allein nicht in der Lage, die Untersuchung zu führen, zweitens fehlen mir, ganz ehrlich gesagt, dazu Wissen und Kenntnisse, und drittens handelt es sich hier zweifelsohne um einen Mordversuch – schließlich hätte Lübbert jetzt auch tot sein können. Und viertens, aber das tut hier nichts zur Sache, habe ich überhaupt keine Lust auf so etwas. Aber danach fragt keiner. Schöne Freunde, die mich in so einen Mist hineinziehen. Ich freue mich ja, dass Lübbert lebt und ihr hier so fröhlich sitzt und Tee trinkt. Aber mit Mord will ich nichts zu tun haben, nee, absolut keinen Bock drauf. Das sollen man schön die Kollegen machen ... Wie sagst du immer, August? Holl mi up ...«

»Mann, die Schulter tut bannig weh«, raunte Lübbert aus dem Hintergrund. Er sah blass und elend aus.

»Das sind ganz neue Dimensionen, so auf einmal. Wir wollten doch nur mal den neuen Deich anschauen«, sagte Wiard.

»Wieso denn eigentlich – zumal bei dem beschissenen Wetter?«, Janssens Stimme klang wieder gereizter. Ihm gefiel die ganze Situation sichtlich nicht, denn sie bedeutete einen Haufen Arbeit für ihn, und einen solchen Fall, hatte er gedacht, gäbe es eben nur in der Stadt – wozu war er aufs Land und in den Polder gegangen? Doch nicht, um sich um Mord zu kümmern! Auch wenn's letztlich nur ein versuchter war oder – was er eigentlich annahm – ein ganz, ganz blöder Zufall.

»Irgend so ein Idiot hat wahrscheinlich nur ein bisschen rumballern wollen. Waffen sind heute überall leicht zu bekommen, und die Schüsse sitzen locker – sogar schon bei Jugendlichen, liest man doch fast jeden Tag in der Zeitung. Das kommt dann dabei heraus. Es gibt Typen, die geilen sich am Schießen auf. Dass ihr dann im Sturm und in der Abenddämmerung am Deich herumläuft, ist eben euer Pech«, stellte der Polizist lapidar fest.

Die Männer schwiegen einen Moment, der durch Janssen erneut unterbrochen wurde: »Wieso wird dem Vertreter der Obrigkeit und dem Gesetzeshüter des Polders eigentlich kein Tee angeboten?«

»Ich hole noch eine Tasse«, sagte August, dem der Begriff ›Mordkommission‹ nicht aus dem Kopf ging. Er wollte jetzt eigentlich mit Henrike und den Kindern am Abendbrottisch sitzen. Hoffentlich hatte sein Vater das Melken allein bewältigen können. Er hatte auf jeden Fall geflucht, weil August nicht gekommen war. Und das konnte dieser gut verstehen, denn August lies weder seine Familie noch seine Kühe gerne allzu lang allein. Und wegbleiben, ohne vorher Bescheid zu geben – das hatte er noch nie gemacht, solange er sich erinnern konnte. Mit der Absicht, sein Versäumnis nachzuholen, griff er zum Telefon.

»Mist, ist ja tot ...«, sagte er mehr zu sich selbst, legte den Hörer wieder auf und bat: »Holger, gib mir eben dein Handy, ich muss dringend Henrike anrufen, die denkt bestimmt schon, ich sei den Deich runtergerollt und an der Seeseite im Jiier versunken ...«

»... oder sitzt mit Wiard und Lübbert vor Pils und Korn und bist so duhn, dass du nicht mehr allein nach Hause gehen kannst«, ergänzte Janssen, der ihm sein Handy reichte.

»Na, dass du gerade fast erschossen worden wärest, wird sie jedenfalls mit Sicherheit nicht denken«, fügte Wiard noch hinzu, doch irgendwie war es noch zu früh für Witze.

Es klingelte erneut an der Tür. August öffnete sie, das Handy auf den Schrank legend und leise fluchend, dass es ihm nicht gelingen wollte, seine Frau zu informieren. Vor ihm standen ein Mann und eine Frau. Der Mann war groß, stämmig gebaut, zwar nicht dick, aber ein paar Kilo weniger hätten ihm nicht geschadet. Er trug eine Uniform. Vier Sterne waren auf den Schulterklappen zu sehen. Für einen Moment überlegte August, welcher Dienstgrad das wohl sein mochte.

Die Frau war etwas kleiner als ihr Kollege, trug eine Lederjacke, offensichtlich gefüttert, schließlich war es (sau-)kalt draußen, und eine Jeans. Ihr blondes Haar hatte sie zu einem Pferdeschwanz gebunden.

»Kriminalpolizei, Ulferts mein Name«, stellte sich der Mann vor, »und das hier ist meine Chefin, Hauptkommissarin Tanja Itzenga, Mordkommission. Sie haben uns gerufen? Hier im Polder geht es ja plötzlich hoch her.«

»Guten Abend.« Frau Itzenga sah August aus großen, freundlichen, ihn vollends verwirrenden Augen an.

»Mein Bekannter hat angerufen, nicht ich ... ja, hoch her ... das kann man wohl sagen.« Erst jetzt richtete August seinen Blick auf Ulferts, obwohl der ihn angesprochen hatte. »Wir sind alle noch etwas durcheinander. Vielleicht war es ja auch nur ein dummer Zufall«, fuhr er fort, fügte ein ›Moin‹, das er vergessen hatte, an dieser unpassenden Stelle hinzu, sah mal Ulferts, mal Itzenga an. Endlich bat er die beiden herein; es seien alle, die etwas zu dem Fall sagen könnten, im Wohnzimmer versammelt.

Ulferts und Itzenga sahen sich an, nickten, als wollten sie August mitteilen: »Na, das wurde auch mal Zeit.«

Die beiden Polizisten gingen Richtung guter Stube. August fühlte sich wie im falschen Film. Erst der Deichspaziergang in Sturm und Regen, dann der Schuss, die Alarmierung von Dr. Meissner, jetzt die Polizei und Hauptkommissarin Tanja Itzenga. Die fand er an sich schon verwirrend genug, was er aber nur im Unterbewusstsein verspürte. Er schaute hinter ihr und ihrem Kollegen her. »Was für ein Tag ...«

Er wurde noch etwas länger, der Tag. Zunächst hatten Ulferts, Vorname Ulfert, und seine Chefin Tanja Itzenga den verletzten Lübbert Sieken angehört und ihm allerhand Fragen gestellt. Anschließend war der Doktor mit Lübbert in die Kreisstadt zum Krankenhaus gefahren, damit die Wunde untersucht und Lübbert entsprechend versorgt werden konnte. Währenddessen saßen Wiard, August sowie die drei Polizisten beieinander und erörterten den Fall. Die Atmosphäre hatte sich zunehmend entspannt, doch die Fragen, vor allem von Frau Itzenga, waren zum Teil scharf gewesen, sie duldete keine ausweichenden Antworten.

»Wir werden uns das vor Ort noch einmal ansehen müssen. Herr Sieken muss natürlich dabei sein, damit er uns zeigen kann, wie und wo das genau passiert ist. Wir werden den Bereich noch einmal genauestens absuchen. Wir bringen ein paar Kolleginnen und Kollegen mit. Ich schlage vor, wir vertagen das auf morgen früh, heute ist es schon dunkel, und außerdem kann man das Wetter wieder mal total vergessen«, erläuterte die Hauptkommissarin die weitere Vorgehensweise. Nach einer kurzen Pause fragte sie: »Warum laufen Sie bei dem Wetter am neuen Deich herum? Das ist mir noch ein Rätsel.«

»Hat mit Rätsel nichts zu tun«, beeilte sich Wiard zu antworten, »wir hatten den Termin schlicht und einfach vereinbart, und ein bisschen schlechtes Wetter hält uns nicht davon ab, mal auf den Deich zu gehen – Schietwedder sind wir hier ja gewohnt.«

»Dann gibt es wohl für heute nichts mehr zu besprechen«, sagte Ulfert Ulferts, »wir sind morgen um 9 Uhr wieder hier. Bitte seien Sie pünktlich, die Tage sind kurz. Und sorgen Sie dafür, dass ihn jemand morgen früh aus dem Krankenhaus abholt, ist vielleicht besser, als wenn wir mit der grünen Minna gleich morgens vor dem Krankenhaus stehen. Die Nacht über wird er sicher dortbleiben müssen, die Leute kenne ich, die behalten jeden da, auch wenn er nicht will. Und einen Angeschossenen – na, den hat man ja auch nicht alle Tage.«

Wiard und August wussten nicht, ob sie darüber lachen sollten.

»Ist in Ordnung«, reagierte August schließlich, und Wiard bestätigte, indem er den Daumen hochhielt, was August total unpassend fand.

»Herrn Sieken abholen, das sollte doch einer von uns machen, Ulfert«, ordnete Hauptkommissarin Tanja Itzenga an, sah erst Ulferts und dann Holger Janssen an. »Sie machen das, Herr Janssen, aber in angemessener privater Kleidung und mit Zivilstreife.«

Janssen nickte müde, meinte dann: »Zivilstreife habe ich aber nicht. Unsereins fährt noch mit dem Rad auf Streife, so etwas ist den Stadtpolizisten natürlich gänzlich unbekannt.«

»Mein Gott, dann nehmen Sie eben Ihren Privatwagen.«

»Ach, und wer bezahlt das? Sie?«

»Herr Janssen, stellen Sie einen Antrag, was weiß ich. Die Benzinkosten wird ihnen die Dienststelle schon bezahlen, ich unterschreibe es Ihnen auch. Eigentlich ist mir das auch völlig egal, Hauptsache, Sieken und Sie alle sind morgen um 9 Uhr am Deich«, Itzenga hatte offenbar auch keine Lust mehr an diesem Tag.

»Also, das will ich erst mal geregelt haben ...«, doch Janssen wurde von Ulferts abgewürgt:

»Dann machen wir uns mal wieder auf den Nachhauseweg, meine Herren. Wiedersehen und bis morgen.« Er fügte, zu Janssen gerichtet, hinzu: »Ich schicke Ihnen morgen ein Formular per E-Mail. Wenn Sie das ausfüllen, bezahlt Aurich Ihnen die Auslagen.«

Janssen sah ihn nur verblüfft an. »So einfach

soll das gehen? Wir leben schließlich in Deutschland ...«

»Gute Nacht«, sagte Wiard nur, sah aber aus, als habe er noch etwas auf dem Herzen.

Ulferts und Itzenga nahmen ihre Jacken und öffneten die Tür, durch die sofort kalter Wind und Feuchte ins Haus strömten. Sie liefen mit schnellem Schritt zu ihrem Wagen, einem zivilen Fahrzeug, das neben dem Polizeiwagen von Holger Janssen nicht weiter auffiel. Im Weggehen drehte sich Hauptkommissarin Itzenga noch einmal um und rief den an der Tür stehenden drei Männern zu: »Haben Sie eigentlich davon gehört, dass es finanzielle und bautechnische Unregelmäßigkeiten beim Bau des Deiches gegeben haben soll?«

Wiard und August war, als wären sie wie kleine Jungs beim Rauchen in der Schulhofecke ertappt worden.

»Ja, so was haben wir gehört«, Wiard versuchte, seiner Stimme einen festen Klang zu geben.

»Vielleicht hängt das alles zusammen, der Schuss, Ihr Spaziergang am Deich, wer weiß?«, rief Frau Itzenga in die Dunkelheit, die nur von der Außenlampe ein wenig erhellt wurde.

»Sie finden es sicher heraus.« In diesem Moment fiel Wiard auf, dass er mit der Sprache herausrücken musste. Der Steinwurf konnte noch als Warnung gesehen werden. Wenn es aber einen Zusammenhang gab zwischen dem Steinwurf und dem Schuss am Deich, dann war das hier ein glatter Mordversuch.

»Frau Hauptkommissarin!«, rief Wiard fast panisch, als Itzenga schon beinahe die Autotür zugeschlagen hatte. »Warten Sie, es gibt da noch etwas!«

Langsam stiegen Tanja Itzenga und Ulfert Ulferts wieder aus ihrem Wagen.

»Und?« Itzenga sah Wiard mit durchdringendem Blick an.

»Entschuldigen Sie, die ganze Situation ist ein wenig verwirrend, habe irgendwie nicht dran gedacht. Erst jetzt werden mir die Zusammenhänge klar. Ich muss Ihnen noch etwas sagen. Ich denke, Sie müssen noch einmal hereinkommen.«

»Warum so spät?«, fragte Tanja Itzenga, als Wiard über die Details des Steinwurfs und die Folgen erzählt hatte. Nun hatten die Polizisten auch eine Erklärung für die mittlerweile verkrustete und gut abgeheilte, aber doch sichtbare Kopfverletzung.

»Hatte wohl zur Verletzung auch ein Brett vor dem Kopf, schließlich passiert hier sonst nicht viel – und jetzt gleich so viele Dinge auf einmal ... und ein Mordversuch, wenn's einer war, da ist man ein wenig durcheinander.«

»Hm, mag sein. Aber dass da ein Zusammenhang besteht, ist wohl sonnenklar, Herr Lüpkes. Also besser später als gar nicht. Hier geht jemand um, der es auf Sie abgesehen hat«, meinte Ulferts.

»Hört sich ja nach einer zunehmend heißen Geschichte an«, pflichtete Tanja Itzenga bei, »verlangen Sie Personenschutz?«

»Personenschutz?« Wiard verstand die Welt nicht mehr.

»Na, ein paar Beamte, die aufpassen, dass Sie so

lange unversehrt durchs Leben kommen, bis wir den Täter haben.«

»Oh nee, bloß das nicht – mir kann doch keiner was antun wollen ...« flüsterte Wiard eher, als dass er es laut sagte.

»Sie sehen ja, wie schnell das gehen kann. Herr Sieken hat einfach nur Glück im Unglück gehabt.«

»Lassen Sie uns schleunigst den Täter finden. Wir wollen wohl alles tun, das zu unterstützen«, meinte Wiard, und August war froh über diese Antwort. Kriminalpolizei, Personenschutz, langsam wurde es zu viel für ihn. Sollte er mit zwei Polizisten auf dem Trecker den Acker pflügen? Oder wie stellte sich Frau Hauptkommissarin das vor?

Itzenga und Ulferts machten sich erneut daran, zurück nach Aurich zu fahren. Zum zweiten Mal verabschiedeten sie sich und gingen zum Auto, als nun plötzlich August – aufgefordert durch Wiard (»Du Trantüte«) – hinter ihnen hersprang: »Eines noch ...«

»Jetzt langt's aber bald mal, meine Herren. Was nun noch?« Tanja Itzenga sah verdammt gut aus, beinahe besser, wenn sie ungeduldig wurde, fand August für einen Augenblick. Schnell schüttelte er den Gedanken wieder ab. Nach Wiards Hinweis erzählte er nun noch die Sache mit dem Schuss in den Reifen.

»Mann, Sie rücken aber häppchenweise mit der Wahrheit heraus. Ich hoffe, das geht in Zukunft schneller ...« Itzenga war genervt.

»Wieso hat eigentlich niemand schon vorher die Polizei alarmiert?«, fragte nun Ulfert Ulferts, »schließlich waren der Steinwurf und der Schuss in den Reifen ja auch nicht gerade alltägliche Vorkommnisse.

»Die ganze Situation ... überfordert uns nun wohl doch«, gab Wiard zu, und August nickte nur.

»Also, bis morgen«, sagte die Hauptkommissarin. Offenbar wollte sie jeglichem ›Ach ja, da fällt mir noch etwas ein‹ zuvorkommen. In diesem Moment schlug ihr eine Bö heftig den Wind ins Gesicht, und sie wusste gar nicht, ob Wiard und August sie überhaupt noch verstanden. Ihr Pferdeschwanz tanzte heftig im Wind. Sie winkte noch einmal, hielt mit der anderen Hand den Kragen der Jacke zu, setzte sich ins Auto, und Ulferts fuhr an. Wiard und August sahen den Rücklichtern nach, die schnell in der Dunkelheit und Nässe verschwunden waren, und gingen ins Haus zurück, die Tür hinter sich fest verschießend.

»Wie war das noch? Erstens kommt es anders, und zweitens als man denkt«, sagte Wiard nach einiger Zeit des Schweigens.

August fasste zusammen: »Ist doch alles Mist.« Er war froh, gleich nach Hause fahren zu können. Oft, aber selten mit solcher Heftigkeit, hatte er sich in den letzten Monaten so sehr nach Frau und Kindern, seiner warmen Küche und einer Tasse Tee mit Henrike gesehnt.

20

Um 9 Uhr morgens des nächsten Tages glich der Deichabschnitt an der Ostkrümmung einer belagerten Festung. Polizeiwagen und andere Pkws parkten, wo gerade Platz war. Der große Auflauf hatte sich in Windeseile herumgesprochen, und plötzlich hatten einige Bewohner erstaunlich viel Zeit nachzuschauen, ob es etwas zu sehen oder zu hören gab am Deich, wo jemand versucht hatte, Lübbert Sieken umzubringen. Die Köpfe steckten zusammen, eine Variante jagte die andere, ein Gerücht hielt nicht lange vor, schon war das nächste in Umlauf.

Die Polizei hatte das Gebiet großräumig abgesperrt, rot-weiße Plastikbänder gespannt, und einige Beamte waren ausschließlich damit beschäftigt, diejenigen, die versuchten, näher an das Geschehen heranzukommen, mit freundlichen, aber bestimmten Worten zurückzuweisen.

August, Wiard und Lübbert waren privilegiert. Sie standen auf der Deichkrone, zusammen mit Ulfert Ulferts und Tanja Itzenga. Einige weitere Polizisten waren vor Ort. Ein paar hatten ihre Digitalkameras gezückt und knipsten fleißig Bilder, andere suchten scheinbar planmäßig die nähere Umgebung ab, Sonstige schauten nur hier und da herum. Manche waren wohl einfach wichtig, so schien es jedenfalls, ohne dass man feststellen konnte, warum sie eigentlich dort waren.

»Und hier standen Sie, als der Schuss fiel?«, fragte Tanja Itzenga.

»Ja«, antwortete Wiard, und auch August bestätigte: »Genau hier.«

»Wo hielten Sie sich auf, Herr Sieken?«

»Na, eben hier«, antwortete dieser. Seine Schulter war verbunden und sein Arm in ein Tragetuch eingewickelt, das um den Hals des Versehrten geschlungen worden war und dem Arm Halt gab.

»Herr Sieken«, Tanja Itzenga wurde deutlicher, »das ist mir bekannt, wo, ganz genau, meine ich, und wohin haben Sie geschaut, in welche Richtung hatten Sie den Rücken gekehrt?«

»Tja«, Lübbert dachte ein wenig nach, »also ich stand etwa zwei Meter von den beiden entfernt«, er ging ein Stückchen weiter, »ungefähr hier. Ich sah in die Richtung von Herrn Saathoff und Herrn Lüpkes, also von hier in Richtung Ost-Süd-Ost, so in etwa.« Er versuchte, sich so aufzustellen, wie er am Abend gestanden hatte, als der Schuss fiel. Er war erstaunt, dass er sich dessen nach so kurzer Zeit nicht mehr sicher war.

»Nein, du warst etwas weiter von uns weg«, warf Wiard ein und machte drei, vier Schritte weiter als Lübbert.

»Nein, wir haben uns schließlich unterhalten, bei dem Schietwedder hätten wir das nicht tun können, wenn ich hier hinten gestanden hätte.«

»Ganz bestimmt«, bestand Wiard auf seine Version, »hier war es, hier bist du angeschossen worden. Allenfalls ein kleines Stück weiter noch ...«

Wiard machte ein, zwei Schritte und stand an einer etwas anderen Stelle als Sieken.

»Klar, und wo ist das Megafon, das ich dann hätte benutzen müssen? Nein, Wiard, du irrst dich.«

Tanja Itzenga schritt ein: »Also bitte, so kommen wir nicht weiter. Nichts gegen Sie, Herr Lüpkes, aber ich habe den Eindruck, der Betroffene selbst weiß am besten, wo er stand.«

»Herr Sieken hat recht«, mischte sich August ein, »er stand genau hier.« August stand nun da, wo Lübbert eben gestanden hatte: »Hier ist er angeschossen worden, Wiard und ich standen etwa so dabei«, er drehte sich ein wenig, »und dann sackte Lübbert ... Herr Sieken nach hinten weg.«

»Das ist doch was«, meinte Tanja Itzenga kurz, während Wiard August einen scharfen Blick zuwarf. Itzenga ging zu zweien ihrer Kollegen, streifte dabei beinahe August. Der wollte, bedingt durch seinen biologischen Rhythmus, eigentlich gerade ausatmen. Nun aber sog er stattdessen noch etwas mehr Luft ein, die für einen Augenblick durchmischt war mit dem Duft des Parfums der Hauptkommissarin, dezent zwar, doch deutlich wahrnehmbar für Augusts Nase. Das erschien ihm besser als Kuhstallgeruch, viel besser.

Itzenga besprach sich mit ihren Leuten. Kurze Zeit später gingen die Beamten langsam und aufmerksam nach links und rechts schauend in die Richtung, aus der nach den Angaben Lübberts der Schuss gekommen sein musste. Sie hatten den Bereich schon einmal abgeschritten, doch nun mussten sie es erneut, noch sorgfältiger, keinen Quadratmillimeter auslassend und den Radius ihrer Suche erweiternd. Irgendwo eine Patronenhülse, ein verlorenes Taschentuch, ein Fußabdruck – es musste doch Hinweise geben. Sturm und Regen hatten ganze Arbeit geleistet.

Hauptkommissarin Itzenga sprach längere Zeit mit ihrem Kollegen Ulferts, der von Zeit zu Zeit stark gestikulierte, hierhin und dorthin zeigte und den Eindruck machte, als vertrete er eine andere Meinung als seine Chefin. Eine Polizistin, die eben mit Kollegen in Schussrichtung abgerückt war, kam unvermittelt schnellen Schrittes zurück. Sie hatte Handschuhe an, was Routine war, denn bei den nächtlichen Wetterbedingungen war es mehr als wahrscheinlich, dass Spuren jedweder Art verwischt worden waren.

»Ich habe hier etwas Interessantes«, sagte sie zu Tanja Itzenga, und die beiden entfernten sich ein wenig von den anderen, um ungestört reden und sich das ›Etwas‹ ansehen zu können. Ulfert Ulferts gesellte sich zu ihnen, und die drei machten plötzlich einen wesentlich zufriedeneren Eindruck. Dann kam Ulferts zurück zu Wiard, August und Lübbert. Sie hatten das Treiben, ohne recht eingebunden zu sein, schweigend mit angesehen.

»Unsere Kollegin hier hat zwei Patronenhülsen gefunden, ganz neu, zwar reichlich nass, aber die könnten gestern verloren gegangen sein, oder sie sind vergessen bzw. achtlos weggeworfen worden, wie Jäger das wohl mal machen.«

»Jäger gibt es hier ja schon ab und zu. Wenn es aber der Schütze war? Das ist vielleicht ein Anhaltspunkt, oder?«, kommentierte Wiard, der meinte, etwas sagen zu müssen, weil Ulferts offenbar eine Antwort erwartete.

»Hat einer von Ihnen ein Gewehr?«

»Also ich nicht«, beeilte sich Wiard zu betonen. »Schießen ist nicht so mein Ding.«

»Ich auch nicht. Kein Interesse. Beim Bund musste ich schießen, und seitdem habe ich die Nase voll davon. Ich habe zwar einen Jagdschein, war aber in meinem Leben vielleicht zwei-, dreimal auf Jagd. Keine Zeit und, wie gesagt, eigentlich gar kein Interesse«, pflichtete August bei.

»Wieso fragen Sie uns?«, wollte Lübbert wissen. »Meinen Sie, meine Freunde hier wollten mich erschießen?«

»Sie haben doch sicher schon ›Tatort‹ oder ›Polizeiruf 110‹ gesehen – Kommissare müssen allen Spuren nachgehen.« Die Hauptkommissarin war inzwischen zu ihnen getreten und sah die drei Männer mit durchdringendem Blick an.

»Prima Theorie und gute Schlagzeile: ›Polderbewohner erschießen Nachbarn‹. Ich kenne eine Zeitung, die könnte das ruckzuck ganz groß aufmachen«, meinte Lübbert, beinahe etwas erbost. August wurde indessen blass. Mordverdächtig?

»Und wie hätte das funktionieren sollen? Schließlich standen wir alle drei hier nebeneinander«, warf er ein.

»Wer sagt denn, dass die Version, die Sie mir erzählt haben, so auch stimmt?« Itzenga musterte ihn mit kritischem Blick.

»Sie glauben uns nicht? Das nenne ich aber massives Misstrauen.«

»Das gehört zu meinem Job. Wenn ich jedem alles glauben würde, könnte ich meine Arbeit nicht machen. Sie glauben gar nicht, was einem alles aufgetischt wird. Und die Leute blicken einem fest in die Augen und sind gerne bereit, einen Eid auf ihre Aussage zu leisten. Ich sage aber gar nicht, dass ich Ihnen nicht glaube. Ich muss lediglich alle Möglichkeiten ausloten.«

»Und man hat schon Pferde kotzen sehen«, fügte Ulfert Ulferts hinzu und fuhr fort: »Aber die Wahrscheinlichkeit ist gering, dass es einer von Ihnen war, das gebe ich zu. In Ihren Dateien war auch nichts weiter zu finden, daher glauben wir Ihre Version erst einmal.«

»Dateien?«, staunte August.

»Personendatenbank für bundesweite Fahndungen«, antwortete Ulferts.

»Und da stehe ich drin?«

»Nicht direkt«, erklärte jetzt Tanja Itzenga, »aber für uns ist es ein Leichtes, ganz schnell eine Menge Informationen über jedwede Person zusammenzutragen.«

»Ach, das ist mir neu«, August war sprachlos, und Wiard meinte nur: »Da siehst du mal, wie naiv du bist. Big brother is watching you. Die wissen alles über uns, und wir wissen gar nicht, wer uns schon registriert hat und wo und warum, wo Fotos gespeichert sind und wie viele Kredite wir zu welchem Zinssatz bei welcher Bank haben.«

»Im Moment ist unsere Recherche günstig für Sie – und über Ihre Kredite dürfen wir nicht reden«, lachte Itzenga. »Aber davon abgesehen – kennen

Sie Leute hier im Polder, die ein Gewehr besitzen, die auf Jagd gehen, die Jäger sind?«

»Es gibt außer August einige mit Waffenschein im Polder«, bestätigte Wiard.

»Dann nennen Sie uns mal ein paar Namen. Wir müssen so schnell wie möglich denjenigen finden, der hier herumballert. Er scheint nicht ungefährlich zu sein ...«

»Vorsichtig ausgedrückt«, merkte Wiard an.

Die Polizisten durchkämmten den Deichabschnitt noch den ganzen Tag, während Tanja Itzenga und Ulfert Ulferts sich gegen Mittag wieder auf den Weg nach Aurich begeben hatten. Sie würden sofort eine Kontrolle aller Polderbewohner veranlassen, die im Besitz eines Waffenscheines und in aller Regel dann auch von Waffen waren, diese beschlagnahmen, Waffen und Kleidung nach Schmauchspuren untersuchen und allerlei Weiteres in die Wege leiten. August war mittags ebenfalls nach Hause gefahren, er hatte die Nase gestrichen voll. Er wollte wieder morgens melken, nachmittags Getreide zur Raiffeisengenossenschaft bringen und danach Tee trinken, mit Henrike und den Kindern. Hauptsache, sie würden nicht zu viel Krach machen oder sich streiten. Das alles war jetzt nicht möglich. Er hatte sehnsüchtig auf ein erlösendes ›Herr Saathoff, wenn Sie nach Hause wollen ...‹ gewartet, das aber nicht gekommen war. Schließlich hatte er nachgefragt, und Ulferts hatte geantwortet:

»Ach so, na ja, warum nicht?«

Leicht genervt war August losgefahren. Der

Deich (immer hatte er gerne erwähnt: »Ohne Deich – das wär' kein Leben!«) missfiel ihm mehr und mehr.

Auch Lübbert Sieken hatte sich irgendwann in sein nahe gelegenes Haus zurückgezogen, da sich offenbar nichts Entscheidendes tat, und wenn, wurde es nicht mitgeteilt. Außerdem wollte er sich endlich ein wenig von dem Schreck erholen. Seine Verletzung schmerzte, er wollte eine starke Tablette nehmen und versuchen, ein wenig zu schlafen. Es dauerte lange, bis ihm klar wurde, dass es schon fast an ein Wunder grenzte, dass er bei all dem, was jetzt im Polder passierte, quicklebendig war.

Als es dämmerte, rief der Einsatzleiter seine Leute zu sich. »Schluss für heute, es wird dunkel, ich denke, wir haben das, was überhaupt brauchbar ist, gefunden. Mehr dürfen wir hier auch nicht herumtrampeln. Die Grasnarbe ist ja schon durchgelatscht, und darunter wird's reichlich matschig. Also, unser Fußballplatz hält mehr aus. Aber was soll's, ist nicht unser Bier.«

Die Leute waren froh, endlich Feierabend zu haben. Innerhalb von zehn Minuten war der Deich leer, sämtliche Wagen hatten sich auf und davon gemacht. Zurück blieb die Stille, die eigentlich typisch war für die Abende am Deich. Dass die Grasnarbe dem Ansturm der vielen Menschen nichts Rechtes hatte entgegensetzen können, war kaum jemandem aufgefallen. Holger Janssen, der einzige aus dem Polder stammende Polizist, hatte schon eine Stunde nach Mittag den Auftrag erhalten, herauszufinden, wer im Polder offizieller Waffenscheinbesitzer war. Er hätte wohl als Einziger den schlechten Zustand des Deiches bemerken können. Vielleicht saß er aber gerade über dem Antrag, sein Privatauto für Dienstzwecke gebrauchen zu dürfen und dementsprechend die Kostenerstattung einzufordern. August und Wiard hatten sich angesichts der mangelnden Widerstandskraft der Deichbedeckung vielsagende Blicke zugeworfen. Beiden war durch den Kopf gegangen: Puddingdeich ... Puddingdeich ...

21

»Es muss sich bald mal etwas tun, die Dinge müssen sich klären. Ich verstehe nicht, wie hier jemand herumlaufen kann und niemand hat ihn gesehen, mir wird langsam bange«, sagte Henrike, als sie und August abends im Wohnzimmer saßen und einen französischen Landwein aus dem Hérault tranken.

»Also, wenn das mit Mord und Totschlag enden kann, dann ist Gefahr im Verzug«, stotterte August mehr, als dass er es deutlich aussprach.

»Die Polizei hat so viele Spuren ohne Ergebnis verfolgt – eine der nächsten wird die richtige sein«, meinte Henrike. »Man kann froh sein, dass das ein schlechter Schütze war. Stell dir mal vor, Lübbert wäre jetzt tot. Da hätten Wiard und du aber ganz schön alt ausgesehen – von wegen, am späten Nachmittag kam bei Sturm und Regen von irgendwo ein Schuss. Ich kann den Ulferts verstehen.«

»Du stehst also aufseiten der Polizei?«, in Augusts Stimme schwang Empörung mit.

»Muss ich auf irgendeiner Seite stehen?«

August überlegte einen Augenblick.

»Hast ja recht.« Er ließ sich ins Sofa zurückfallen, nahm einen großen Schluck Wein, schwieg und blickte ins Leere.

»Ein bisschen Ruhe kann uns allen nicht schaden. Ich bin müde, ich geh ins Bett«, sagte Henrike schließlich.

»Ja«, August erwachte aus seinen Gedanken, »morgen muss ich unbedingt zum Melken da sein, Vater wird kein zweites Mal akzeptieren, die Arbeit allein zu übernehmen.« Er lächelte, wenn auch etwas gequält, während ihm durch den Kopf ging: Unentschuldigt beim Melken gefehlt!

»Bei Mordversuchen an unserem Deich macht auch dein Vater eine Ausnahme.«

»Bist du abgebrüht.«

»Zu viel ›Tatort‹ geguckt, zu viele Krimis gelesen«, gab Henrike zurück, stand auf, sammelte die Gläser ein und wollte in die Küche gehen, als August sie zurückhielt: »Lass mein Glas bitte hier. Ist ja noch ein Schluck Wein übrig, ich will ein bisschen nachdenken.«

»Das geht auch ohne Wein ... denk nicht zu viel nach, lass das mal die Itzenga und den Ulferts machen.« Henrike drückte August einen Kuss auf die Stirn und wünschte beim Hinausgehen eine gute Nacht. August blickte ihr nach, nickte nur, blieb sitzen und sinnierte noch einmal über die letzten Tage.

Als er am nächsten Morgen pünktlich im Melkstand erschien, hatte er eine ziemlich schlechte Nacht hinter sich. Er hatte sich hin und her geworfen im Bett und musste immer und immer wieder an die Geschehnisse denken. Der Steinwurf, das Loch im Reifen des Treckers, die Schüsse am Deich. Er bekam Angst. Dass diese Deichgeschichte jemanden dazu verleiten könnte, auf einen anderen zu schießen, das war zu viel. Nicht nur für ihn, viele Bewohner waren mittlerweile verunsichert. Und wenn es doch ein dummer Zufall war? Eben doch einer, der heimlich ein bisschen auf Entenjagd war? Es gab genügend Polderbewohner, die sich über die Naturschutzauflagen aufgeregt hatten, die in den letzten Jahren immer schärfer geworden waren und die die Entenjagd, wie auch andere Dinge, fast unmöglich gemacht hatten. Immerhin war Wild lange Zeit eine wichtige Nahrungsquelle der Polderbewohner gewesen, später war die Kaninchen- und Entenjagd ein beliebtes Hobby. Und dann, dann kamen die Grünen ... oder wer war für das Verbot der Entenjagd im Heller verantwortlich? Davon abgesehen, kein Jäger würde auf Menschen schießen. Ein Querschläger fiel auch aus. Wieso, verdammt noch mal, stapfte an einem derart stürmischen, kalten und nassen Abend jemand durch das Deichvorland, hatte ein Gewehr bei sich und schoss auf Menschen? Zumal sich August, Lübbert und Wiard letztlich rein zufällig an diesem Tag, zu dieser Zeit, an diesem Abschnitt des Deiches eingefunden hatten. Niemand hatte davon gewusst, nur Henrike. Niemand hätte also ein gezieltes Attentat planen können ... Ein Schuss, der sich aus Versehen gelöst hatte, vielleicht weil der Schütze bei dem Regen an der Kante einer Grüppe ausgerutscht war? Konnte sein, war aber doch sehr unwahrscheinlich. August fand einfach keine Erklärung dafür, und wenn er daran dachte, dass Lübbert Sieken auch hätte tot sein können, wurde ihm fast schlecht. Bei dem Gedanken, dass Wiard und er direkt neben Lübbert gestanden hatten, lief es ihm kalt über den Rücken. Wieso Lübbert? Wieso jemand, der noch nie einer Fliege etwas zuleide getan hatte? Wenn, dann hatte er sich selbst geschädigt mit seiner Sauferei, aber andere ... nie. Vielleicht hatte der Schuss ja auch ihm, August, gegolten? Aber August konnte an sich ebenso nichts finden, was einen Mordversuch hätte rechtfertigen können. Nein – der Schütze musste es auf Lübbert abgesehen haben, er war schließlich etwas weiter entfernt von Wiard und ihm gewesen, wie heute Morgen noch auf dem Deich nachgespielt, auf Geheiß Tanja Itzengas. Oder derjenige, der den Schuss abgegeben hatte, war ein miserabler Schütze. Vielleicht ...

Ein lautes Rufen riss August aus seinen Gedanken.

»August, verdammt noch mal, bist du taub von dem Schuss geworden, oder was?« Sein Vater stand vor ihm. »Sag mal, schläfst du? Die Kühe müssen raus«, er deutete auf die Tiere, die beide Männer mit ihren großen, runden, dunklen Augen anstarrten und die offensichtlich fertig gemolken waren, »und die neuen müssen rein!« Dabei zeigte er auf die Kühe, die vor dem Gatter standen und deren Blick weitaus hektischer zu sein schien, fürchteten sie doch, eventuell nicht gemolken zu werden (wahrscheinlich ein schauderhafter Gedanke für eine Kuh mit prall gefülltem Euter).

»Oh, Scheiße«, fluchte August. »Ich war gerade nicht bei der Sache.«

»Das merkt man«, sein Vater schüttelte nur den Kopf.

»Mistgeschichten sind das. Hab alles um mich herum vergessen ..., schon gut, ich mache jetzt weiter.«

»August, lass dich da nicht zu tief reinziehen«, riet sein Vater, »du machst dir zu viele Gedanken. Das Wichtige ist hier, wo du jetzt stehst, der Melkstand, der Hof, lass die Finger von den anderen Sachen. Das regelt die Polizei. Schlimm genug, was hier im Moment los ist, im Polder. Und blöd genug, dass ihr am Deich herumgelatscht seid. Der Hof bringt das Geld für uns alle hier, den müssen wir in Ordnung halten. Und ihr rennt bei Wind und Wetter am Deich rum ...« Sein Vater hatte den strengen Blick, den er bei ernsten Geschichten aufsetzen konnte, auch im Alter nicht verlernt. Und August kannte ihn nur zu gut.

»Ja, klar«, raunte er seinem Vater leicht ärgerlich zu, »du kannst dich auf mich verlassen. Raus mit euch«, rief er, öffnete das Gatter rechts per Knopfdruck, schloss es wieder und ließ dann die ungemolkenen Kühe herein, wieder per Knopfdruck, die sich nicht zweimal bitten ließen. Vater und Sohn arbeiteten stillschweigend weiter, doch August hatte die ganze Zeit das Gefühl, dass sein Vater ihn Augen mit strengem Blick beobachtete. Er war erstaunt, dass der Respekt vor seinem Vater immer noch so hoch war – schließlich war er inzwischen schon einiges über 40 Jahre alt.

Henrike staubsaugte, als August nach dem Melken ins Haus kam. Der kleine Gero lief hinter ihr her und rief ständig: »Auch, auch, auch!« Henrike hatte aber offenbar keine Lust, ihm den Staubsauger zu überlassen, wohl wissend, dass das früher oder später in lautem Geheul enden würde.

»Gib ihm den Sauger doch mal kurz, dann ist Ruhe.«

»Das glaubst auch nur du. Außerdem will ich fertig werden. Gero rennt mit dem Ding hierhin und dahin, ohne dass irgendetwas weggesaugt wird.«

»Ich würde ihm das Teil einfach mal in die Hand drücken.«

»Der Herr Pädagoge könnte mir statt kluger Ratschläge vielleicht lieber eine Tasse Tee anbieten. Ich sauge jetzt zu Ende. Basta. Wenn du keinen Tee machst, gibt's eben keinen. Jedenfalls ist keiner fertig.«

August spürte, dass die Möglichkeit, in die Küche zu verschwinden und Tee zu machen, in diesem Moment gar nicht so schlecht war. Und ein noch harmonischeres Teetrinken würde es geben, wenn er Gero kurzerhand mitnähme. Er schnappte den Kleinen, der sich zunächst wehrte. Nachdem ihm August aber etwas ins Ohr geflüstert hatte, ließ er sich ohne Schwierigkeiten mit in die Küche nehmen. Hier angekommen, setzte August Gero in seinen Stuhl, gab ihm ein paar Gummibärchen, schloss die Tür und stellte Teewasser auf. Er setzte sich an den Tisch, schlug das neue landwirtschaftliche Wochenblatt auf und begann zu lesen, was ihm aber nur kurze Zeit gelang, da Gero auf alle Bilder zeigte und mit einem kurzen »Is das?« fragte, was darauf zu sehen war. August gab die entsprechenden Antworten: »Kuh«, »Trecker«, »Bauer mit Kuh«, »Bauer auf

Trecker«, »Sämaschine«, »Mähdrescher«, »Mähdrescher mit GPS-Empfänger«.

Hier fragte Gero: »Warum?«

»Dann weiß der Bauer immer, wo er ist.« August fand seine Erklärung selbst nicht sehr überzeugend. Gero war aber offenbar damit zufrieden, er setzte sein monotones »Is das?« fort, als Henrike hereinkam.

»Fertig«, verkündete sie. »Danke, dass du Gero mitgenommen hast, er war wirklich kaum auszuhalten, den ganzen Vormittag schon und nach dem Mittagessen genauso. Irgendwann ist man dann selbst genervt und kann das Genöle einfach nicht mehr hören.«

August hatte zwischenzeitlich den Tee aufgegossen, der nun in der Kanne zog, und die Milchschüssel auf den Tisch gestellt, auf der sich bereits schöne, fette Sahne abgesetzt hatte, die in Kürze im Tee landen und das sehenswerte ›Wulkje‹ bilden würde.

»Gibt's was Neues zum Polderkrimi?«, fragte Henrike, nachdem August ihr den ersten dampfenden Tee eingeschenkt hatte. Mit einem speziell geformten Schöpflöffel, eher eine Kelle in Kleinformat, die man an den Rand der Milchschüssel hängen konnte, hatte er die Sahne hinzugegeben.

»Polderkrimi«, wiederholte August abfällig, »ich finde das Ganze nicht lustig, Henrike. Es ist eine ernste Sache, wenn hier jemand rumballert, auch auf Menschen, zudem welche, die man gut kennt. Und irgendwo muss der ja jetzt sein ...«

»Nein, es ist nicht witzig«, reagierte Henrike mit ernstem Gesichtsausdruck, »ist aber ja fast ein Krimi – und das hier, am Ende der Welt. Ich habe eben beim Postholen Anni Harms getroffen, die kam gleich angelaufen und regte sich auf, dass morgens um kurz nach 7 Uhr schon Holger Janssen mit einem Kollegen vor der Tür gestanden hätte. Die beiden hätten ihren Mann befragt und sich alle Gewehre zeigen lassen, er ist ja Jäger. Und genau seien sie gewesen. Wann er das letzte Mal wo auf Jagd gewesen sei, wann das letzte Mal geschossen, ob es dafür Zeugen gäbe, und so weiter. Anni war ganz schön aufgeregt.«

Die Familie Harms wohnte auf dem Nachbarhof der Saathoffs. Die Namen Manni und Anni passten natürlich prima in Kombination, und im Polder liefen die beiden in Anspielung auf eine größere Bekleidungsunternehmenskette unter ›M & A‹. Manni ging selten auf die Jagd und wenn, dann nur auf Treibjagden, zusammen mit vielen anderen. Die letzte Treibjagd im Polder lag allerdings schon zwei Jahre zurück. Das hätte sogar August bestätigt.

»Ist ja auch nicht so prickelnd, wenn man zu einem Mordversuch befragt wird«, bemerkte er nach einer Weile und schenkte eine zweite Tasse Tee ein.

»Gut, dass du kein Jäger bist, allenfalls auf dem Papier«, sagte Henrike etwas geistesabwesend. Ihr Blick haftete auf einer Überschrift im landwirtschaftlichen Wochenblatt zum Thema ›Gutachten bestätigt Versäumnisse der Regierung: Renten nicht gesichert – wie Hausfrauen sich privat gegen Altersarmut absichern können‹.

Und wovon bezahlen?, hingen Henrikes Gedanken einen Moment lang dieser Überschrift und dem ersten, fett gedruckten Abschnitt hinterher. 100 bis 200 Euro solle man in die private Altersvorsorge stecken, stand da. Sie dachte kurz an die Kredite für Melkstand, Laufstall und neuen Schlepper. Wie denn, bitte schön, arbeiten, um im Alter abgesichert zu sein, unter diesen Umständen?!

»Und wenn ich aktiver Jäger wäre, du wirst wohl nicht vermuten, ich würde dann so mir nichts, dir nichts drauflosschießen, im strömenden Regen, bei starkem Nordwestwind, zum Beispiel auf Leute, die am Deich spazieren gehen?«

Henrike musterte ihn kritisch, nippte an ihrem Tee und antwortete dann: »Nee, wohl eher nicht.« Sie lächelte. »Hoffentlich wird bald alles aufgeklärt. Das ist nicht gut für den Polder. Zweimal hat Anni im Nebensatz schon gesagt, dass der und der, ja, von dem könne sie sich das vorstellen ...«

»Hat sie Namen genannt?«

»Ja, klar, immer mit dem Hinweis auf Verschwiegenheit – aber man kann ihr eh kaum etwas glauben, sie ist und bleibt eine Tratschtante. Gibt's noch eine Tasse?«

August schenkte ihr schweigend die dritte Tasse Tee ein.

»Der ist gut.«

»Ohne Tee wäre doch alles nichts. Ich fahre gleich zu Wiard. Die Itzenga will noch mal mit uns sprechen, ohne Lübbert. Um 11 Uhr soll ich da sein.«

»Ja, wenn Frau Itzenga das sagt ... ist 'ne schöne Frau. Ich habe sie kurz gesehen, gestern, als sie hier vor unserem Haus mit ein paar Kollegen sprach.« Sie schaute August intensiv an.

»Ja, stimmt, sie sieht ganz gut aus, doch ... hätte nicht gedacht, dass sie Polizistin oder gar Hauptkommissarin ist, und dann noch bei der Mordkommission.«

»Also bleib immer sachlich beim Verhör,« Henrike lächelte August an, »nicht dass die nächste Besprechung abends in einem gemütlichen Restaurant bei Candle-Light in Norden stattfindet.«

August war verblüfft über den Spürsinn seiner Frau. Er dachte kurz nach, sah Hauptkommissarin Itzenga vor seinem inneren Auge (ja, sie sah bannig gut aus) und hätte sich, wenn die Zeit gewesen wäre, auch ein gemütliches Restaurant bei Kerzenschein vorstellen können. Dann aber riss er sich von dem Gedanken los und verkündete: »Abends hat der Bauer nichts in der Stadt verloren. Schon gar nicht, um mit einer Hauptkommissarin essen zu gehen. Abends muss er schlafen, damit er morgens seine Kühe melken kann. Und der Bauer, mit dem du gerade sprichst, hat eine Superfrau gefunden und will keine andere, schon gar keine Polizistin – da schwebten ja ständig Mord und Totschlag über unseren Köpfen, für mich wäre das nichts.« Er stand auf und küsste Henrike auf den Mund.

»Na, hoffentlich«, Henrike schlang die Arme um ihn. Gero, der die ganze Zeit erstaunlich still in seinem Hochstuhl gesessen hatte, schaute die beiden mit großen Augen an: »Is das?«

22

Tanja Itzenga saß bereits in Wiard Lüpkes' Wohnzimmer, als August an der Haustür klopfte. Wiard öffnete ihm mit einem kurzen »Moin, August«, dann gingen beide hinein. Itzenga hatte ihre Augen auf allerhand Papiere gerichtet, die vor ihr ausgebreitet auf dem Tisch lagen.

»Moin, Frau Itzenga«, grüßte August. Die Hauptkommissarin nickte ihm zu und sah ihm dabei kurz intensiv in die Augen. Ihr Blick traf August in einer Weise, die ihn für Bruchteile einer Sekunde alles vergessen ließ. Dann besann er sich, den eigentlichen Grund des Treffens ins Auge zu fassen.

»Herr Saathoff«, begann Frau Itzenga förmlich, »Herr Lüpkes und ich haben eben begonnen, über mögliche Täter einen Zusammenhang zwischen dem Schuss am Deich und anderen Dingen, die im Polder vorgefallen sind, herzustellen. Uns ist – auch nach den üblichen Recherchen in polizeilichen und anderen Informationssystemen – nichts Besonderes aufgefallen, was eine persönliche Motivation eines potenziellen Täters begründen könnte, jedenfalls eines Täters aus dem Polder oder der näheren Umgebung. Warum es gerade Lübbert Sieken erwischt hat oder erwischen sollte, bleibt völlig unklar. Nun hätte der Schuss ja auch einem von Ihnen ...«, sie zeigte auf Wiard, dann auf August, »... gelten können – aber auch Sie haben keine Feinde, denen eine derartige Tat zuzutrauen wäre.«

»Ich wüsste wirklich nicht, wer es auf uns abgesehen haben könnte. Natürlich versteht man sich im Polder nicht mit allen gleich gut, aber Feinde, nein, das kann ich wirklich nicht sagen. Schon gar nicht solche, die auf mich schießen würden, das ist völlig ausgeschlossen!« Wiard nickte dazu.

August bekräftigte: »Und bei Wiard, also, Herrn Lüpkes, sehe ich das genauso. Er hat sicherlich eine gewisse Sonderstellung im Polder, er passt eben nicht so ins Raster wie die meisten anderen hier, na, das haben Sie sicher schon selbst gemerkt. Er macht nicht alles so, ›wie es sich gehört‹«, jetzt nickte Wiard erneut, »aber er wird doch akzeptiert, alle kennen ihn. Er ist aus dem Polder, das ist für die meisten entscheidend. Das kann ich wohl sagen, schließlich bin ich auch aus dem Polder und in den meisten Vereinen aktiv, kenne die Polderbewohner, da redet man natürlich mit- und übereinander.«

»Meine Mitarbeiter haben bei Ihnen auch keine besonders schwerwiegenden finanziellen oder andersartige Schwierigkeiten feststellen können, trotz Ihrer immensen Kredite«, begann die Hauptkommissarin wieder, wurde aber von August unterbrochen:

»Woher wissen Sie von meinen Krediten?«

»Herr Saathoff, wir leben im Zeitalter des Internets und der digitalen Erfassung und Kontrolle von Personen – da gehen Recherchen entsprechend schnell. Mit den neuen Gesetzen zur inneren Sicherheit ist es ein Leichtes, in kurzer Zeit viel über Sie zu erfahren, auch über Ihre Kredite. Die Bank ist schnell befragt, auch ohne Telefon und sogar außerhalb der sogenannten Dienstzeiten, die Technik macht's möglich.«

»Der gläserne Bürger«, ergänzte Wiard, »was meinst du, wo du überall schon gespeichert bist, August, noch mal, wir wissen das alles gar nicht – es ist mehr über dich bekannt, als du dir vorstellen kannst. Und es ist ein Leichtes, deine persönlichen Daten mit weiteren Informationen zu kombinieren, beispielsweise eine Anfrage bei der Schufa zu stellen, ob du Kredite nicht zurückgezahlt hast, also finanzielle Probleme hast, die einen Banküberfall oder einen Auftragsmord begründen könnten. Und schon ist man verdächtig. Diese Art der Überwachung wird noch viel weiter ausgedehnt werden, da bin ich mir sicher.«

Tanja Itzenga stoppte Wiard: »So ungefähr jedenfalls, natürlich alles im Rahmen der gesetzlichen Vorgaben.«

»Wollen wir's hoffen, aber was heißen schon Gesetze ...«

»Stellen Sie sich mal eine Polizei ohne Gesetze vor. Das würde doch ganz und gar nicht funktionieren. Aber das ist wieder ein anderes Thema. Im Grundsatz haben Sie vielleicht sogar recht.« Sie lächelte erst Wiard, dann August an. Der war nicht schnell genug, um zurückzulächeln. Es verwirrte ihn, wenn Frau Itzenga ihn ansah, aber wenn sie dann noch lächelte ...

»Darüber hinaus gibt es Software, die aus all den Informationen sogenannte Muster ermittelt, also die Personen kategorisiert, in Klassen einteilt und so weiter. Genauso wie man mit modernen Bildverarbeitungssystemen Phantombilder produzieren kann, die oft unwahrscheinlich der gesuchten Person ähneln. Sehr hilfreich, auch nicht unumstritten, gebe ich zu, aber für uns Polizisten unentbehrlich. Es gehen wirklich zahllose Infos über jeden Bundesbürger ein – und Europol ermöglicht die europaweite Recherche in polizeilichen Datenbanken. Ohne diese Hilfsmittel der Informatik wären wir heute völlig hilflos ...«

»Und beim Verfassungsschutz, beim Geheimdienst, bei ...«, begann Wiard wieder, doch diesmal unterbrach ihn die Kommissarin scharf:

»Herr Lüpkes, ich habe nicht viel Zeit, wir können uns gerne mal abends bei einem Bier über diese Dinge unterhalten.« August dachte für einen Augenblick an Henrikes Bemerkung vom Essen, abends, im gemütlichen Restaurant in Norden, mit der hübschen Hauptkommissarin, bei – wie hatte Henrike gesagt? – richtig, bei Candle-Light.

»Jedenfalls haben wir keine Besonderheiten feststellen können. Ich bin nun auf der Suche nach anderen Motiven«, ergänzte Itzenga.

»Ich habe«, mischte sich Wiard erneut ein, »Frau Itzenga vom Deich erzählt und erklärt, warum wir uns bei miserablem Wetter gegen Abend im Herbst dort aufgehalten haben, zumal es ja verboten ist, offiziell.«

»Aha«, August hatte ein wenig Probleme, den beiden zu folgen und seine Gedanken gleichzeitig so zu sortieren, dass er brauchbare Aussagen zum Thema machen konnte.

»Ihre Beobachtungen zum Deich sind natürlich zu berücksichtigen, mich interessieren sie aber allenfalls so weit, inwiefern es eine Verbindung zu den Schüssen gibt.«

»Frau Itzenga«, setzte August an, wobei sie ihm fest in die Augen sah, was ihn aus dem Konzept zu bringen drohte, »das mit dem Deich, diese Baufehler und so, das ist doch wohl sicher. Denken Sie an den Steinwurf bei Wiard. Und ... die anderen Geschehnisse. Wir haben uns getroffen, um eindeutige Beweise, auch Beweisfotos, zu sammeln.«

»Und – haben Sie welche gemacht?«

»Versucht ja, aber das Wetter war einfach zu mies, viel zu dunkel, starker Regen. Gefunden haben wir aber allerhand. Zumindest Dinge, die nicht ganz mit dem professionellen Deichbau und einem nachvollziehbaren Vorgehen dabei zusammenpassen«, August war für eine Sekunde begeistert über seine wohlformulierte Antwort.

Tanja Itzenga schaute zunächst auf Ihre Unterlagen und sah dann auf: »Wir werden allen Hinweisen natürlich weiterhin nachgehen, wir haben diesbezüglich schon einige Hebel in Bewegung gesetzt. Herr Lüpkes erwähnte beispielsweise Herrn Redenius. Auch den werden wir zum Sachverhalt befragen. Und bei der Baufirma, die damals fast

Konkurs angemeldet hätte, recherchieren wir die Zuständigen die damals die entscheidenden Stellen innehatten. Und Sie sind für uns natürlich besonders wertvolle Informationsträger, Sie kennen hier alles und jeden, kennen den Deich, all die Zusammenhänge. Der Vorgang muss bald aufgeklärt werden, Sie können sich denken, dass von Seiten der Politik und der Behörden, vor allem natürlich der Medien, bereits die ein oder andere Frage gestellt wird, vorsichtig ausgedrückt.«

»Selbstverständlich«, pflichtete Wiard bei, und August nickte dazu. Wiard ergänzte: »Vielleicht ist das auch eine Möglichkeit, die Schluderei am Deich publik zu machen.«

»Wir sollten das auseinanderhalten, mich interessiert nur der Mordanschlag und allenfalls der Zusammenhang mit den Schludrigkeiten beim Deichbau, die wahrscheinlich auf allerhand Verwicklungen von Verantwortungsträgern und letztlich auf das liebe Geld zurückzuführen sind. Irgendwie hängt das alles zusammen. Solange aber nichts bewiesen ist, sollte man nicht darüber spekulieren, schon gar nicht öffentlich«, wehrte Tanja Itzenga ab. August pflichtete ihr gedanklich bei. Die Kommissarin erhob sich.

»Ich muss gehen. Vielen Dank erst einmal – und beim nächsten Mal würde ich wahnsinnig gerne einmal Ihren Tee probieren, von dem ich mir sagen liess, dass er sehr gut ist, Herr Lüpkes.« Sie sah herausfordernd zu Wiard hinüber.

August bemerkte, dass Wiard verlegen wurde. »Mann, das habe ich glatt verpennt, Ihnen überhaupt etwas anzubieten. Frau Itzenga, Entschuldigung, so etwas kommt ja nicht oft bei uns vor, und eine Hauptkommissarin hatte ich noch nie im Haus – da habe ich nicht dran gedacht, Mann, ich bin auch ein Dussel.«

»Sag ich ja immer«, meinte August, worauf die Hauptkommissarin ihre beiden Informanten warm anlächelte, dann die Tür öffnete und ging, ein »Na dann, bis zum nächsten Mal mit Tee, und tschüss« flötend.

»Pfiffig, die Frau«, stellte Wiard fest, als er die Tür schloss.

»Und sehr hübsch«, ergänzte August, dem wegfahrenden Auto hinterhersehend.

Wiard blickte ihn erstaunt an: »Da brat mir doch einer 'nen Storch. Der Polderbauer hat auch für anderes Augen als seine Kühe.«

»Ist doch so. Aber du hast recht, ich muss mich dringend um meine Kühe kümmern. Ich habe ja auch noch anderes zu tun, als hier rumzusitzen. Obwohl sie mit dem Tee recht hatte, den hätte ich auch gerne gehabt.«

»Sie hat's doch gesagt: beim nächsten Mal.«

»Also, tschüss dann, wir sollten uns auch noch einmal treffen. Wir brauchen den Täter. Ich habe die Nase voll von zerborstenen Fenstern, durchschossenen Reifen und Mordversuchen. Außerdem – mal was anderes – habe ich noch Fragen zu deinem – wie hieß das noch – ›Geo-Informationssystem‹ oder GIS oder was. Ich habe gestern einen Brief direkt vom Landwirtschaftsministerium – Stabsstelle Landwirtschaftliche Informationssysteme, klingt toll nicht? – bekommen. Die schreiben über den Flächenabgleich, Luftbilder und diesen ganzen Kram. Ich denke, du kannst mir das alles erklären.«

»Klar doch, mach ich.«

»Morgen Abend?«

»Ist in Ordnung. Dann sieh mal zu, dass du Deutschlands Landwirtschaft weiter in Gang hältst.«

»Ich frage mich manchmal, wer dafür eigentlich zuständig ist, immer noch wir Landwirte oder irgendwelche Bürokraten in Brüssel.«

»Hoffentlich ihr Landwirte. Die in Brüssel räumen Aktenberge von links nach rechts und wieder zurück, und wenn sie einen davon abgearbeitet haben, sind sie glücklich. Ob's sinnvoll war oder nicht, ist zweitrangig. Die bringen viel durcheinander, aber nichts in Ordnung. Über kurz oder lang wird die ganze Agrarpolitik scheitern – wahrscheinlich zu euren Lasten, um dir mal Mut zu machen. Das ist doch schon so: Wie viele Landwirte haben ihre Existenz verloren, seit es die EU gibt? Kannst ja mal zählen. Also denen möchte ich nicht noch mehr überlassen – da ist so viel überflüssiges Zeug dabei, was die produzieren an Gesetzen, Richtlinien und was weiß ich. Normgrößen für Tomaten und Eierverpackungen, dass ich nicht lache ...«

»Dafür kriegen sie ja auch doppeltes Gehalt«, entgegnete August und fügte hinzu: »Andererseits möchte ich so einen Job in den vermufften Bürosilos dort auf keinen Fall machen. Neulich war ein Bild von dieser EU-Zentrale in Brüssel in der Zeitung – da arbeiten? Holl mi up. Also da lob ich mir doch meinen Hof und den Polder. Weite Sicht, Bäume, Deich, Meer, Wolken. Und Wind. Ich würde in so 'ner Stadt eingehen wie, ja wie ...«

»Wie eine Primel«, führte Wiard den Satz zu Ende.

»Ja, Primel, genau.« Nach einem kurzen »Tschüss« war August aus Wiards kleinem Landhaus verschwunden und auf dem Weg zu seinem Hof. Henrike hatte ihn zwischendurch per Handy angerufen und ihm mitgeteilt, dass Wienke Windpocken hatte. Es waren bereits mehrere ihrer Mitschülerinnen erkrankt, und nun hatte es auch sie erwischt. So kam eines zum anderen – die viele Arbeit war doch schon genug, aber dazu kamen dann noch Kinderkrankheiten und Polizeigeschichten. August verspürte plötzlich ein großes Bedürfnis nach Entspannung. Doch so lange nicht geklärt war, wer geschossen hatte, würde die Furcht ihn und viele andere im Polder belasten. Er atmete einige Male tief durch. Der kühle, frische Wind, der vom Deich herüberwehte, tat ihm gut.

23

Die Nacht wurde sehr stürmisch. Herbst eben, starker Wind, kalt, dunkel, nass. Orkanböen aus Nordwest waren angekündigt, und die Unwetterzentrale hatte eine Sturmflutwarnung für die deutsche Nordseeküste herausgegeben. ›www.unwetterzentrale.de‹ meldete mindestens drei Meter über Normalhochwasser. Kachelmann hatte in der Wettervorhersage mehrfach eine von ihm ausgemachte ›Sturmproblematik‹ angesprochen. Die Bäume im Polder krümmten sich schon jetzt im Wind, Zweige und Äste lagen auf den Straßen herum, und August fürchtete um die Dachpfannen auf dem Haus. Er würde auch im Stall noch einmal nach dem Rechten sehen müssen. Im vergangenen Jahr war bei einem ähnlichen Sturm ein Ast von einer der alten Linden abgebrochen und glatt durch eine der Dachplatten geschlagen, mitten in den Kälberstall. Es war zwar keines der Tiere verletzt worden, aber es hatte in den Stall geregnet, und war so kalt gewesen, dass die Kälber sich völlig verstört und wie eingefroren an die Wand drückten, wo August sie am nächsten Morgen vorfand.

»Die Linden müssen weg«, hatte sein Vater schon vorher gedrängt, aber August konnte sich von den schönen, alten und einen gewissen Stolz ausstrahlenden Bäumen einfach nicht trennen.

Während er jetzt die beunruhigten Tiere inspizierte (»Die spüren als Erste, wenn etwas nicht so ist wie sonst.«), einigen beruhigend zuredete und die Türen und Tore verschloss, hörte er plötzlich ein lautes Klopfen am großen Tor zum Stall.

»August, mach auf, Henrike sagt, du bist im Stall!« Es war Wiards Stimme. August öffnete das Tor einen Spalt breit, und der Wind pfiff ihm um die Ohren.

»Mann, das ist ein Sturm«, Wiards Haare waren völlig zersaust, als er hereingekommen war und August das Tor wieder fest verschlossen hatte.

»Was machst du denn hier um diese Zeit?«

»Der Deich«, Wiard war der Schreck an den Augen abzulesen, »ich war dort, das Wasser steht schon weit hoch – er wird den Sturm nicht aushalten!«

»Nun mal halb lang, wann warst du dort?«

»Eben, ich bin mit dem Rad unterwegs. Gegen den Wind kannst du vergessen, habe fast eine Dreiviertelstunde gebraucht, weil ich teilweise laufen musste. Zurück ging's in zwölf Minuten. Bin gleich zu dir gekommen. Ich kann mich ja jetzt nicht einfach hinlegen.«

»Bist du sicher?«

»Komm mit, sieh selbst. Können wir deinen Wagen nehmen?«

»Klar!« Sie verschwanden aus dem Stall, kämpften sich gegen Wind und Regen zum Haus. August gab Henrike Bescheid, dann fuhren Wiard und er, die Scheibenwischer auf der höchsten Stufe, zur Ostkrümmung. Der Regen klatschte mit großer Kraft gegen die Windschutzscheibe. Die Pappeln entlang der Landstraße hinter dem Deich bogen sich bedrohlich.

Mann, einige davon sind schon so alt! Pappeln muss man irgendwann fällen, sie sind oft innen hohl, schoss es August durch den Kopf. Am Deichfuß angekommen, stiegen sie auf die Krone, so gut es ihnen möglich war. Oben angekommen konnten sie sich kaum halten, so stark war der Nordwest, der ihnen um die Ohren wehte.

»Scheiße!«, rief August, als er sah, wie der Stand der Dinge war. »Das Wasser frisst schon richtig, die Grasnarbe ist bereits weg da hinten!«

»Sag ich doch – das ist der Puddingdeich, jetzt haben wir den Salat!«, schrie Wiard. »Und ich sage dir, das geht wahnsinnig schnell. Als ich vor kurzem hier gewesen bin, war die Grasnarbe noch da – jetzt ist sie an einigen Stellen schon kaputt, gerade dort, wo die ganzen Leute neulich rumgelatscht sind!« Er machte ein ernstes Gesicht. »August, der Deich wird früher oder später einfach ausgespült – der Sturm wird noch Stunden andauern. Ich habe den Wetterbericht gesehen und die Unwetterwarnung gehört. Hab mir das auch noch im Internet angesehen, die Satellitenbilder zeigen einen beeindruckenden, schnell drehenden Wirbel, der vom Nordatlantik her auf uns zukommt. Immer schön entgegen dem Uhrzeigersinn. Wir haben erst in gut zwei Stunden Hochwasser, und der Nordwest drückt weiter. Und er wird an Stärke noch zunehmen!«

August verstand genug von den Gezeiten an der Nordseeküste, um zu begreifen, dass Wiard recht hatte. Der Deich würde nicht halten, nicht in dem Zustand, in dem er jetzt schon war.

»Warum steht das Wasser so hoch? Das war doch sonst nicht so?«, rief er, Wiard entgegengehend.

Wiards Gesicht war pitschnass, und er antwortete August direkt ins Ohr. »Das liegt an der verdammten Eindeichung des Südostteiles der Bucht – dadurch gibt es hier einen Staueffekt, das Wasser läuft jetzt höher auf, habe ich dir doch schon erklärt, aber da wolltest du es ja nicht glauben. Wir haben im Zuge der Initiative gegen die Eindeichung oft genug darauf hingewiesen. Aber nein – wir sind ja alle grüne Spinner ...«

»Dass es so extrem kommt, konnte keiner ahnen. Ich habe es auch nicht sehen wollen. Ihr hattet wohl recht ...«, Augusts Stimme wurde leiser, denn er sah plötzlich zweierlei ein. Erstens, dass er damals in der Diskussion um die Eindeichung unrecht gehabt hatte. Zweitens, dass es falsch war, nur zu reden, dazu war jetzt keine Zeit. Es musste gehandelt werden, bevor es zu spät war.

»Was nun?« Die Windböen schlugen heftig in ihre Gesichter.

»Zurück zum Auto! Hier versteht man ja sein eigenes Wort nicht mehr!«

Als sie im Auto saßen, waren sie völlig durchnässt, der Wind rüttelte am Wagen, und etwa eine Minute lang sagte keiner von beiden ein Wort. Wiard beendete das Schweigen: »An dem Deich hier an der Ostkrümmung macht keiner mehr was, der wird nicht halten. Wir müssen die Leute warnen, nicht rumsitzen. Los, August, mach hinne!«

»Ja.« August brauchte noch einen Moment, um sich zu sammeln, dann aber rief er: »Also los!«

Zuerst fuhren sie zu Lübbert Sieken. Der stand angezogen an der Tür und sagte nur: »Ich habe das Wichtigste schon zusammengepackt. Ich fahre jetzt gleich los, mit meinem alten Drahtesel, Richtung Schoonorther Polder. Da wohnt Reemt Strackmann. Sein Hof steht recht hoch, eben eine alte Warft, dort sind wir sicher. Auf dem Weg wohnen Willems, Carstens und Bohnekamp. Ich gebe allen Bescheid. Dass der olle Deich da vorne nicht hält, brauch ich nicht zu sehen, das hab ich im Urin.«

»Und deine Schulter?«

»Scheiß was auf die Schulter!«

»Ruf Strackmann an, er soll die anderen Nachbarn im Schoonorther Polder warnen – wenn das Wasser hier in unseren Polder kommt, passiert das wahrscheinlich schneller, als man denkt. Das Schott im alten Deich ist doch völlig eingerostet – das kriegt keiner mehr zu. Die wollten es schon rausschneiden und im Dorf als Touristenattraktion aufstellen.«

»Das könnten wir jetzt gut gebrauchen«, merkte Wiard an, »aber alles Alte ist ja in unserer heutigen Gesellschaft nichts mehr wert.«

»Nun hör mal auf zu philosophieren. Strackmann anrufen kann ich nicht, mein Telefon ist abgestellt«, Lübbert blieb ganz ruhig, zumindest äußerlich.

»Mist, stimmt ja. Und ich habe mein Handy nicht dabei«, bedauerte August.

»Verdammt, dann los, was stehen wir hier rum?!« Wiard und August sprangen geradezu ins Auto.

Nach knapp 200 Metern auf der Hauptstraße sahen sie, wie sich vor ihnen eine Pappel zur Straße hin neigte. Langsam sich beugte, immer mehr kippte ... und umfiel. Erst gab August Gas (»Das schaff ich noch!«), dann stieg er voll in die Eisen (»Schiete, das reicht nicht!«). Unmittelbar vor dem mächtigen Baumstamm kam das Auto zum Stehen. Er lag quer über der Fahrbahn.

»Mist, Mist, Mist!«, schrie August, wohl wissend, dass dies den Baum nicht wieder aufrichten würde. Es goss wie aus Eimern, der Wind wurde stärker.

»Den kriegen wir hier ohne Schlepper nicht weg«, rief August, »Wir müssen ohne den Wagen weiter!« Die beiden Männer fuhren das Auto an den Straßenrand und setzten den Weg zu Fuß fort. Besorgt wandte August sich um: »Und wenn der Deich bricht?«

»Dann kannst du deine Karre vergessen. Einmal Salzwasser drüber, und der ganze Elektronikscheiß ist ein für alle Mal dahin«, meinte Wiard. »Es gibt aber Wichtigeres als so ein rollender Blechhaufen. Wir müssen deine Familie und die anderen Polderbewohner warnen!«

Einige Zeit später erreichten sie Augusts Hof. Die Situation versetzte ihn zusehends in Panik. August rannte ins Haus.

»Aufstehen!«, schrie er nur und immer wieder: »Raus hier – der Deich bricht!«

Henrike stürzte die Treppe herunter, konnte die Augen noch nicht richtig öffnen: »Was ist los?«

»Der Deich ... er wird brechen – wir müssen raus, das Wichtigste auf den 120er – und weg, Richtung Schoonorther Polder. Ich rufe Ihno an, der muss die gesamte Feuerwehr alarmieren. Die Schotten müssen dichtgemacht werden, am Schlafdeich, sobald alle hier raus sind. Die Sirene muss die Leute wecken – sofort!« Henrike war schon längst wieder oben und rüttelte die Kinder aus dem Schlaf. Wienke schrie, die Kinder verstanden nicht, was los war.

»Wir müssen raus, das Wasser kommt, es kann sein, dass der Deich bricht, bei dem Sturm« versuchte Henrike so vernünftig und ruhig wie möglich zu erklären.

»Was für'n Wasser?« fragte Freerk noch halb schlafend, »ich muss erst mal Wasser lassen.«

»Witzbold, vielleicht bricht der Deich, dann bekommen wir hier nasse Füße, also los jetzt!« Henrike half den Kleinen beim Anziehen, während sie Gero mehr oder weniger gleichzeitig noch eine Pampers überstreifte, ohne groß zu überlegen, ob das wohl jetzt wichtig war. August griff nach ein paar Aktenordnern und rief den Bürgermeister und den Ortsbrandmeister an. Der fragte erst einmal, ob August einen zu viel genommen hätte, schließlich sei der Deich nagelneu. August konnte ihn überzeugen, aber nur, weil es im selben Moment an der Tür des Feuerwehrmannes klopfte und irgendjemand bestätigte, was August ihm telefonisch klarzumachen versuchte. Es gab wohl doch ein paar mehr aufmerksame Bewohner im Polder, als er gedacht hatte. Wenig später heulte die Sirene. August zog sich und den Kindern warme Jacken an, Regenzeug drüber, Mütze, Schal, Handschuhe. Zum Glück war dank Henrike alles an seinem Platz. Nur Freerk wusste nicht, wo seine Mütze und Handschuhe waren (»Gestern hatte ich sie noch«). Der 120er lief schon vor der Tür, ein Hänger war angekoppelt. »Für andere, die wir treffen, und für Wiard, wir müssen noch bei ihm vorbei«, erklärte August. Als sie endlich losfuhren, sahen sie gegen die herannahenden Wolken im Mondlicht, dass es in der Deichkrone eine Delle gab, da war schon etwas eingebrochen – der endgültige Bruch war vermutlich nur noch eine Frage von wenigen Minuten. Es war ein bedrohliches Bild. Sie konnten spüren, wie die erste Welle sie erreichte. Wienke schrie noch immer. Sie war mit Windpocken übersät.

Im Polder war die Feuerwehrsirene pausenlos in Aktion.

»Ischa wie Luftalarm«, wimmerte Anni Harms 80-jährige Mutter von nebenan, »furchtbar!«

Die Leute packten in Windeseile ihr wichtigstes Hab und Gut oder das, was sie dafür hielten. Der Wind heulte um die Häuser, er sang ein bedrohliches Lied.

»Kannst du uns mitnehmen, August? Mit dem Auto kommen wir nicht durch!«, rief ihm Manni zu, als sie an dessen Haus vorbeikamen. August drehte sich um und sah Wasser kommen, ein Vorbote der großen Flut. Diese würde nun nicht mehr lange auf sich warten lassen. August hatte in der Schule einen alten Film über einen Deichbruch am Jadebusen gesehen, aus den 50er-Jahren – da war es genauso gewesen. Erst frisst das Meer, frisst und frisst, dann ist die Krone weg, bricht ein, dann ein bisschen mehr Wind, etwas mehr Druck, und in wenigen Minuten ist ein riesiges Loch da, Wassermassen stürzen ins Land. Es war zum Erstaunen der meisten die über den Deich spritzende Gischt gewesen, die ihn auch von der Landseite her mürbegemacht hatte. Sie war letztlich der auslösende Faktor für den Deichbruch gewesen. Wenn der neue Deich so schlecht gebaut war wie angenommen, würde die Landseite eher noch miserabler sein – da hätten Wind und Wasser leichtes Spiel. Wohl dem, der dies rechtzeitig erkannte und jetzt die Flucht ergreifen konnte.

Manni stand mit Anni und ihrer Mutter sowie den beiden Kindern und drei Koffern an der Straße, als würde die ganze Familie auf den nächsten Bus warten.

»Los, auf den Hänger, und dann weiter, warte, ich helf dir mit deiner Mutter.« Mit einem Satz war August aus dem Führerhaus gesprungen, Manni und er packten Annis Mutter, hoben sie – so vorsichtig wie möglich – auf den Hänger, wo Henrike und Freerk ihr halfen, sich notdürftig auf einen der Koffer zu kauern. Sie hatte Tränen in den Augen und jammerte immerzu: »Furchtbar, furchtbar!«

August fuhr wieder an, jetzt schon durch zehn Zentimeter hoch stehendes Wasser. Es stieg sichtbar. Offenbar stürzte es schon durch einen beachtlichen Deichdurchbruch in den Polder. Genau in Richtung der Höfe, genau wie im Film vom Jadebusen. Im Nordwesten konnte man die Bruchstelle im Deich immer deutlicher erkennen, wenn der Mond seine Lichtstrahlen durch ständig neu entstehende Wolkenlöcher schickte.

Wiard stand schon bereit, vor seinem kleinen Häuschen, als August bei ihm anhielt.

»Damit etwas vorsichtiger«, bat er Freerk und reichte ihm eine Tasche. Gemeinsam mit August verstauten sie Wiards Sachen auf dem Hänger.

»Was ist das?« fragte Freerk.

»Mein Laptop – da ist alles Wichtige drauf, was ich brauche. Habe in meiner freien Zeit alle relevanten Dokumente eingescannt. Jetzt kann von mir aus alles absaufen, die Unterlagen, die aus einem Menschen einen Menschen machen, habe ich dabei.«

Freerk entgegnete nichts. Ihm war nicht klar, was Wiard damit meinte.

»Hört auf zu quaken, weiter geht's!«, rief August ihnen zu. Er gab Vollgas und fuhr in Richtung der Deichscharte, die den neuen Polder vom alten Schoonorther Polder trennte. Wiard, Manni und dessen Familie saßen auf dem Hänger, Regen und Wind peitschten in ihre Gesichter. Gott sei Dank war noch Zeit geblieben, sich richtig anzuziehen. Freerk war mit hinten geblieben, auf dem Hänger (»Mist, so ohne Mütze!«). Wienke und

Gero saßen, irgendwie, auf Henrikes Schoß, die krampfhaft versuchte, die beiden auf dem kleinen Sitzplatz neben dem Fahrersitz des 120ers festzuhalten. Hinter dem Sitz klammerte sich Karina fest, sie machte jede Schwingung der Sitzfederung mit. August hoffte nur, den Schoonorther Polder rechtzeitig zu erreichen. Er sah, dass die Feuerwehrmänner schon eifrig am Schott arbeiteten. Jetzt rächte sich, dass es seit Jahren nicht geschlossen worden war – aber wer hätte jemals mit einem Deichbruch gerechnet? Mittlerweile war eine ganze Kolonne von Pkws und Treckern auf der Dorfstraße unterwegs. Die Sicht wurde schlechter, der Himmel war schwarz, die vom Wetterbericht angekündigten Orkanböen schlugen mit voller Wucht zu – und dann passierte das, was zuvor schon Wiard und August geschehen war. Vor August fuhren weitere Trecker, voll besetzt mit Polderbewohnern. Vor dem ersten brach erneut eine große, alte Pappel in sich zusammen. Erst knickte die obere Hälfte ab, riss dann die untere mit, sodass schließlich beide Teile quer auf der Straße lagen.

»Verdammt, ich habe immer gesagt, die Dinger müssen gefällt werden – Pappeln sind hier nach 25 Jahren einfach eine Gefahr, aber nein, die sehen ja so schön aus … Und ich habe immer ›Ja‹ gesagt. Scheiße!« August schien kurzzeitig verzweifelt, hatte sich aber gleich wieder im Griff. Er brachte den Schlepper kurz hinter dem vor ihm flüchtenden Trecker zum Stehen, fast wäre er aufgefahren. Er stieg herunter, mitten ins Wasser.

»So ein Mist – wir müssen das Teil wegschaffen!«, rief er dem Vordermann zu. Es war Jakobus de Ruyter, Holländer, lebte schon fast 30 Jahre hier im Polder. Er führte seitdem einen gut gehenden Schweinebetrieb. Sein ältester Sohn Hinrikus stand neben ihm. Beide waren bereits dabei, ihren Trecker dafür vorzubereiten, den umgestürzten Baum von der Straße zu ziehen. Ihre Hilfsbereitschaft zeichnete sie aus.

»Wir Holländer reden gern, aber wir handeln, wenn's drauf ankommt«, hatte er August einmal gesagt, als der eine blöde Bemerkung über das Nachbarvolk aus dem Südwesten gemacht hatte. Sie mussten allerhand rangieren, um die Straße befreien zu können, schließlich war sie hier links und rechts von einem Graben begrenzt. Jetzt holte die nächste Welle den gestoppten Konvoi ein. Offenbar brach der Deich stückweise nach unten weg, und in immer größerem Ausmaß floss das aufgewühlte Wasser in den Polder.

August starrte einen Augenblick in die kalte Brühe, als sei sie das achte Weltwunder. Er merkte, dass sein linker Stiefel nicht mehr dicht war.

»Hätte ich man doch nicht das Sonderangebot genomen!«, fluchte er. »Der Polder steht unter Wasser, mein Hof, meine Kühe …«, er konnte nicht weiterdenken. Die Familie war wohlauf, das war das Wichtigste. Dann blickte er Richtung Nordwest, zur Ostkrümmung. Die Scharte, die die See jetzt schon in den Deich gerissen hatte, schien sich sekündlich zu vergrößern – immer größere Wassermassen flossen ungehindert in den Polder. Wienke schrie, andere Kleinkinder stimmten mit ein. Sie wussten nicht, warum sie bei starkem Regen und Orkanböen im Dunkeln auf Treckern herumsitzen mussten. August erkannte Jakobus de Ruyters Vater auf dessen Hänger. Der alte Mann blickte stumm auf das Geschehen. Vorgestern war er 85 geworden.

»Der ist noch älter als du«, drangen jetzt Wortfetzen von Manni zu ihm herüber, der versuchte, Annis Mutter zu beruhigen. »Furchtbar«, sagte sie wieder.

Und wir haben's gewusst, wir haben's gewusst, Wiard hatte recht mit dem Deich, dachte August und ärgerte sich über seine Zögerlichkeit. Doch dann holte ihn die Realität wieder ein. Er half Jakobus und Hinrikus dabei, eine Eisenkette um den Baumstamm zu schlingen, um diesen an den Straßenrand zu ziehen. Inzwischen hatte sich schon eine größere Schlange gebildet, und massenhaft Vorschläge prasselten auf die drei Männer ein, wie man am besten vorgehen könne. Jakobus und August waren sich wortlos einig und fuhren fort, ohne wirklich hinzuhören, auf ihre Art den Baum wegzuziehen und wieder eine freie Bahn zur Flucht vor der Nordsee zu schaffen. Das Wasser stieg, und die, die nicht auf den Treckern saßen, standen schon wadentief darin. Die ersten Wellen bildeten sich – die Nordsee nahm sich zurück, was man ihr im Laufe der Jahrhunderte genommen hatte. Als Jakobus de Ruyter seinen Trecker in Bewegung setzte, verkantete sich die obere Baumhälfte mit der unteren, sodass zunächst die untere weggezogen werden musste. Das war nur möglich, wenn die hinter dem Trecker stehenden Schlepper so weit wie möglich an den Straßenrand fuhren. Unendlich langsam bewegte sich jeder Schlepper ein Stück weit nach hinten, um sich dann weiter an den Rand zu bugsieren, so nah, dass viele bedrohlich schräg stehen blieben, konnte man den Straßengraben doch nicht mehr sehen, da alles vom Wasser bedeckt war.

Jakobus versuchte es zum zweiten Mal, und diesmal klappte es. Die alte Pappel setzte sich in Bewegung. In diesem Moment löste sich der Stamm aufgrund des gestiegenen Wassers vom Boden – er schwamm auf. Nun musste man ihn nur noch wegdrücken, ein einfaches Zuwarten hätte die Lösung gebracht. Aber wer konnte angesichts der bedrohlichen Situation abwarten? Das Fortkommen der Pkws war schon nicht mehr möglich.

»Mit den Schleppern mag's wohl gerade noch gehen, also jetzt weg hier!«, rief August den anderen zu. »Aber nicht panisch werden!«, schrie er noch hinterher, »höchste Konzentration beim Fahren – immer den Rückstrahlern nach!«, aber seine Worte verhallten in Wind, Regen, Motorengeräuschen und Kindergeschrei. Das Wasser stieg und brodelte wie in einem Hexenkessel.

August wollte gerade seinen Trecker besteigen, als ihm eine starke Windbö entgegenschlug und aus dem Gleichgewicht brachte. Henrike versuchte, ihm zu helfen, die Tür zur Kabine zu öffnen. Plötzlich rutschte ihr Wienke weg, die immer noch schrie. Henrike konnte sie nicht halten, das Kind flutschte einfach durch die geöffnete Tür, schlug sich an einem Eisenteil den Kopf auf. August versuchte, sie zu packen, doch alles war nass, sie glitschte durch seine Hand, mit der anderen hielt er sich krampfhaft fest. Sie fiel ins Wasser, einfach so, wie ein Stein. Im Nu war sie in der Dunkelheit verschwunden.

»Sie kann doch nicht schwimmen, und sie ist krank!«, Henrike war außer sich.

»Nein!«, brüllte August, und noch mal: »Nein, Wienke!« August wollte hinterherspringen, doch Henrike hielt ihn zurück. »Ich muss hinterher, es ist Wienke, Wienke, min Deern!«, schrie er Henrike an, löste ihren Arm mit einem harten Schlag. Und sprang.

24

Als Henrike ihn endlich geweckt hatte, war August schweißgebadet.

»Furchtbar. Zuletzt ist mir Wienke einfach durch die Hände gerutscht – und war weg. Im Wasser untergetaucht und weg. Ich habe sie nicht mehr gesehen, vom Wasser verschluckt. Einfach so.«

Henrike hielt seinen Arm. »Ein echter Albtraum – du hast dich hin und her gewälzt. Ich wollte dich wecken, ich dachte schon, das klappt nicht mehr, bis der Traum vorbei ist. Da siehst du mal, wie dich die ganze Geschichte um den Deich mitnimmt.«

Henrike drehte sich um in der Hoffnung, weiterschlafen zu können, nachdem sie August behutsam aus seiner Traumwelt heraus- und in die reale Welt wieder eingeführt hatte. Er hatte sich im Schlaf aufgerichtet und laut ›Wienke – min Deern!‹ geschrien, als Henrike ihm zunächst sanft über das Kopfhaar gestrichen, dann aber recht rau an ihm herumgerüttelt hatte: »August, wach auf, es ist ein Traum!«

»Einen zweiten Albtraum wird es wohl nicht geben. Und ich bin müde«, Henrike hatte sich schon wieder halb ins Kissen vergraben.

»Ich kann noch nicht wieder schlafen«, antwortete August, »bin viel zu aufgewühlt. So ein Scheißtraum. Ich geh schon nach unten – es ist sowieso halb sechs, muss eh gleich in den Stall. Ich mach Frühstück. Und dusch eben kurz – der ganze Schlafanzug ist nass geschwitzt.« Als er aus dem Zimmer ging, murmelte er noch: »Scheiß Deich!« Aber Henrike war schon wieder eingeschlafen. Als er vor der Schlafzimmertür stand, entschied er, kurz ins Zimmer seiner Töchter zu gehen, um sich zu vergewissern, dass alles in Ordnung war. Als er Wienke friedlich im Bett liegen und ruhig atmen sah – windpockenübersät –, fühlte er sich endgültig zurück in der Realität. Und atmete tief durch. Er dachte noch einmal an den Traum, in dem er die Katastrophe durchgespielt hatte, und empfand Freude und innere Ruhe, da er sah, dass alles bestens war.

Als er dabei war, Tee zu kochen und sich ein Brot mit jungem Gouda zu belegen, dachte er immer noch an diese Nacht und daran, dass der Traum sich vielleicht nicht so, aber doch in einer ähnlichen Weise schon bald ereignen könnte. Er beschloss, dass es Zeit war, eine fachmännische Prüfung des Deiches zu durchzusetzen, ein unabhängiges Gutachten musste her. Dazu wollte er, zusammen mit Wiard, Lübbert und vielleicht Frau Itzenga – die auf ihre Seite zu ziehen, wäre doch ein echter Clou – eine Strategie entwickeln. Offenbar hatte auch die Polizei Wissen darüber, dass beim Deichbau etwas verheimlicht worden war. Sein Traum hatte ihm deutlich gemacht, dass er es sich nie verzeihen würde, wenn tatsächlich etwas passierte, bei dem Menschen – und ganz besonders seine eigene Familie – zu Schaden kamen.

Er warf sich den letzten Bissen seines Frühstücksbrotes in den Mund, schüttete eine Tasse Tee hinterher und verlies das Haus. Der Bewegungsmelder seiner Eltern hatte das Licht aktiviert, was bedeutete, dass sein Vater schon unterwegs in den Stall war, wenn nicht eine der Katzen die Reaktion des Sensors ausgelöst hatte.

Auf dem Weg in den Stall fiel ihm beim Blick auf sein Elternhaus auf, dass seine Eltern in seinem Traum gar nicht vorgekommen waren – warum war er dort nicht gleich als erstes mit dem Trecker vorgefahren, nachdem er seine Frau und seine Kinder versorgt hatte?

»War ja nur ein Traum. Zum Glück«, murmelte er vor sich hin.

Als August in den Melkstand trat, war sein Vater tatsächlich schon da.

»Moin, wie isses?«

»Hab schlecht geschlafen.«

»Das ist kein guter Start in den Tag. Ich habe geratzt wie ein Stein.«

»Du Glücklicher. Ich hatte einen echten Albtraum. Der Deich ist gebrochen, der Polder stand unter Wasser, überall Chaos, und Wienke ist mir durch die Hände in die aufgewühlte See gerutscht und war weg. Dabei hätte ich sie noch packen können – aber sie ist einfach weggerutscht, als wären meine Finger eingeölt gewesen. Da erst bin ich aufgewacht, vielmehr hat Henrike mich dann endlich wach gekriegt.«

»Na, da ist es doch schön zu sehen, dass nichts von all dem wahr ist und man nun in Ruhe die

Kühe melken kann!«, rief sein Vater, denn die ersten Kühe standen in den Melkständen, und die Melkmaschine war so laut, dass eine Unterhaltung in normaler Lautstärke nicht möglich war.

»Da ist was dran!«, schrie August zurück. Dann hingen sie, wie so oft in den vergangenen Jahren, ihren Gedanken nach, während die Arbeit fast automatisch von der Hand ging.

Nach dem Melken sahen beide im Laufstall nach dem Rechten bei Kühen und Kälbern; Kontrolle des Computers, der Fütterung und andere Dinge überwachte. Alles war in bester Ordnung, die Technik diente dem Menschen.

»Was ist das nun mit dem Deich, gibt's was Neues von Lübbert Sieken? Hat die Polizei schon den potenziellen Mörder? Sitzt er schon? Oder stochern die immer noch im Dunkeln?«, löcherte der alte Saathoff seinen Sohn plötzlich, nachdem sie gerade über den Verkauf einiger Bullenkälber gesprochen hatten.

»Das sind zu viele Fragen auf einmal. Immer schön der Reihe nach. Also, langsam glaube ich auch, dass der Deich nicht überall in Ordnung ist. Ich denke, an der Ostkrümmung gibt es Probleme, die man unbedingt ans Licht holen muss. Ich hab nur keine Ahnung, wie. Aber so langsam wissen immer mehr im Polder Bescheid – so gesehen war der Schuss von Nutzen.«

»Sag so was nicht! Wie geht's Lübbert?«

»Gut, er hat wahnsinniges Schwein gehabt. Die Polizei hat noch keine Spur – jedenfalls nicht offiziell. Sie recherchieren in Dateien, befragen Leute, gehen jedem auch noch so unwahrscheinlichen Verdacht nach, aber bislang hat's wohl nichts gebracht. Gestern haben Wiard und ich mit der Kommissarin gesprochen.«

»Resolute Dame, wie?«

»Kann man wohl sagen. Aber fähig. Wirklich beeindruckend, mit welch scharfen Fragen und überzeugenden Antworten sie einen konfrontiert. Die hat den richtigen Job gefunden, ich könnte das nicht.«

»Würdest du es wollen?«

»Nee, Mord und Totschlag, holl mi up. Da steh ich lieber jeden Morgen im Kuhstall.« Beide lachten und entdeckten beinahe gleichzeitig ein Kalb, das offenbar krank war.

»Mist, mit ihm ist wieder was nicht in Ordnung«, bemerkte August.

»Dann war die letzte schwere Erkältung doch noch nicht ganz ausgeheilt«, meinte sein Vater. »Da werden wir mit Antibiotika rangehen müssen.«

»Ich hole was.« Mit diesen Worten ging August ins Büro, das sich im Haus seiner Eltern befand. Hier war der Arzneimittelschrank. Die wichtigsten Mittel, um den Tierbestand gesund zu halten, waren immer vorhanden.

Henrike war indes aufgestanden, hatte die Kinder geweckt, Freerk und Karina mal wieder antreiben müssen, fertig zu werden. Wienke sah aus wie ein Streuselkuchen. Gero hatte kurz nach dem Aufstehen angefangen zu schreien – warum wusste keiner so genau – und bislang nicht wieder aufgehört.

»Bläddern, bläddern, bläddern, und das schon vor 7 Uhr«, fluchte Henrike vor sich hin, als sie dabei war, Schulbrote zu schmieren und Äpfel klein zu schneiden, um alles in Tupperware zu verstauen und wohlsortiert für die Kinder bereitzulegen.

»In die Schultaschen packen könnt ihr das doch wirklich allein, oder muss ich das auch noch machen?«

Kurz nach 7 Uhr war Freerk aus dem Haus gestürzt, wie immer so knapp, dass Henrike meinte, diesmal würde er den Bus verpassen. Sie war gerade dabei, sich eine passende Antwort zurechtzulegen, falls es so kommen würde, als August und sein Vater die Küche betraten.

»Moin Henrike«, sagte ihr Schwiegervater, »ich komme heute zu euch zum Frühstück. Erna geht's nicht gut, und sie wollte liegen bleiben. Hat wohl wieder Kreislauf. Kriege ich eine Tasse Tee und ein schönes Schwarzbrot mit Schinken?«

»Schkiank«, bemerkte Karina, die den plattdeutschen Ausdruck für ›Schinken‹ liebte und ihn immer übertrieben lang aussprach – Schkiaaank.

»Genau, Schkiank«, betonte Augusts Vater nochmals und lachte Karina an, die verschmitzt zurücklächelte. Sie war echter Opa-und-Oma-Fan; bei ihr sah man, wie wichtig Großeltern für Enkel waren.

»Na, ihr Rabauken«, begrüßte er dann die beiden Kleinen, »auch schon auf den Beinen?«

»Klar kriegst du Tee – vor allem da Gero jetzt endlich still ist, seitdem du hier bist.« Henrike stellte eine zusätzliche Tasse auf den Tisch.

»Wie still, hast du etwa gebläddert?«, fragte Augusts Vater sein Enkelkind.

»Is das?«, Gero zeigte auf die Armbanduhr des Opas.

»Das ist ›Ticktack‹.«

»Quatsch das ist eine Uhr«, verbesserte Wienke.

»Ja gut, eine Uhr. Aber sie macht ›ticktack‹«, Augusts Vater hielt Gero die Uhr ans Ohr.

»Ticktack«, sagte Gero, »haben.«

»Ja, wenn du etwas größer bist, kannst du eine haben.«

»Hat August dir von seinem Traum erzählt?«

»Hat er. Er war richtig glücklich, heute Morgen melken zu können und zu sehen, dass nichts von dem wahr ist, was er sich da in seinem schlafenden Kopf zurechtgesponnen hatte.«

»Stimmt! Mann, Wienke«, August wandte sich seiner kleinen Tochter zu, »du bist in meinem Traum ins Wasser gefallen, ins eiskalte Salzwasser …«

»Ich kann doch gar nicht schwimmen«, unterbrach ihn Wienke und machte ein erstauntes Gesicht. Henrike, August und sein Vater lachten. Wienke wusste nicht, warum.

25

Die Polizei hatte mittlerweile sämtliche Waffenscheinbesitzer, Jäger und jede sonstige auch nur mit geringster Wahrscheinlichkeit als Täter infrage kommende Person im Polder und deren Umfeld befragt und allerhand erfahren, gleichwohl jedoch wenig Neues zum Fall herausgefunden. Zwar waren reichlich nicht ganz astreine Zustände dabei zutage getreten, allerdings interessierte sich die Polizei in diesem Falle nicht dafür. Holger Janssens Eintreten für die Polderbewohner (Kollege aus Aurich: »Ihr Waffenschein ist aber nicht mehr aktuell, dennoch haben Sie das Kleinkalibergewehr nach der Ablauffrist gekauft.« Janssen: »Du, lass man, das wusste der nicht mehr – und wenn der Verkäufer nicht darauf achtet, woher soll er das wissen? Und er geht ordentlich damit um. Komm, wir haben Wichtigeres zu tun.« Kollege aus Aurich: »Wenn du meinst ...«) führte dazu, dass kleinere Delikte nicht weiterverfolgt wurden.

Tanja Itzenga recherchierte indessen mehr oder weniger auf eigene Faust in andere Richtungen, soweit es die Zeit zuließ. Sie hatte Informationen über die Mitarbeiter beim Amt für Küstenschutz eingeholt, hatte sich über das Baukonsortium und den Ablauf des Deichbaus inklusive der dabei aufgetretenen Fast-Pleiten, Baustopps und das schnelle Ende der Arbeiten schlaugemacht. Sie sah die Ursache der Vorfälle an der Leybucht weniger bei einem Einzelnen, sondern vielmehr irgendwo im Dickicht der am Deichbau beteiligten Firmen und Behörden, konnte aber noch nichts Schlüssiges vorweisen. Es fehlten noch Glieder in der durchgängigen Beweiskette. Auch war es schwer, an bestimmte Informationen heranzukommen. Während etwa die meisten Mitarbeiter der unteren und mittleren Ebene der Behörde offen und ehrlich zu antworten schienen, hatte sie bei ein, zwei Mitarbeitern der höheren und höchsten Ebene den Eindruck, es gäbe etwas zu verbergen. Die Chefs der Firmen des Baukonsortiums waren noch schwieriger zu greifen, einige hatten ihre Position gar nicht mehr inne, andere ließen sich offenbar verleugnen. Oder hatten schlichtweg keine Lust, und solange es keine Durchsuchungsbefehle oder Ähnliches gab, war Itzenga machtlos. Doch gerade diese Zurückhaltung nährte ihren Verdacht. Leider gab es neben den Ermittlungsarbeiten so viel Bürokram, dass ihre Recherchen lückenhaft blieben. Aber sie wollte hier am Ball bleiben, zeigte es sich doch, dass derjenige, der den Anschlag auf Wiard, August und Lübbert verübt hatte, sich im Polder sehr gut auskennen und gleichzeitig irgendetwas mit dem Deichbau zu tun haben musste. Die Personen des engeren Verdachtskreises ließ sie vorerst unbenannt – es wäre unprofessionell gewesen, vage Vorahnungen zu früh zu äußern.

Doch dann nahm alles einen anderen, nicht völlig, aber doch weitgehend unerwarteten Verlauf. Für alle. Bis auf einen.

Spätabends schellte es an der Haustür, auf deren Klingelknopf ›A. u. H. Saathoff‹ stand.

August sah Henrike an, meinte: »Wer kann das jetzt noch sein, ich habe eigentlich keine Lust mehr auf Besuch«, worauf Henrike entgegnete: »Vielleicht ist es dein Vater? Mach schon auf!«

August schlurfte in seinen Pantoffeln zur Tür und öffnete. Es gab Momente, da kam er sich schon ziemlich alt vor. Es war erneut einer dieser widerlichen Herbstabende, an denen es wenig Wind, dafür aber umso mehr Regen gab und Temperaturen zwischen null und drei Grad – also eine Witterung, bei der man nicht einmal einen Hund vor die Tür scheuchte. August schaltete das Außenlicht an und war im Nu mehr als verblüfft.

»Moin, August«, Peter Kümmel stand vor ihm, »entschuldige die Störung – wir haben mit dir zu reden.« Neben Peter Kümmel stand sein Schwager Georg Redenius. Wiard Lüpkes war auch dabei.

»Tja«, meinte August kurz, »ehrlich gesagt, bin ich über so späten Besuch wirklich nicht begeistert, aber kommt kurz rein.«

»Kann sein, dass es ein bisschen länger dauert«, Wiard trat ein. Ihm folgten Schorsch und Peter Kümmel, und August hatte für einen Augenblick das Gefühl, dass Peter seinen Schwager geradezu ins Haus schieben musste. Schorsch sah aus, als habe er mindestens drei Tage gesoffen und kaum geschlafen.

»As'n dörschkeeten grau' Aat«, hätte sein Nachbar Manni dazu gesagt. Den Spruch von der ›durchgeschissenen grauen Erbse‹ brachte er bei von Festen und Feiern deutlich Gezeichneten immer wieder gerne an, allerdings mit wechselndem Erfolg.

Als die Männer das Wohnzimmer betraten und Henrike mit einem kurzen »Moin« begrüßten, fragte sie: »Ihr habt doch garantiert schon einen getrunken, was? So spät noch bei uns klingeln ... Ist etwa einer noch Auto gefahren? Ihr wollt jetzt aber nicht Doppelkopf spielen?« Auf ihrem Gesicht zeichnete sich ein gewisses Entsetzen ab.

»Nein, Henrike, keine Angst«, ergriff Wiard das Wort, »wir haben etwas extrem Wichtiges zu besprechen.«

»Das klingt ja nach einer echten Staatsaffäre«, erwiderte Henrike, »Ich geh mal ins Büro, habe keine Lust mehr auf irgendwelche Diskussionen, macht das mal allein. August, du weißt ja, wo die Getränke stehen.«

Doch Wiard hielt sie zurück: »Nee, Henrike, bleib mal hier. Es wäre wirklich gut, wenn du bei uns bist. Eine Zeugin mehr kann nicht schaden.«

»Zeugin?« Henrike machte ein erstauntes Gesicht.

»Ja, Zeugin«, schaltete sich Peter Kümmel ein, »hier wird ein Geständnis abgelegt werden. Zum zweiten Mal. Und morgen zum dritten Mal, bei Frau Itzenga«, der Blick, den er Georg zuwarf, war bitterböse, vielleicht eine Mischung aus Zorn und Verachtung. Schorsch hatte immer noch keinen Ton von sich gegeben. Er sah noch elender aus als zuvor.

»Klingt ja geheimnisvoll«, meinte August, dem klar war, dass der Besuch mit dem Deich zu tun haben musste. »Bier?«

»Nee, nix da Bier«, sagte Wiard schnell, »das hier muss im Vollbesitz aller noch verfügbaren geistigen Kräfte geschehen. Und mindestens einer hier hat in letzter Zeit genug Bier gehabt.«

Mittlerweile hatten sich alle gesetzt. Eine knappe Minute sagte niemand etwas. Um diese unerträgliche Stille zu beenden, ergriff Peter Kümmel das Wort: »So, Schorsch. Ich glaube, es ist an dir, etwas zu sagen.«

Alle sahen Schorsch Redenius an, bei dem es schien, als würde sein Gesicht von Minute zu Minute grauer.

»Kann ich doch ein Bier haben?«, waren seine ersten Worte an diesem Abend. Schweigend stand August auf, holte eine Flasche Jever und öffnete sie. Alle Augen richteten sich noch immer erwartungsvoll auf Schorsch Redenius. Der nahm zwei, drei kräftige Schlucke aus der Pulle. Atmete einmal kräftig durch, doch die graue Gesichtsfarbe blieb.

»Nun fang endlich an. Red schon!«, in Peters Zügen zeigte sich Wut.

»Peter, bleib ruhig«, ermahnte Wiard, »er wird schon erzählen.« Er sah Schorsch an. Dieser schluckte ein, zwei Mal, jedoch ohne Bier getrunken zu haben, und sagte dann fast beiläufig, als antworte er einem Bekannten, der nach dem Wetter fragt: »Ich war's.«

Schweigen.

Peter wurde ungeduldig, betonte jedes Wort: »Ein paar Erläuterungen würden denjenigen, die noch nicht alles wissen, schon helfen, dich zu verstehen.«

Wieder schluckte Schorsch.

»Ich habe geschossen.« Redenius machte eine Pause und flüsterte noch: »Am Deich.«

Mehr schien er nicht sagen zu können. Er bemühte sich, weiterzusprechen, doch es gelang ihm nicht. Er nahm erneut einen Schluck Bier.

»Verdammt, du erzählst jetzt diese ganze miese Geschichte, sonst ...«, Peter Kümmel war kurz davor, sich zu vergessen.

»Peter, halt dich im Zaum, sonst schmeiße ich dich raus«, versuchte Wiard die Situation unter Kontrolle zu halten. August und Henrike saßen staunend da und sagten nichts. Völlig vor den Kopf gestoßen. Nicht verstehend. Noch nicht.

Jetzt mischte sich August ein: »Du hast geschossen?! Du hast auf Lübbert Sieken geschossen?!« Er war geradezu paralysiert. Die Mienen und Reaktionen von Wiard und Peter besagten deutlich: Es stimmt, was Schorsch Redenius gerade gesagt hat. Keine Witze jetzt.

Und plötzlich sprudelte es aus Schorsch heraus: »Ja, Scheiße, ich war's. Ich war besoffen, besoffen wie ein Schwein, voll wie ein Amtmann. Passt ja, noch bin ich einer. Es war ein furchtbarer Abend ... ein weiterer dieser furchtbaren Abende ... ich hab's nicht mehr ausgehalten ...« Er schluckte wieder.

»Nun mal der Reihe nach«, August versuchte, zu

begreifen, »also, besoffen sein, furchtbarer Abend, das ist eine Sache, aber im Sturm in der Dämmerung am Deich sein und auf Bekannte schießen ... Warum?! Was hat Lübbert dir getan?« Noch hatte ihn die Erregung nicht gepackt, die kurze Zeit später bei dem Gedanken kam, dass ihm da nicht nur sein Skatpartner, sondern auch der potenzielle Mörder von Lübbert Sieken gegenübersaß. Und ob Lübbert überhaupt sein erklärtes Ziel gewesen war, war ja noch gar nicht klar.
Schorsch schien alle Kraft zusammenzunehmen: »Nichts ... Ich ... Ich habe doch neulich erzählt, dass ich stark auf die Nachfolge des Leiters unseres Amtes spekuliert habe. Wir haben ja auch über den Deich gesprochen. Der Chef und ich wussten, dass es Unregelmäßigkeiten beim Bau gegeben hatte. Wir haben das mit kontrolliert, waren ja Aufsichtsbehörde – und auch wenn ich nicht in der Kommission war, wusste ich doch alles über den Deich. Wir standen stark unter Druck, vor allem politisch. Der Landrat hatte uns die Hölle heißgemacht, wir sollten ja nicht zu pingelig sein mit unseren Kontrollen – der Deich müsse zum vereinbarten Termin fertig werden, die Verzögerungen, wegen der drohenden Insolvenz des Baukonsortiums, seien schon viel zu viel. Die Rechnungen müssten noch in diesem Haushaltsjahr beglichen werden, unbedingt, sonst würde der nächste Haushalt in die Hose gehen, bei den knappen Kassen. Es werde ohnehin wieder Kürzungen geben, vielleicht auch beim Küstenschutz, da wurde zwar noch beraten, wegen Klimawandel und so, aber dennoch. Vor

allem aber, das hat uns selbst überrascht, war der Herr Landrat aktienmäßig ganz gut im Geschäft bei dem größten Anteilseigner des Baukonsortiums. Er fürchtete um eine Menge Geld, in Euro kann ich das nicht beziffern, keine Ahnung, muss jedenfalls einige Kohle gewesen sein, die er investiert hat. Er wollte das Ganze vom Tisch haben, zumal der Termin zur Einweihung mit Bundestagsabgeordneten, regionalen Wirtschaftsvertretern und so weiter und so fort, eben den ganzen hohen Tieren, stand. Kein nochmaliges Verschieben, keine Pleiten mehr, im wahrsten Sinne des Wortes. Da hat mein Chef den Bericht eben so geschrieben, wie es für die gegebene Situation wohl das Beste war. ›Bin nächstes Jahr sowieso weg‹, sagte er immer nur.«

»Und hat dabei allerhand verschwiegen oder – anders gesagt – sämtliche Augen mitsamt der Hühneraugen zugedrückt«, ergänzte Peter Kümmel.

Schorsch zögerte, bevor er zugab: »Ja, so wird es wohl gewesen sein.« Er sprach weiter: »Ich habe das mit unterschrieben, mein Chef meinte, das sei nötig, und so gesehen habe ich euch angelogen, als wir darüber sprachen, bei Joke. Ich wusste und weiß viel mehr über den Deich. Ehrlich – mir war nie wohl dabei zumute!«

»Und die Schüsse? Was hat das mit den Schüssen zu tun?«, bohrte Henrike.

»Das ist schwer zu verstehen, ich begreife es ja selbst kaum. Da ist was mit mir durchgegangen.« Schorsch machte wieder eine Pause. »Ich möchte vorausschicken, dass ich das, was ich getan habe, zutiefst bedaure«, er nahm einen kräftigen Schluck Bier und flüsterte hinterher: »... aber nicht mehr ändern kann.«

»Allerdings nicht«, unterstrich Peter, und Wiard warf Schorsch einen bösen Blick zu. Dieser ergraute weiter.

»Ich bin Jäger«, fuhr er fort, »aber in den vergangenen Jahren habe ich vielleicht noch an ein, zwei Treibjagden teilgenommen. Früher habe ich oft gejagt. Hat mir Spaß gemacht und war, auch wenn das einige nicht verstehen, immer eine große Freude für mich. Gar nicht mal das Schießen selbst, mehr die Luft, die Gemeinschaft, das gute Verhältnis untereinander. An dem besagten Abend war ich zu Hause. Ich hatte einiges getrunken, habe ich in den vergangenen zwei Jahren viel zu oft getan. Was weiß man nicht alles und macht's dennoch falsch. Und ich hatte einen heftigen Streit mit meiner Frau gehabt. Genau an diesem Abend. Sie hatte schon verschiedentlich von Trennung gesprochen, aber mir diesmal die Pistole auf die Brust gesetzt. Also, damit – mit unserer Ehe – waren wir am Ende, und ich trage eine Menge Schuld daran, das weiß ich wohl. Ich wollte es nicht sehen, sie vielleicht auch nicht, aber an diesem Abend haben wir es plötzlich beide gewusst, ganz klar, dass unsere Ehe nun gänzlich dem Ende entgegenging. Aus, vorbei. Kein Interesse, kein Verständnis mehr füreinander. Jeder war seinen Weg gegangen, seitdem die Kinder aus dem Haus waren. An diesem Abend haben wir uns angeschrien, und das Einzige, was mir einfiel, war, dabei eine halbe Flasche Cognac zu leeren, die im Wohnzimmerschrank greifbar nahe gestanden hatte. Was die Sache immer schlimmer machte. Ist ja auch bescheuert ...« Schorsch schluckte wieder, sprach dann weiter und wurde zunehmend fahler. »Dann ist sie gegangen. Zu einer Freundin, in der Nachbarschaft. Die Tür hat sie zugeknallt mit den Worten ›viel Spaß beim Saufen‹ oder so ähnlich. Ich habe mir eine neue Buddel aus dem Keller geholt und in einem Zug halb geleert. Einfach so. Bekloppt. Aber so war's.« Schorsch Redenius stockte und starrte auf einen Punkt auf dem Wohnzimmertisch, an dem es rein gar nichts zu sehen gab.

»Weiter!«, drängte Kümmel.

»Plötzlich kam ich auf die Idee, auf Jagd zu gehen. Wie man so auf Ideen kommt, wenn man duhn ist. Ich habe bei der Arbeit ziemlich unter Druck gestanden, hatte die Berichte und Protokolle mit nach Hause genommen – von wegen lauer Beamtenjob, der Chef hat mir die Hölle heißgemacht –, ich sollte alle Berichte und Akten noch einmal durchgehen und dafür sorgen, dass nichts in irgendeiner Weise dem Amt angehängt werden könne. Und nun die Streitereien mit Margot. Haben uns angeschrien, immer heftiger, wegen irgendwelcher dusseligen Kleinigkeiten. Tat mir alles schrecklich leid, schon kurze Zeit später, aber so war's nun mal. Irgendwie war alles zu Ende, endgültig, Sackgasse. Unfähig, noch vernünftige Worte miteinander zu wechseln. Muss man sich mal vorstellen, sind beide doch nicht blöd, haben doch studiert, uns währenddessen kennengelernt, ich versteh's selbst nicht, wie es so weit kommen konnte.

Und dann die Geschichte mit dem Deich. Ihr müsst mir einfach glauben, ich fühlte mich rein gar nicht wohl in meiner Haut wegen des schludrig gebauten Deiches. Ich weiß nicht alles, aber ich hab die Nachtigall trapsen hören. Und ich wusste auch, dass ich zwei Möglichkeiten hatte: reden oder schweigen. Wie im schlechten Film. Nicht mal Schweigegeld habe ich genommen, nicht mal das, könnt' ich jetzt sagen ..., aber, das ist wahr, ich wollte Amtsleiter werden, unbedingt, koste es, was es wolle.«

Schorsch war verbittert, das Gesicht tiefgrau, starrte fortwährend auf den inhaltsleeren Punkt auf dem Stubentisch der Saathoffs. Konnte keinem in die Augen sehen. Ohne weitere Aufforderung redete er weiter: »Ich habe mein Gewehr geholt, Patronen waren auch noch da, und wollte einfach mal wieder am Deich auf Entenjagd gehen – eine Schnapsidee eben. Aber was tut man nicht, wenn man enttäuscht, verbittert ist, Angst und dazu noch reichlich einen in der Krone hat. Ich bin ins Auto, mir war egal, dass ich nicht mehr fahren durfte ... Wenn sie mir den Führerschein auch noch nahmen – was soll's, wer weiß, vielleicht hätte mich eine Nacht in der Zelle auch zur Besinnung gebracht.« Schorsch stockte wieder. Schluckte. Die Augen wurden feucht. So schien es zumindest.

»Da war noch mehr«, stichelte Peter.

»Dann bin ich zum Deich. Genau dorthin, wo

ich wusste, dass der Deich nicht in Ordnung war. Dort wollte ich Enten schießen, am nächsten Tag zubereiten. Ich kann das, Peter weiß es. Ich wollte Margot einladen, über alles noch mal reden ... Wenigstens eine Ente, nur eine, ein Erfolgserlebnis wäre das. Wenn's dann noch zum Gespräch käme ... Alles geradebiegen, vielleicht geht's ja noch. Saublöd, ich weiß, ich war besoffen, sonst gar nix ... Kann man kaum jemanden begreiflich machen, das alles.«

Längere Pause. Betretenes Schweigen.

»Meines Wissens ist es übrigens nur die Ostkrümmung, alles andere ist wirklich ordnungsgemäß gebaut oder ausgebessert worden. Mit der Flasche Corvit im Rucksack bin ich dann los, obwohl das Wetter immer schlechter wurde, aber irgendwie gefiel mir das in dieser Situation. Wenigstens dem Wetter konnte ich trotzen ... Mir war alles egal. Ich wollte niemanden sehen. Ich glaube, hätte ich eine Ente erwischt, ich wäre mit diesem Erfolgserlebnis nach Hause gefahren und hätte mich ins Bett gelegt, um am nächsten Morgen wieder fit am Arbeitsplatz zu sein, soweit möglich, nach so viel Schnaps. Ach, ... so ein Scheiß!«

»Aber bei dem Wetter waren natürlich keine Enten unterwegs«, warf Wiard ein. August lenkte seinen nahezu erstarrten Blick von Georg Redenius auf Wiard und dachte einen Moment, er sei wirklich und wahrhaftig in einem schlechten Film. Auch Henrike stierte unentwegt auf Schorsch Redenius. Träum ich oder wach ich?

Redenius war mittlerweile aschfahl im Gesicht,

es war nicht kalkweiß, es war aschfahl. Vielleicht eisgrau.

»Ich war also wohl zwei Stunden im Deichvorland unterwegs. Hatte den Corvit auf, keine Ente weit und breit. Die sind ja auch nicht blöd, bei dem Wetter ... Alles schwankte um mich herum, keine Ahnung, wie viel Promille. Eine Buddel Korn, eine halbe Pulle Cognac, ein paar Pils. Ich hatte mir gut einen genommen. Bin aber auch gut gewöhnt dran.«

Er sah – für einen Augenblick – Peter an, fast als wolle er sagen: »Und niemand hat's gemerkt. Oder zumindest nichts gesagt, nur gemunkelt, hinter meinem Rücken«. Dann sprach er weiter: »Egal. Nass bis auf die Knochen, zum Laufen beinahe zu duhn, auch egal. Scheißegal. Wohl wegen des Alkohols spürte ich die Kälte im Sturm nicht. Alles ging mir durch den Kopf: der Deich, meine Beförderung, meine Ehe. Alles war in Gefahr, nichts davon, nicht eines wenigstens, noch sicher. Alles entglitt mir, um alles musste ich mich kümmern, dazu kamen ... ach ... ich fühlte mich sauschlecht. Meine Ehe ging kaputt, oder war es schon ... na, jetzt ist sie's ...« Er stockte erneut, und August war, als schluckte er so sehr, um zu verhindern, dass er gleich heulte. »... Obwohl Margot noch gar nicht alle Einzelheiten kennt. Ihr seid die Ersten ... Irgendwann ging ich zurück zum Deich, ich war schon durch und durch nass, hatte meine guten Jagdklamotten zu Hause im Schrank gelassen. Es fiel mir auch schwer, überhaupt noch voranzukommen, obwohl ich einiges gewohnt bin. Es regnete so stark, der Wind, die Dämmerung, ich war total betrunken und sauer, weil auch die Jagd ein Misserfolg gewesen war. Und dann sah ich euch am Deich. Ich legte mich an die Böschung einer Grüppe, war egal, war ja schon nass. Schaute zu euch rüber. Einer hierhin, einer dahin, dann treffen, reden. Mir war – obwohl ich so besoffen war – natürlich völlig klar, was ihr da getrieben habt. Und ich wusste auch sofort, was das für mich bedeutete. Es hatte ja beim Kartenspielen wie auch davor und danach genügend Andeutungen gegeben. Ich wusste, dass ihr diejenigen sein würdet, die herausfänden, wie es um den Deich bestellt ist.« Georg leerte die vor ihm stehende Flasche Bier. »Und plötzlich bekam ich Angst. Ja, einfach Angst. Und wurde wütend. Angst vor der Zukunft, die plötzlich zunichte war. Meiner Zukunft, die es gar nicht gab. Nicht mehr gab. Das wurde mir klar. Und Wut auf mich selbst, ich hab's ja alles verbockt, na, fast alles – das mit dem Deich, da bin ich reingeschlittert, aber alles andere, das geht auf meine Kappe. Und die Wut hab ich in dem Augenblick auf euch übertragen. Soll keine Entschuldigung sein – aber so war's. Wenn ihr publik machen würdet, was hier am Deich los war, würde das meinem Chef den Posten kosten. Aber nicht nur dem. Ich saß ja mit im Boot, was sage ich, ich sitze noch ... Das hätte bedeutet: Ehe kaputt, Job weg – vielleicht vorzeitiger Ruhestand, bin ja Beamter, aber in heutigen Zeiten sicher nicht mehr mit voller Pensionsberechtigung – schließlich sind die Kassen leer. Zudem, na, beim Bund würde man sagen ›unehrenhaft entlassen‹, und die

Presse rauf und wieder runter, Deutschland, deine Staatsdiener, und so.« Er nahm einen Schluck Bier aus einer neuen Flasche, die August ihm hingestellt hatte – Wiard und Peter hatten ihm einen bösen Blick zugeworfen, aber ohne Bier gelang es Schorsch nicht mehr, weiterzureden. Jedenfalls war das Augusts Eindruck. Schorsch stellte die Flasche auf den Tisch. »Alles versaut. Keine Chance, wenn ihr da weitergemacht hättet ... Zumal ...«

»Ja bitte?«, provozierte Peter.

»Zumal mich noch ein weiteres Problem quält, für dessen Lösung die Beförderung meine einzige Chance gewesen wäre, weil die mir noch mal monatlich 600 bis 700 Euro, vielleicht 700 bis 800, gebracht hätte, je nach Beurteilung meiner sagenhaften Leistungen der letzten 20 Jahre durch den Vorgesetzten. Ein ganz schöner Batzen, rechnet mal in D-Mark. Und der Vorgesetzte hätte schon eine prima Beurteilung geschrieben – ich weiß ja allerhand.«

»Was für ein Problem?«, hakte Henrike nach.

Schorsch sprach ganz leise: »Ich habe Schulden. Und das nicht zu knapp.«

»Das auch noch ... Schulden, wieso Schulden?«, fragte August. »Nichts für ungut, aber Beamter und kein kleiner, gute und sichere Stellung, geregelte Arbeitszeit, beihilfeberechtigt – wie macht man denn da Schulden?«, wollte er wissen.

»Das habe ich mich auch gefragt«, warf Peter Kümmel ein.

Georg sah die anderen nicht an, er ertrug deren Blicke nicht. Er sagte, auf den Punkt auf dem

Tisch blickend: »Um es kurz zu machen: Ich hab's verjubelt«, und ergänzte: »Ich habe vor zwei Jahren angefangen zu spielen. In der Spielbank. Mit Margot lief ja eh nichts mehr – sie war immer öfter weg. Da bin ich mal nach Zwischenahn, mal nach Bentheim und habe gespielt. Habe Leute kennengelernt, endlich mal wieder Spaß gehabt. Zuerst ist es auch gut gelaufen. Und dann hat's mich gepackt. Bin auch öfter mittwochs hin, nicht nur am Wochenende – sind ja nur 80 Kilometer nach Zwischenahn und, was weiß ich, 180 nach Bentheim. Über die A31 schnell zu machen, gute CD hören, und dann mal schauen, ob's diesmal klappt mit dem großen Geld.« Schorsch starrte weiterhin auf den Punkt. Dann fuhr er niedergeschmettert fort: »Alles Illusionen. Habe immer mehr gesetzt – und immer mehr verloren. Meinen Dispo bei der Bank mehrfach überzogen, bis die gesagt haben, so ginge es nicht weiter. Mann. 20 Jahre guter Kunde und dann innerhalb kürzester Zeit zum bösen Buben geworden. ›Herr Redenius, wir müssen uns noch einmal unterhalten, ihr Kontostand ist desolat ...‹ Seit zehn Jahren ein und derselbe Berater. Und dann so was. Ja, ja, ich weiß. Was soll er auch machen ... Beim letzten Mal habe ich schon darüber nachgedacht, eine weitere Hypothek auf das Haus aufzunehmen. Aber dann brannte es mir wieder in den Fingern – noch mal in die Spielbank, diesmal musste es einfach klappen.«

»Spielsucht?«, fragte Henrike unvermittelt. Schorsch wollte oder konnte nicht antworten.

Peter sprang für ihn ein: »Sieht so aus, plus

Alkohol«. Er sah Schorsch wieder mit diesem scharfen Blick an. Sein Schwager. Mann, Mann, Mann ...

»Weiß nicht, auf jeden Fall auf dem Weg dahin«, murmelte Schorsch. Lange würde er nicht mehr sprechen können, das sah August ihm an. Er quälte sich, doch er sprach weiter, wissend, dass er keine Chance mehr hatte und das Einzige, was ihm noch helfen konnte, der Offenbarungseid in jeder Hinsicht war.

»An dem Abend dann, als ich euch sah, am Deich, nach dem Ärger mit Margot, mit der Lüge um den Deich im Kopf, mit den Spielschulden, von denen ich nach wie vor Margot gar nichts erzählt habe – sie hat auch nie groß gefragt, was ich eigentlich mache ... Mein Gott, die Kinder, wenn die all das erfahren ...« Schorschs Augen wurden feucht – August konnte das deutlich erkennen. »Ich war nass, es war kalt, ich war sturzbetrunken. Sah keine Zukunft – und hatte nicht eine Ente erwischt, also? Also auch als Jäger ... ein Versager. Obwohl ich ja wusste, dass das bei dem Wetter nicht erfolgreich sein konnte. Und plötzlich, ja plötzlich, war dann der Gedanke da: Wenn ihr das Geheimnis um den Deich lüften, wenn ihr damit an die Öffentlichkeit gehen würdet, wäre das nur eine Frage der Zeit, wann wir vom Amt mit drinsitzen, in der Scheiße. Dann wäre meine Beförderung dahin, und nicht nur das. Alles würde ans Licht kommen. Ich hätte höchstens noch nach Neuguinea auswandern können. Flüchten ... Doch wozu ... Ich habe nicht nachgedacht, konnte es gar nicht mehr, hab einfach grob in eure Richtung gehalten und abgedrückt ...«

Schorsch Redenius sackte in sich zusammen. Er hielt den Kopf gesenkt. Leises Schluchzen wurde von einem nahezu geräuschlosen, bitterlichen Weinen abgelöst. Einen Moment war es das Einzige, was zu hören war. Keiner sagte etwas, zwei, drei lange Minuten.

»Und der Steinwurf?«, fragte Henrike unvermittelt.

»War als Warnung gedacht.« Redenius hatte sich wieder besser im Griff. »Mann, ich war so blöd. Da war ich noch nicht einmal besoffen. Habe mein Auto am Deich abgestellt, mich über die Äcker zu Wiards Haus geschlichen. Wollte ihn nicht treffen, ganz sicher nicht, Wiard, bitte, das musst du mir glauben ... Wollte eine Scheibe einwerfen und hoffte, dass ihr aufhört. Mann, der Deich stand, das Ganze war abgeschlossen, alle Aufregung war dahin, alles war gefeiert worden. Nicht mal ein Jahr, alles wäre vergessen und ich auf dem höchsten Posten, den ich in meinem Leben hätte erreichen können. Ich dachte«, Redenius schluchzte wieder, dann räusperte er sich, »ich dachte, so eine Warnung würde euch Angst machen, dass ihr dann nicht mehr weiter versucht, dem Ganzen auf die Schliche zu kommen. Man kann so dumm sein, so dumm ...«

Es war August, ausgerechnet August, der plötzlich und unvermittelt aufsprang. Er riss Schorsch aus dem Sessel und schrie: »Du hättest Lübbert Sieken umbringen können! Oder Wiard!

Oder mich! Hörst du?! Umbringen! Töten! Und warum? Weil du Scheiße gebaut hast – nicht einer von uns – du, allein du! Und deshalb schießt du? Auf Menschen? Auf deine Skatbrüder? Was können wir dafür?! Du hättest zu uns kommen und um Hilfe bitten können! Mann, wir sind doch keine Unmenschen. Hätten helfen können. Scheiben einwerfen, am Ende fast jemanden umbringen! Mann, du Idiot, wir hätten dir doch geholfen ... Weißt du, was du im Grunde bist? Ein Mörder, Schorsch, ja! Du wolltest uns ... Was können wir dafür, wenn du Mist baust, bitte?! Was können wir dafür, wenn ...« Weiter kam er nicht. August hatte Georg Redenius an der Kehle gepackt und drückte zu. Schorsch röchelte. Henrike war zutiefst erschrocken – so hatte sie ihn noch nie erlebt, ihren ruhigen, besonnenen Mann. Sie, Wiard und Peter Kümmel sprangen fast gleichzeitig auf und packten August an den Schultern. Endlich ließ dieser von Schorsch ab. Der fiel rückwärts in das Sofa zurück, hielt seinen Hals vor Schmerzen, die Augen verquollen. Nun war auch das Graue aus seinem Gesicht verschwunden. Fahl. Fahler noch als Asche.

»Ich weiß, August, hättest ruhig fester zupacken können ...«, stammelte er völlig resigniert.

»August, hast ja recht, bin auch wütend, aber Schorsch an die Kehle zu gehen, hat auch keinen Sinn«, redete Wiard auf August ein. Henrike nahm vorsichtig dessen Hände. Er beruhigte sich langsam.

»Entschuldigung«, stammelte er nur.

Jetzt sah Schorsch ihn an: »August, ja, ich bin ein feiger Idiot. Ich hätte die Waffe gegen mich selbst richten sollen, nicht gegen euch ...«

Keiner sagte etwas, zunächst.

Dann war es Henrike, die aufsprang. Mit Wut in der Stimme schrie sie: »Blödsinn! So ein Blödsinn! Ihr Männer mit eurer Westernheldenlogik. Hier ist einer mit einem Riesenproblem auf dem Buckel. Klar, tut Dinge, die sind durch nichts zu entschuldigen, aber endlich hat er den Mut, alles zu sagen. Und ihr redet von Schießen, von Selbstmord und geht euch an die Kehle. So ein Schwachsinn. Wie die Urmenschen. Nix dazugelernt. Und solche Leute sollen unser Land voranbringen!«

Sie verließ das Zimmer und knallte mit der Tür. Nur Wiard hatte gesehen, dass auch sie feuchte Augen hatte. August sah ihr erschüttert hinterher.

26

Nach einiger Zeit betretener Stille, in der alle vor sich hingestarrt und ein ums andere Mal den Kopf geschüttelt hatten, war es ausgerechnet Schorsch, der als Erster wieder sprach, eher flüsterte: »Morgen geh ich zur Polizei. Ich werde alles erzählen. Ich versprech's euch. Meine Kraft ist dahin. Mehr kann ich nicht tun.«

»Nee, wohl nicht«, sagte August nur. Er wusste einfach nicht, was er sagen sollte. Ein Tee oder erst mal ein Schnaps. Das würde jetzt guttun, obwohl er sonst keinen Schnaps mochte.

In diesem Augenblick öffnete sich die Tür. Henrike kam herein. »Jetzt lasst uns bitte wie vernünftige Menschen miteinander reden«, sagte sie und stellte ein Tablett auf den Tisch, auf dem fünf Gläser Hochprozentiger standen. »Ich glaube, wir können alle einen kleinen Schluck gebrauchen.«

Wiard, Peter, August und Henrike hoben ihre Gläser, August sagte kaum hörbar »Prost«, dann kippten sie den eiskalten Klaren herunter. August dachte einen Augenblick an Telepathie und warf Henrike einen warmen Blick zu. Sie erwiderte ihn nicht.

Schorsch trank nichts. Er saß da und starrte auf den unsichtbaren Punkt. Er war das Einzige, was ihm noch Halt zu geben schien. Wie nun weiter?

Betroffen ergriff Peter Kümmel das Wort: »Ich kann es immer noch nicht glauben. Und mir hat er nichts von all dem erzählt – nichts. Da kann man mal sehen, wie man nebeneinander herlebt, ohne auch nur das Geringste voneinander zu wissen. Ich habe immer schön bei der Bezugsgenossenschaft gearbeitet und er auf dem Amt. Alles paletti. Jeder hatte ein Bild des anderen im Kopf, und dann stellt man nach Jahrzehnten fest, dass das gar nicht stimmt, dass sich alles geändert hat, dass nur der Schein noch alles zusammenhält, wenn überhaupt. Und man hat's dennoch immer geglaubt. Ist doch verrückt, was? Aber eine Entschuldigung gibt es nicht. Nicht dafür, das ist zu weit gegangen, bei Gewalt hört der Spaß auf, Schorsch, August hat recht, Du hättest einen von ihnen umbringen können ...«

Er kam nicht weiter. Unter heftigem Schluchzen erhob sich Georg Redenius, richtete sich mühsam auf, sah mit einem plötzlichen Aufblitzen in den Augen in die Runde und schrie: »Ich weiß es doch, hört doch auf mit euren klugen Sprüchen ... Ich kann es nicht mehr hören! Rührt doch nicht noch mehr darin rum! Nun ist es passiert! Ich habe alles verspielt, in jeder Hinsicht. Scheiße, ja, ich war es, ich, niemand anders ... ich weiß. Sagt mir, was ich tun soll, aber hört auf mit dem Gesülze. Lasst mich zufrieden, ihr Klugscheißer ...« Er gab August einen heftigen Stoß, der taumelte zur Seite, Schorsch stürzte hinaus.

August wollte hinterher, aber Peter riet, geschockt von der heftigen Reaktion: »Lass ihn – der läuft nicht mehr weg. Er ist lang genug vor sich selbst weggelaufen. Er hat's eingesehen. Fühlt sich nicht mehr wohl in seiner Haut, wie auch? Aber er wird das alles noch einmal vor Frau Itzenga wiederholen müssen. Ich kann und ich werde ihn da nicht schützen. Wie auch? Er kann sich nur selbst helfen, indem er zu ihr geht. Aber das hat er auch begriffen, glaube ich. Ein umfassendes Geständnis abzulegen, ist seine Chance – Lübbert lebt ja, zum Glück. Schorsch hat immer geglaubt, es wird schon werden, auch als er längst hätte begreifen müssen, dass es keinen Ausweg mehr gab. Hatte da seine eigene Konstruktion und dachte wohl, alles wird gut. Pustekuchen. So naiv kann keiner sein, und doch war er es. Ist wohl menschlich. Wer gibt schon gerne zu, dass er am Ende ist? In einer solchen Situation kann man sich wohl nicht vorstellen, dass man da jemals wieder heil rauskommen könnte. Aber da Lübbert lebt, hat Schorsch noch eine Chance. Es gibt immer eine Chance. Wir können ihm helfen. Na, das ist im Moment nicht wichtig. Allein konnte er das schon lange nicht mehr packen, hat wohl auch immer mehr getrunken, zuletzt. Dabei hat er den Karren immer weiter in den Dreck gefahren. Klassisches Beispiel.«

»Ein klassisches Beispiel gibt's nicht«, sagte Henrike leise, »jeder ist mit sich und seiner Geschichte einzigartig – pauschales Urteil nicht möglich.«

Alle nickten verzagt. Es war schwer, darauf etwas zu entgegnen. Der Schock über Redenius' Geständnis saß ihnen in den Gliedern.

»Er wird bestraft werden«, warf Wiard schließlich ein, »vielleicht muss er ins Gefängnis.«

»Unsinn. Dafür kommt er doch nicht in den Knast. Das warten wir mal ab. Ein Geständnis wird morgen oder – je nachdem – noch heute sich mildernd auswirken, denke ich mal«, versuchte Peter Kümmel zu beruhigen, allen voran sich selbst. Auch er sah nun nicht so frisch aus, wie man ihn eigentlich kannte.

August ertappte sich bei der Frage, ob sie vielleicht etwas falsch gemacht hatten. Ihm wollte keine zufriedenstellende Antwort einfallen. Er sagte nur: »So ein Mist!« Und noch mal: »So ein verdammter Mist!«

27

»Nein«, bestand Schorsch Redenius auf dem, was er seiner Meinung nach nun schon in verschiedenen Versionen mehrmals erläutert hatte. »Nein, ich kann Ihnen überhaupt nichts dazu sagen, nichts und nochmals nichts.«

»Aber Sie haben doch selbst zugegeben, dass Sie von den Unregelmäßigkeiten beim Deichbau wussten. – Ihr Chef und Sie, Sie haben doch eng zusammengearbeitet, Sie waren doch die ... na, die Aufsichtsbehörde. Da können Sie mir doch nicht erzählen, Ihr Chef habe keine Namen genannt!« Tanja Itzenga sah Redenius eindringlich an.

»Hat er tatsächlich nicht. Wissen Sie, was er gesagt hat, immerzu? ›Redenius‹, hat er gesagt, ›Sie merken sicher, dass hier nicht alles so läuft, wie es laufen sollte – aber was sollen wir tun? Wir sind eine Fachbehörde. Nicht mehr und nicht weniger.‹ Da haben wir unsere Pflicht getan – haben auf Mängel hingewiesen, und sie sind behoben worden. Fertig. Mehr brauchen Sie und ich nicht zu wissen. Und dann hat er hinzugefügt: ›Außerdem bin ich nächstes Jahr weg hier. Also, was soll's.‹ So, Frau Hauptkommissarin, genau so ist es gelaufen, genau so. Ich habe nicht die geringste Ahnung, ob er mehr wusste, als er mir gesagt hat, mag sein. Aber ich weiß es nicht. Und das, was ich weiß, war schon zuviel, aber das habe ich Ihnen doch schon alles erklärt. Und unsere Berichte sind korrekt – lesen Sie sie doch ... Wir haben uns natürlich auf das Urteil anderer verlassen, was sollten wir auch sonst tun? Da gab es das Büro, das hat eine Bewertung abgegeben, die wir als Grundlage genommen haben. Sollen wir selbst im Deich buddeln und schauen, ob die Kleischicht dick genug ist für einen zu erwartenden Wasserstand und Wasserdruck von, was weiß ich wie viel, unter den Bedingungen eines 100-jährigen Hochwassers, das den Berechnungen irgendwelcher Computersimulationen entspringt?«

»Nein, Sie sollen sicher nicht selbst buddeln. Aber, Herr Redenius, wenn Sie ein wenig mehr sagen würden, könnte das das Urteil zu Ihren Gunsten beeinflussen. Wir sind auf der Suche nach den eigentlichen Drahtziehern, die Steuergelder verschleudert haben, weil sie aus purer Gewinnsucht schlicht und einfach weniger geliefert haben, als das, wozu sie sich vertraglich verpflichtet hatten.«

»Frau Hauptkommissarin, lassen Sie es. Ich will ja, ich habe nichts mehr zu verlieren, das wissen Sie so gut wie ich. Ich habe gespielt, ich habe gesoffen. Da mag ich mich unglaubwürdig gemacht haben. Ich habe alles verloren, was mir etwas bedeutet hat. Meine Arbeit, meine Frau, meine Familie. Habe Scheiße gebaut, bin dumm gewesen, dusselig, bis hin zur Kriminalität. Verurteilen Sie mich, ich hab's verdient. Aber trotzdem: Heute, jetzt, hat sich etwas verändert. Ich bin mir darüber bewusst geworden. Ich weiß, dass es keinen Sinn hat, wegzulaufen.«, Redenius schluckte, »… ob ich nun etwas mehr oder weniger aufgebrummt bekomme, ist mir egal … Und Sie können mir glauben, dass ich Ihnen gerne helfen würde. Aber alles, was ich weiß, habe ich gesagt. Ich bin Ihrer Meinung, da gibt es noch einige, die mit dem Pfusch eine Menge Geld verdient haben. Aber wissen Sie, was ich glaube? Die sind längst weg – zumindest das Geld ist futsch. Heutzutage macht man das doch so geschickt, Geld hier waschen, Geld dort waschen, Transaktion hier, Transaktion da, erst auf diese, dann auf jene Bank, in die Schweiz oder Liechtenstein, dann zurück nach Deutschland, investieren, verlieren, Letzteres aber nur vordergründig, in Wirklichkeit aus irgendeinem Pleitegeschäft noch dick Kohle abziehen und dann ab nach Basel oder Monaco oder auf die Seychellen, ach, was weiß ich, es ist mir so schnurzpiepe, wissen Sie, so egal …« Redenius sackte in sich zusammen und nahm erneut diese graue Farbe im Gesicht an wie während des Geständnisses in August Saathoffs Wohnzimmer. Dann fügte er hinzu: »Das Einzige, was mir jetzt noch hilft, ist, mir die Wahrheit einzugestehen. Ich will's, Frau Itzenga, noch einmal versuchen. Das bin ich wenigstens meinen Kindern schuldig. Ich habe nichts davon, es weiter zu vertuschen …Bitte, das müssen Sie mir glauben.«

Pause.

»Und jetzt«, fügte Schorsch Redenius hinzu, »würde ich gerne eine Tasse Tee trinken. Wenn's geht. Ich würde sogar einen aus einem Teebeutel nehmen.«

»Anderen haben wir hier auch nicht, obwohl wir in der Hauptstadt Ostfrieslands sitzen ...« Etwas genervt verließ Tanja Itzenga den Raum im Hauptkommissariat, in dem Redenius nun schon einige Male angehört worden war. Itzenga sprach, was Redenius wunderte, von ›anhören‹, nicht von ›verhören‹. Ulfert Ulferts hatte die meiste Zeit schweigend danebengesessen und würde das Verhör fortsetzen, sobald Redenius seinen Tee erhalten hatte. Ulferts war sich allerdings bewusst, dass dies keinen Sinn mehr hatte, und fragte sich, ob er seiner Vorgesetzten nicht den Vorschlag machen sollte, Redenius einfach nach Hause zu schicken. Der würde nichts mehr anstellen – er hatte zu viele echte Mörder, Verbrecher und Gewalttäter gesehen. Dieser Mann brauchte Hilfe, sonst gar nichts. Vielleicht begann er auch gerade, sich selbst zu helfen. Es sah danach aus. Aber Tanja Itzenga wollte mehr, als nur diesen Fall lösen. Sie wollte der ganzen Sache auf den Grund gehen.

»Da gibt es einen Sumpf trockenzulegen«, hatte sie ihm gestern Morgen erst zugeraunt.

»Tanja, verrenn dich nicht«, war sein Rat gewesen, während er ihr eine Tasse Tee in die Hand drückte, den Beutel noch drinhängend.

»Hab mal keine Angst, Ulfert«, hatte sie abgewehrt, sich umgedreht und an den Schreibtisch gesetzt. Der Tee stand zwei Stunden später noch immer dort. Kalt, mit einem aufgeblähten Teebeutel darin. Der zerfiel, als Ulferts die braune Brühe ins

Waschbecken kippte. Mit der Hand versuchte er bei laufendem Wasser, die Teeblätter in den Abfluss zu lenken.

Am nächsten Tag wurde klargestellt, dass im Fall Georg Redenius weder Verdunkelungs- noch Fluchtgefahr bestand, jedenfalls war das die einhellige Einschätzung beinahe aller Beteiligten. Tanja Itzenga war anderer Meinung, musste sich aber der Anordnung von höherer Stelle beugen. Angeblich hatte sich der Polizeipräsident persönlich in die Sache eingeschaltet. Ulfert Ulferts versuchte, seiner Chefin klarzumachen, dass es so am besten war. Sie bestand jedoch auf ihrer Meinung und wollte weitere Informationen zu dem Deichskandal sammeln. Zwei Gespräche hatte sie mit dem ehemaligen Amtsleiter Christian Evers, Redenius' Chef bei der Küstenschutzbehörde, geführt, doch dieser hatte sich mehr als verstockt gezeigt.

Als sie das direkt an das Verhörzimmer angrenzende Büro betrat, stand plötzlich Konrad Eilsen vor ihr. Sie erschrak geradezu. Konrad Eilsen war nun seit knapp drei Jahren Polizeipräsident und auf dem Höhepunkt seiner Karriere angelangt. »Glückliche Ehe, jedenfalls nach außen hin«, wie Ulfert Ulferts mal beiläufig in der Besprechungsrunde angemerkt hatte. Zwei erwachsene Kinder, beide studierten, der Sohn in Heidelberg, die Tochter in München. Tolles Haus am Norderneyer Weg, in der besseren Wohngegend. Er war 49 Jahre alt.

»Tag, Frau Hauptkommissarin«, begrüßte er Itzenga und fuhr gleich fort: »Ich habe erfahren, dass

Sie den Fall Sieken, diese Deichangelegenheit, gelöst haben. Na, meinen Glückwunsch. Aber was treiben Sie da nun noch? Der Fall ist gelöst.«

»Das sehe ich etwas anders, Herr Eilsen. Ich denke, da gibt es noch einiges aufzudecken. Redenius ist nicht nur Täter – er ist, in gewisser Weise, auch Opfer. Und wo es ein Opfer gibt, da gibt es auch Jemanden, der es dazu gemacht hat. Ich würde Redenius gerne noch einmal verhören, er weiß mehr, als er sagt.«

»Frau Itzenga, der Fall Sieken ist gelöst. Was gibt es da noch zu verhören?«

»Was heißt gelöst? Es gibt gerade einen, der in einer wahrscheinlich großen Geschichte aufgeflogen ist, weil er eine Riesendummheit begangen hat. Gut, vielleicht auch mehrere. Aber er kann uns Hinweise darauf geben, wer die Hintermänner dieser Deichgeschichte sind.«

»Deichgeschichte, Frau Itzenga, ich bitte Sie, wir sind hier nicht für Deichgeschichten zuständig, sondern für Verbrechen, Mord und Totschlag ...«

»Aber eben auch Verbrechen. Das ist doch wohl ein Verbrechen, wenn auf Steuerzahlers Kosten Gelder in Millionenhöhe in Löchern verschwinden, die im Moment leider noch unergründbar sind – der Schuss von Herrn Redenius hat den Stein nur ins Rollen gebracht. Wir müssen das Ganze doch mal von ganz unten aufarbeiten. Das Baukonsortium ist nur vordergründig pleite gegangen, dahinter gab es ein Netzwerk von Beteiligten, die auf geschickte Art so spekuliert und gemanagt haben, dass staatliche Gelder in ein Unternehmen fließen konnten, das schon marode war, bevor es den Deichbau überhaupt begann. Da gab es niemanden, der wirklich Interesse an einem stabilen Deich hatte. Der Bau war schon wesentlich teurer als geplant, und es steht jetzt fest, dass nochmals allerhand Geld in die fälligen Reparaturarbeiten gehen wird ...« Itzenga kam nicht weiter, denn Eilsen unterbrach sie recht forsch.

»Frau Hauptkommissarin Itzenga«, sagte er stocksteif, »das mag ja alles sein, auch wenn es mir sehr nach Ihrer ganz persönlichen Theorie klingt. Wichtiger ist aber, dass ich Sie darauf hinweisen darf, dass Sie sich in Gebiete vorwagen, die nicht in unseren Arbeitsbereich fallen. Es gab einen Schuss, dabei hätte jemand verletzt oder gar getötet werden können, nämlich die Personen, die sich zu diesem Zeitpunkt auf dem Deich aufhielten, wenn auch illegal. Zum Glück war's kein Volltreffer, und der Schuldige hat gestanden. Klare Sachlage, Fall gelöst. Das war's für uns, würde ich mal sagen, bitte verstehen Sie mich richtig: Das war's mit dem Fall Sieken.« Eilsen hatte ein überlegenes Lächeln aufgesetzt.

»Und den Rest, die eigentliche Ursache, Herr Präsident, die können wir doch nicht einfach vergessen?!«

»Wir können nicht nur, wir müssen.«

»Aber zur Aufrechterhaltung von Recht und Ordnung ...«

»Eben dafür sind wir zuständig, für mehr nicht. Und das haben wir – haben Sie, Frau Itzenga, um genau zu sein, geleistet. Nochmals Glückwunsch dazu. War ja Ihr erster Fall hier an der Küste. Nun fehlt nur noch Ihr Bericht. Liefern Sie den, ich zeichne ihn ab.«

»Und das Recht?«

»Sie haben Ihren Beitrag zur Rechtsfindung geleistet. Alles andere überlassen wir mal getrost den zuständigen Institutionen, vor allem den Juristen. Wir haben dem Recht zur Geltung verholfen, indem wir aufgeklärt haben, wie sich ein versuchter Mord zugetragen hat. Gott sei Dank nur ein versuchter. Die Richter werden entscheiden, ob Herr Redenius ins Gefängnis kommt, oder nicht. Wir haben zur Aufklärung des Falles und damit zur Rechtsfindung beigetragen. Letztlich war es ja doch ein recht einfach gestrickter Fall ... nicht wahr, Frau Itzenga ... aber besser ein einfacher Fall, als dass eventuell die Medien noch aufmerksamer werden. In der Presse hat schon viel zu viel gestanden. Und vieles – da müssen Sie doch auch zustimmen – war dabei reine Spekulation. Da wird ganz schnell über verdiente Wirtschaftsvertreter und Politiker der Region hergezogen, als seien die die Verbrecher ... Und so ist das ja nun nicht – da dürfen wir nicht auch noch Öl ins Feuer gießen, Frau Itzenga, das ist nicht unsere Aufgabe, im Gegenteil.«

Tanja Itzenga fühlte eine Mischung aus Enttäuschung und Wut. Sie merkte, dass sich der Polizeipräsident auf keine weitere Diskussion einlassen würde. Sie wagte einen letzten Versuch:

»Also, Redenius, der ist doch eher bedauernswert. Und er ist doch nur der Sündenbock, in gewisser Weise jedenfalls. Da steckt viel mehr dahinter, da sind dunkle Machenschaften im Spiel, das Baukonsortium, eine Fast-Pleite, da sind Politiker mit Managern verstrickt, da bin ich mir sicher. Herr Redenius, oder der Fall Sieken insgesamt, ja, der ist nun gelöst. Aber müssen wir nicht versuchen, das *Ganze* aufzuklären?«

»Das *Ganze*, wie Sie es nennen, scheint mir eher in ihrem Kopf als in der Realität existent zu sein. Und selbst wenn es so wäre, wie Sie sagen, liebe Kollegin, es ist – ich sage es nun zum letzten Mal – nicht Ihr Job, das herauszufinden. Sie sind nicht beim Geheimdienst. Sie sind Beamtin im Polizeidienst ... Überlassen sie das Spekulieren um wirtschaftliche oder politische Spielereien anderen. Sie sind als Hauptkommissarin für andere Dinge zuständig, und wenn Sie wollen, kann ich Ihnen das auch schriftlich geben – das wäre mir aber unlieb, schließlich sind Sie noch nicht lange hier, und es hätte den Anstrich einer Belehrung über Rechte und Pflichten. Das haben Sie doch nicht nötig, Frau Itzenga«, sagte Eilsen kurz und bestimmt. Das Lächeln, das er kurze Zeit später aufsetzte, fand Tanja Itzenga zum Kotzen (aber das dachte sie nur). Ihr war klar, dass sie keine Chance mehr hatte, denn ihr Chef ließ keine Widerworte zu und sah das Gespräch als beendet an: »Ich erwarte Ihren Endbericht morgen Nachmittag bis 17 Uhr. Der Fall Sieken ist so gut wie geschlossen. Nur darum geht es hier. Es gibt weder einen Deichfall noch eine Deichgeschichte für uns. Der Fall ist aufgeklärt und wird nächste Woche ad acta gelegt – mit meiner Abzeichnung Ihres Berichtes, Frau Hauptkommissarin.« Polizeipräsident Eilsen bekam einen leicht roten Kopf und hatte ›Frau Hauptkommissarin‹ in einer Weise betont, die Tanja Itzenga deutlich zeigte, dass sie drauf und dran war, es sich mit ihrem Vorgesetzten zu verderben. In diesem Moment hatte sie sogar große Lust dazu, doch sie wusste auch, dass sie es nicht zu weit treiben durfte. Sie war Polizistin und damit einer Hierarchie unterworfen, die sich hier nun einmal darin ausdrückte, dass der Präsident das letzte Wort hatte. Und wenn man wenigstens Informationen weiterreichte?

»Meinen Sie nicht, man sollte wenigstens Kollegen in anderen Dienststellen aufmerksam machen, oder ...« Tanja Itzenga versuchte es vorsichtig, mit versöhnlicher Stimme.

»Nein, das meine ich nicht!«, kam es unvermittelt zurück. »Machen Sie hier nicht irgendwelche Dienststellen, die Presse oder wen auch immer scheu. Das gibt alles nur Ärger – und ich will keinen Ärger. Basta.«

»Nein, sicher nicht. Wer will das schon ...«

»Na sehen Sie, Frau Itzenga, ich freue mich, dass Sie zur Vernunft kommen. Geben Sie mir den Bericht bis 17 Uhr, morgen. Oder von mir aus auch Montag. Bitte keine Eigeninitiativen mehr, denn das würde bedeuten, dass ich Ihr Verhalten klar als Kompetenzüberschreitung werten müsste. Kompetenzüberschreitung ist nicht gut für Ihre Karriere. Aber da sie nun zustimmen, kann ich natürlich darüber hinwegsehen.«

Der Polizeipräsident verließ das Zimmer. Gerne hätte er die Tür geknallt, unterließ es dann aber doch.

Tanja Itzenga dachte nur: Arschloch!, sagte aber nichts. Sie hatte auch nicht bemerkt, dass Ulfert Ulferts mittlerweile aus dem Verhörraum (oder ›Anhörraum‹?) gekommen war, offenbar hatte er Georg Redenius schon nach Hause geschickt.

»Hauptsache, er hängt sich nicht gleich wieder an die Flasche, da scheint er ja immer auf dumme Gedanken zu kommen und das bedeutet nur Arbeit für uns«, meinte Ulferts trocken, ganz Polizist.

»Ich habe dich gar nicht gesehen«, waren ihre ersten Worte.

»Na, herzlichen Glückwunsch«, sagte Ulferts nur, »du hast dich wohl nicht gerade beliebt gemacht bei deinem neuen Chef …«

»Er ist im Unrecht … Und jetzt?«

»Lassen wir's.«

»Aber wer soll denn in diesem Land etwas aufklären, wenn nicht wir?«

»Wir klären Morde auf, andere klären anderes auf.«

»Wer's glaubt, wird selig …«

»Selig werden auch die, die sich die Taschen voll Geld gepackt haben und jetzt plötzlich nichts mehr von der Deichgeschichte wissen wollen.«

»Ich weiß nicht, ich glaube, sie werden es eben doch nicht. Außerdem: Gibt's da welche? Das ist ja meine Vermutung, eigentlich vermuten es alle … Jeder behauptet: ›Na, dahinter steckt doch etwas ganz anderes.‹ Aber was, das weiß keiner. Wie auch, wenn niemand es systematisch untersucht und die Zusammenhänge ans Licht bringt.«

»Die Leute gibt es. Das Baukonsortium war nur ein Dach für das ganze Unternehmen – unter dem Baufirmen mit bekannten Namen zusammengefasst waren. Auch Aktiengesellschaften waren involviert. Und weißt du, wer bis vor zwei Monaten Aktionär bei einer der größeren Baufirmen war, die sich an diesem Konsortium beteiligt hat?«

»Ich habe keine Lust mehr auf Ratespiele. Im Moment habe ich zu gar nichts Lust. Nun sag schon ...«

»Der eine hieß Christian Evers.«

»Redenius' Chef?«

»Sag ich doch.«

»Und es gibt noch einen anderen?«

»Mit dem hast du eben gesprochen ... Der mit der Kompetenzüberschreitung.«

»Nein ...!«

»Doch. Ganz exakt.«

»Das glaube ich nicht!« Tanja Itzenga sah für einen Augenblick ehrlich bestürzt aus.

»Redenius hat mir eben davon erzählt, aber erst, als der Rekorder ausgestellt war. Aber es ist alles völlig legal. Wir können ja auch Aktien kaufen, wenn sie am Markt angeboten werden. Was können wir dafür, falls in den ›oberen Etagen‹ krumme Geschäfte gemacht werden? Wenn man die Gesetze kennt, weiß man auch, wie man sie umgehen kann. Redenius bat mich, es nicht weiterzusagen, es sei ein privater Hinweis.«

»Darum drängt Eilsen darauf, dass ich den Fall abschließe ...«

»Ich sage nicht Nein, ich sage aber auch nicht Ja. Ich könnte mir auch denken, dass andere, die kein besonderes Interesse am weiteren Hochkochen der Geschichte haben, ihn ein wenig geimpft haben. Vorgestern war ein Empfang bei der Industrie- und Handelskammer, da gab's sicher Gelegenheit, bei einem Gläschen Sekt zu plaudern ... Andererseits hat Eilsen recht – wir sind nicht zuständig. Vielleicht stimmt's ja auch gar nicht.«

»Hattest du auch Aktien?« Tanja Itzenga sah ihren Kollegen ungläubig an.

»Nein«, Ulferts lachte, »aber deine Verdächtigung zeigt, dass du eine gute Polizistin bist, gehst jedem Wink nach. Selbst bei einem Freund ...«

»Das müssen wir öffentlich machen, das würde doch hochgehen wie eine Bombe ...«

»Wir haben Vermutungen, keine Beweise, Tanja. Und ohne Beweise läuft gar nichts. Wie gesagt, zu beweisen, dass da etwas nicht legal war – vergiss es! Schau dir doch die Ackermanns, Essers und Hartzens an – war alles legal, weitgehend jedenfalls. Und der Rest wird auf der linken Arschbacke abgesessen – aber im Liegestuhl des Hauses auf Ibiza, nicht im Knast. Das wissen wir doch besser als jeder andere. Aber wozu gibt's die Schweigepflicht ... Außerdem sind wir keine Sensationsreporter. Beweise sind etwas anderes, und ich fürchte, dass alle, die irgendwie mit drinsaßen, die vergangenen Wochen und Monate gut genutzt haben, um aus dem Boot auszusteigen ... Nachweise nicht mehr vorhanden. Nichts gewusst. Nichts Illegales unternommen. Gutgläubig gehandelt. Im Sinne der Region, zur Unterstützung des Küstenschutzes, für die Menschen, niemals gegen sie. Schließlich haben viele Arbeit gefunden, wenigstens zeitweise. Das soll schlecht sein? ›Frau Hauptkommissarin, Sie wissen doch, wie es wirtschaftlich um die Region steht, nun haben Sie sich mal nicht so …‹ Weißte Bescheid? Wir haben keine Chance, Tanja, und wir sind nicht zuständig. Das ist so, wo der Chef recht hat, hat er recht.«

Tanja Itzenga schwieg eine Weile. Dann sagte sie: »Nicht zuständig. Du bist mir ein echter Beamter …«

»Bin ich, kann ich auch nicht ändern, wird man hier in diesem Laden halt. Hat Vor- und Nachteile. Ich wäre lieber Beamter in einer Küstenschutzbehörde, da scheint mir das mit den geregelten Arbeitszeiten besser zu klappen als bei der Polizei«, meinte Ulferts lapidar.

»Das ist doch auf Dauer stinklangweilig.« Tanja Itzenga schaute Ulferts in die Augen und fügte hinzu: »Also schließen wir die Akte, außer Spesen nix gewesen …«

»Sieht wohl so aus«, stimmte Ulferts zu.

»Dann beginne ich mal den Bericht.« Sie wandte sich ihrem Schreibtisch zu.

»Tanja?«
»Ja?«
»Es ist gleich 19.30 Uhr.«
»Und?«
»Da schreibt man keinen Bericht – schon gar

nicht als Beamtin«, er lachte, »außerdem machen wir seit Wochen Überstunden, und das bezahlt uns niemand.«

»Überstunden ... ich zähl' schon gar nicht mehr ... Und was wäre die Alternative zum Berichtschreiben?«

»Ein Bier trinken gehen.«

Tanja Itzenga schwieg erneut eine Weile. Dann sagte sie: »Endlich eine gute Idee von dir, Ulfert«, und holte ihre Jacke.

28

Berücksichtigend, dass Lübbert Sieken letztlich nur eine mittelschwere Verletzung davongetragen hatte, eine, die nach wie vor schmerzte (»Ich weiß zwar auch so, wie das Wetter wird, aber meine Schusswunde tut erst richtig weh, wenn so'n ordentliches Tiefdruckgebiet aus Richtung Schottland auf uns zukommt.«), war Georg Redenius die tragische Figur in der Deichgeschichte.

Lübbert Sieken meinte: »Er hat zwar geschossen, aber trotzdem tut mir der Kerl irgendwie leid.«

Unumgänglich war, dass Redenius' Chef Evers seinen Sessel räumen musste und bei Kürzung der Pensionsansprüche um 20 Prozent unmittelbar, und nicht erst in einem Jahr, in den Ruhestand versetzt wurde. Diese Entscheidung war behördlicherseits gefallen. Vielleicht war die Situation gar nicht so unwillkommen, denn die öffentlichen Kassen waren leer, die neue Regierung klagte über den Scherbenhaufen, den die alte hinterlassen habe, und hier bot sich eine Chance zu sparen. Der Grund dafür waren also weniger die Verfehlungen, die schon nach kurzer Zeit niemanden so recht mehr interessierten.

Als Nachfolger, so war von der Bezirksregierung zu hören, war ein externer Verwaltungsfachmann vorgesehen. Die Stelle sollte schon bald ausgeschrieben werden, das war gesetzlich gefordert, dann sollte jedoch ein bestimmter Vertreter mit entsprechendem Nachdruck in dieses Amt befördert werden, um »in Zukunft ähnliche Vorgänge absolut auszuschließen«, wie der Regierungspräsident im Interview betonte. Der hatte sich jedenfalls betont schockiert gezeigt über die Unregelmäßigkeiten beim Deichbau, die ja nun »Gott und unserer Polizei sei Dank« behoben waren. (Ob er Aktien des Baukonsortiums besaß, erwähnte er dabei nicht, er wurde aber auch nicht danach gefragt.)

Die Bevölkerung war angesichts der vielen Ermittlungen der letzten Wochen sensibilisiert, und es gab mittlerweile Viele, die etwas wussten oder es zumindest glaubten. Angesichts der anstehenden Fußballweltmeisterschaft wurde in der Gerüchteküche mit nachlassender Intensität gekocht. Mehr und mehr interessierte der gegenwärtige Zustand der Nationalmannschaft, und wieder einmal stieg die Anzahl der Bundestrainer im Land tagtäglich schwindelerregend an.

Die Überschriften in den Zeitungen waren zumeist mit einem Fragezeichen versehen – Genaues wusste man nicht, und es war offenbar kaum möglich, die ganze Wahrheit ans Licht zu bringen. Halbwahrheiten aber reichen in der Rechtsprechung nicht aus. Die Leserbriefseiten waren über Wochen gefüllt mit mehr oder weniger qualifizierten Kommentaren.

August Saathoff, Wiard Lüpkes, Peter Kümmel und Lübbert Sieken sahen sich allerhand

Presserummel gegenüber. Es fuhren Zeitungs-, Funk- und Fernsehteams durch den Polder, deren Existenz sie nicht einmal erahnt hatten. Das bezog sich auch auf die unüberschaubare Vielzahl von Sendern und Programmen – Lübbert Sieken meinte:

»Wenn ich die noch alle hören und sehen sollte, jedes Programm nur einmal, dann muss ich wohl 120 Jahre alt werden.«

»Lohnt nicht«, hatte Wiard geantwortet, »auf mindestens 85 Prozent der Fernsehkanäle kommt eh nur Müll.«

August wurde zwar auch immer wieder angerufen, und mehr oder weniger dubiose Leute standen vor seiner Haustür (»Herr Saathoff, bitte nur noch eine Information ...«), aber er versuchte, alles abzuwehren. Er wollte sich, seine Familie, seinen Hof am liebsten ganz und gar aus der Angelegenheit heraushalten. Es sollte wieder Ruhe einkehren. Das war sein innigster Wunsch. Berühmt werden, nein, das wollte er nicht, und Geld herausschlagen, das sollten die anderen machen. Er hatte nichts dagegen, auch und gerade bei Wiard und Lübbert nicht, aber er selbst, nein, er verkaufte lieber Milch und Getreide. Mit dem Erlös wollte er seine Familie ernähren, nicht mit Geschichten, die ihm von redegewandten Reportern in den Mund gelegt wurden, ohne dass er es merkte.

Wiard versuchte indes, tatsächlich der Wahrheit in der Öffentlichkeit mehr Geltung zu verschaffen, und verband das – geschickt, wie er mit Worten war – mit der grundlegenden Kritik an den gesellschaftlichen Verhältnissen und der zunehmenden Dominanz rein ökonomisch bedingter Entscheidungen, bei denen nicht auf die Persönlichkeit, die Psyche und die Sicherheit von Menschen geachtet würde. Das führte zu allerhand Schlagzeilen, deren Krönung ein Interview im ›Stern‹ war – Wiard war nun bekannt. Und wieder sahen es nicht wenige mit gemischten Gefühlen.

Lübbert musste seine Geschichte ein ums andere Mal erzählen – und verdiente wohl auch ein wenig daran. Mit dem Geld wollte er sich einen Lebenstraum verwirklichen, den er eigentlich schon mit Erna ins Auge gefasst hatte: eine Schiffsreise mit einem der dicken Pötte von der Meyer-Werft in Papenburg. Als seine Frau gestorben war, hatte er seinen Traum verworfen. Nun wollte er, nicht zuletzt, da ihm wiederum bewusst geworden war, dass das Leben mitunter an einem seidenen Faden hängt, die Reise doch noch in Angriff nehmen. Der Zuverdienst sollte es möglich machen. Großbritannien, Norwegen oder doch lieber die Ostsee? Von Kiel nach Schweden, hinüber nach Helsinki, dann noch die baltischen Staaten und zurück über Rügen? Er blätterte schon in den Katalogen.

Doch das Interesse erlosch schnell angesichts neuer Ereignisse und Gerüchte in ganz anderen Bereichen, von der WM abgesehen gab es auch noch die soundsovielte Schönheitsoperation von Michael Jackson oder die Frage, ob Camilla nun Königin von England werden konnte oder nicht.

Von den Steuer- und Schmiergeldaffären bei Siemens, VW und anderen gar nicht zu reden. Die Tatsache, dass die Zeitungen ständig mit neuen Reißern zu füllen waren, um die Leser bei der Stange zu halten, führte zu einer Schnelllebigkeit der Berichterstattung, die der Wahrheitsfindung um die ganze Deichgeschichte nicht dienlich war und weitere Auswirkungen auf die Leserschaft hatte (»Ach, das ist doch schon mindestens vier Wochen her, wen interessiert das jetzt noch?«). So verlief die Deichgeschichte langsam im Sande.

Tanja Itzenga hatte sich indessen mit Wiard, August und Lübbert zusammengesetzt, um mit diesen ihren Schlussbericht abzustimmen. Sie hatte die Deadline zur Abgabe des Berichtes beim Polizeipräsidenten, der Wert darauf legte, ihn persönlich zu lesen und abzuzeichnen (wenn es nicht noch Korrekturbedarf gab …), etwas hinauszögern können. Es war nicht bei einem Bier mit Ulfert Ulferts geblieben, und am nachfolgenden Tag hatte sie weder Kraft noch Lust verspürt, den Bericht anzufertigen, zumal es Samstag war und Ulferts sie zu einem Frühstück im neuen Café am Marktplatz eingeladen hatte. Ulferts hatte begonnen, gewisse Sympathien für seine Chefin zu entwickeln. Diese hatte ihm jedoch klar und deutlich eine Absage erteilt, als er versucht hatte, beim Nachhausegehen den Arm um ihre Hüfte zu legen. (»Kollegen, gute Kollegen, aber sonst nichts, Ulfert. Ist besser so.«) Spätestens am nächsten Morgen wusste er, dass sie recht hatte. Es war gut, wenn die Fronten geklärt waren und das Verhältnis für die Zukunft besiegelt war.

Mit Wiard, August und Lübbert hatte sie noch einzelne Fragen besprochen, die der endgültigen Klärung bedurften. Man hatte sich beim Tee auf dem Saathoff'schen Hof getroffen. Wiard hatte sein Laptop mitgebracht, um Tanja Itzenga seine Karten, Skizzen und Pläne zu zeigen, die er schon August vorgeführt hatte. Diese sollten Teil des Schlussberichtes werden, entschied Itzenga. Sie war fest entschlossen, in ihrem Entwurf doch einige der Unzulänglichkeiten des Deichfalles unterzubringen, wenn sie auch sicher war, dass ihr Chef das wieder streichen und so lange nicht abzeichnen würde, bis der Bericht ausschließlich aus den ›genehmigten‹ Fakten, die zur Aufklärung des Falles beigetragen hatten, bestand. Wiard hatte der Hauptkommissarin Nutzen und Sinn des Systems und den darin enthaltenen räumlichen Informationen erläutert, und Frau Itzenga war schließlich überzeugt, dass derartige Computerprogramme der Polizei wertvolle Dienste leisten konnten. Sie wollte ihrem Chef Eilsen einen dementsprechenden Vorschlag machen – auch wenn sie diesen schon nach dieser kurzen Zeit in der neuen Dienststelle alles andere als schätzte.

»Dass ich hier im Polder einmal ermitteln würde, hätte ich mir nicht träumen lassen«, sagte die Hauptkommissarin schließlich.

»Wir auch nicht«, bestätigte Wiard, »Polizeigeschichten haben wir noch nie gehabt, wenn man davon absieht, dass unser Dorfgendarm Holger Janssen ab und zu mal Leuten, die beim Sportfest über die Stränge schlagen, für eine Nacht festsetzen muss. Aber das ist hier kein Delikt, sondern in einigen Kreisen eher eine Ehre.«

»Över't Kopp in't Togschloot«, warf August ein, dachte kurz an den Blues von Hannes Flesner mit Musik von ... wie hieß der denn noch mal, Gerd ...

»Bitte?«, fragte Itzenga verwirrt.

»Ach, nichts«, sagte August.

»Jedenfalls gefällt mir die Landschaft gut – ich werde ihrer Bürgerinitiative beitreten, die einen öffentlichen Wanderweg auf der Deichkrone fordert.«

»Aber erst einmal muss die ganze Ostkrümmung in Ordnung gebracht werden«, meinte Lübbert.

»Damit wird bald angefangen – ich habe gehört, morgen rücken schon die ersten Baufahrzeuge an«, schaltete sich August ein. »Der Regierungspräsident hat das persönlich in die Hand genommen. Küstenschutz müsse in einem Küstenland erste Priorität haben, und kein Bürger dürfe Angst haben, der Deich sei nicht in Ordnung, so ähnlich hat er es gesagt. Kam sogar im Regionalfernsehen.« August musste immer wieder zur Hauptkommissarin hinübersehen. Er war überzeugt, dass sie es nicht bemerkte. Sie saß ihm gegenüber, und ihr offenes Haar, ihre ausgewaschene, gut sitzende Jeans und der helle Pullover, den sie heute trug, machten ihn ein wenig nervös. Es passte alles so gut zusammen, fand er. Am meisten beeindruckte ihn aber immer, wenn sie ihn anlächelte. Er hatte glatt die Befürchtung, rot zu werden. So ein gleichzeitig kühles und dennoch erwärmendes Lächeln. Es gelang ihm schließlich, sich klarzumachen, dass er über 40 Jahre alt war und andere Sorgen und Ziele hatte, und überhaupt. Das half, nicht für den Moment, aber auf Dauer.

»Na, da werden wieder allerhand schöne Reden gehalten werden«, meinte Wiard. Eine gewisse Enttäuschung in der Stimme war nicht zu überhören.

»Wenn Sie sich nicht mit der Sache befasst hätten, wäre vielleicht nie etwas bekannt geworden«, lenkte Tanja Itzenga das Gespräch auf die Anfänge der Geschichte und sah August dabei an, sodass dieser innerlich ein wenig zappelig wurde.

»Das ist allein Wiards Verdienst. Er hat lange gebraucht, mich zu überzeugen. Ich bin manchmal wohl etwas sehr stur.«

»Deine Zögerlichkeit nervt manchmal ganz schön, hat mir aber geholfen, meine Argumente besser in Worte zu fassen. Zum Glück ist alles gut ausgegangen – vom Fall Schorsch Redenius mal abgesehen. Aber ich mag mir gar nicht vorstellen, was gewesen wäre, wenn Lübbert nun tatsächlich erschossen worden wäre.«

»Das wäre eine andere Dimension gewesen«, entgegnete die Hauptkommissarin, »das hätte einige Jahre Gefängnis für Herrn Redenius bedeutet – und den Toten hätte man nicht wieder zum Leben erwecken können.«

Die drei Männer sahen sie erstaunt an. Eine Frau,

die in dieser Weise über Tote redete, war ihnen nicht ganz geheuer. Aber der Tod gehörte zu ihrem Tagesgeschäft, dachte August, da stumpft man wohl ab. Vielleicht war sie so fröhlich gestimmt, weil es hier im Polder glücklicherweise nur einen versuchten Mord gegeben hatte, die Leiche war in diesem Fall ausgeblieben.

»Sag mal, Wiard«, endlich fiel August im rechten Moment ein, was er seinen Freund schon seit längerem hatte fragen wollen, »von wem hattest du nun die Unterlagen, diese Kopien, die du mir damals gezeigt hast?«

»Ein Mitarbeiter der Behörde, deren Chef Redenius werden wollte, hat sie mir zukommen lassen. Onno Hoogestraat ist sein Name, jetzt kann ich's ja sagen, möchte dich – und auch Sie, Frau Itzenga – aber dennoch bitten, den Namen nicht weiter zu erwähnen. Ich kenne ihn von früher, aus der Arbeit in der Naturschutzinitiative. Ich wusste gar nicht, dass er bei der Behörde arbeitet. Da haben wir uns zufällig auf dem Norder Stadtfest getroffen, Ende August. Wir sind ins Gespräch gekommen. Er hat eigentlich von der Sache angefangen. Schließlich bin ich mit der Tür ins Haus gefallen und ihm hatte imponiert, dass ich vorhatte, Licht in das Spiel zu bringen, von dem er – auch mehr zufällig – wusste, da er auf einer wichtigen Sitzung gewesen war, genau derjenigen, auf der beschlossen worden war, dass eine vorschriftsmäßige Kleischicht an der Ostkrümmung entbehrlich sei. Da hat er mir versprochen, mich mit weiteren Informationen zu versorgen – vertraulich versteht sich ...«

»Vielleicht hätte ich dir eher gelaubt, wenn du gesagt hättest, von wem die Informationen stammen«, merkte August an.

»Ich hatte es ihm versprochen – da muss man das auch einhalten.«

»Ja, sicher. Na, nun ist es eh egal ...«

»Ich muss jetzt gehen, Kollege Ulferts wird schon warten«, Tanja Itzenga mischte sich ein und erhob sich gleichzeitig. »Ich wünsche Ihnen was. Und wenn es den Weg auf dem Deich je geben sollte – vielleicht sehen Sie mich da mal mit meinem Hund spazieren gehen. Ich habe mir einen Golden Retriever zugelegt – schönes Tier. Und Ihr Polder gefällt mir, der Deich, die Weite ... Das ist wirklich schön. Man muss es erst einmal schätzen lernen, zunächst fand ich's ein bisschen langweilig, aber mittlerweile ...«

»Kommen Sie, wann immer Sie wollen, zu uns zum Tee«, lud August sie ein, worauf Henrike, die in diesem Augenblick ins Wohnzimmer gekommen war, ihn skeptisch ansah, dann aber eine Grimasse schnitt, die in etwa aussagen sollte: ›Da versucht sich der Bauer als Kavalier, sieh an ...‹

»Woher kommen Sie eigentlich, eine Hiesige sind Sie ja nicht?«, wollte Lübbert Sieken noch wissen.

»Aus dem Harz«, antwortete Tanja Itzenga, »Richtung Norden auch ziemlich plattes Land, aber dahinter die Berge, der Brocken, eine ganz andere Landschaft, aber voller Reize, da müssen Sie mal hinfahren, schöner Kontrast zu Ihrem Küstenstreifen hier.«

»Echte Binnenländerin. Vom Namen her hatte ich gedacht ...« setzte Lübbert fort, aber Itzenga unterbrach ihn:

»Ja, vom Namen her könnte ich hierherpassen. Meine Großeltern waren Friesen, aber meine Eltern hat es dann ins Sachsen-Anhaltische verschlagen – eben ins Binnenland«, sie lachte, »aber mich zieht's irgendwie wieder hierher – ich habe zwar mehr als 30 Jahre im Harz zugebracht, war nach der Schule bei der Polizei in Magdeburg, habe dann an der Fachhochschule der Polizei in Aschersleben studiert. Aber dennoch, ein paar Jahre wieder im Norden, das habe ich mir immer gewünscht. Obwohl ich Ihnen nur raten kann: Besuchen Sie mal den Harz – herrliche Landschaft, wunderschöne Städtchen, Wernigerode, Quedlinburg, einige andere noch, und viele nette Menschen. Landschaftlich ganz anders als hier – aber das macht's ja gerade reizvoll. Na, nun bin ich wieder im Norden, bin froh, dass meine Arbeit hier nicht mit einem Toten begonnen hat. Herr Sieken, das meine ich ganz ehrlich.« Sie lachte fröhlich in die Runde. August, dem ein wohliger Schauer über den Rücken lief, versuchte, zurückzulächeln.

»Aber jetzt wird's Zeit für mich, der Polizeipräsident persönlich hat heute Nachmittag eine Sitzung einberufen, da muss man pünktlich sein. Wiedersehen, ich hoffe, wir sehen uns bald wieder, aber bitte ohne Mordanschläge und hinter einem festen, beständigen Deich.«

Henrike und die drei anderen verabschiedeten

sich von ihr an der Tür. Die Hauptkommissarin drehte sich um und ging zum Auto. Ihre blonden Haare wirbelten im Westwind, der sich bereit machte, in dieser Nacht wieder Stärken von sechs bis sieben zu erreichen. August sah Tanja Itzenga ein Weilchen nach, bemerkte nicht, dass Henrike, Lübbert und Wiard schon wieder Anstalten machten, ins Haus zurückzugehen, blickte dann etwas verwirrt auf seine Uhr: »Ja, es wird wirklich Zeit ... Mensch, ich muss in den Stall, melken, Vater wird schon da sein, denk ich mal ...«

Er griff gleich nach seinen Stiefeln. Henrike sah ihn erneut ein wenig skeptisch an und dachte dann daran, dass Männer, ausgewachsene Männer, manchmal wie kleine Jungs sein können.

29

Dem Herbst war ein kalter Winter gefolgt, der aber gnädig mit dem Deich umgegangen war. Dieser war wieder in eine große Baustelle verwandelt worden, was im folgenden Jahr entsprechende Kritik im Bericht des Landungsrechnungshofes gefunden hatte – die war aber nur einen Artikel in der Tageszeitung wert gewesen. Anschließend scherte sich niemand mehr um das Ergebnis akribischer Arbeit der Mitarbeiter dieser Institution.

An diesem Morgen eines schönen Tages im anbrechenden Frühling saß August Saathoff wie immer am Tisch in der Küche und frühstückte. Henrike war bei ihm, sie würde schon bald die Kinder wecken, doch diese ruhigen Minuten vor dem großen Sturm, wie Henrike das nannte, genossen sie sehr. Die Zeitung war schon gekommen, und August unterbrach die Ruhe, indem er eine Überschrift von Seite zwei vorlas:

»›Ostkrümmung des neuen Deiches wird in Kürze endgültig fertiggestellt – Deichschau belegt hervorragende Qualität.‹«

»Sieh an«, kommentierte Henrike, »dann ist die Geschichte beendet, und wir leben endgültig wieder sicher und frei hinter unserem Deich.«

»Hat lange genug gedauert«, pflichtete August ihr bei, »und wenn man bedenkt, was voriges Jahr im Herbst hier los war ... man, das waren Wochen.«

»Und das in unserem Polder – am Ende der Welt! Fast wie in Chicago.«

Er las ein wenig weiter, schüttelte dann kurz den Kopf und fügte hinzu: »›Viel Prominenz zur erneuten Einweihung des verbesserten Deiches erwartet‹ – die Schlagzeile hatten wir doch fast genau so schon einmal.«

»Muss wohl so sein. Jedenfalls werden viele, die bei der ersten Deicheinweihung dabei waren, jetzt wieder dabei sein.«

»Da kannst du einen drauf lassen. Oh, ich meine ...«

»Schon gut.«

Nach der dritten Tasse Tee verließ August die Küche und holte seinen Vater ab, um gemeinsam mit ihm den Kühen Erleichterung zu verschaffen. Für Henrike kam ›der große Sturm‹.

»Wo ist Freerk, hast du schon was von ihm gehört?«, fragte Henrike Karina.

»Nee, der ist noch in seinem Zimmer – der schläft bestimmt noch.«

»Verdammt noch mal«, Karina und Wienke, die sich auch schon an den Frühstückstisch begeben hatten, hörten Henrikes Worte kaum.

»Der muss jetzt aufstehen.« Damit war sie raus aus der Küche, und man hörte ein lautes »Freerk, aufstehen!«, von dem unwahrscheinlich war, dass Freerk es überhörte, selbst wenn er noch schlafen sollte.

»Karina, pass doch auf«, rief Henrike, als sie

die Küche wieder betrat und nicht mehr verhindern konnte, dass ihre Tochter den Milchbecher umstieß, der etwa mittig in die sich ausbreitende Milchlache auf den Boden stürzte und dabei in viele Stücke zerbrach.

»Da kann ich aber nichts dafür!«, jammerte Karina, dem Weinen nahe.

Und als Henrike etwas genervt anmerkte: »Doch natürlich, wer hat denn den Becher runtergeschmissen, ich etwa?«, liefen die Tränen in Strömen, und Karina rannte aus der Küche mit der Bemerkung:

»Ihr seid alle doof und gemein!«

Worauf Wienke anmerkte: »Ich habe aber nichts umgeschmissen, Mama. Gut, oder?«

Henrike sagte nichts dazu, setzte sich, schenkte sich noch eine Tasse Tee ein und überlegte, ob sie nicht mal melken gehen solle und August das morgendliche Chaos übernehmen könne. Freerk hatte indes immer noch nichts von sich hören lassen.

Soll er doch verschlafen ... Warum muss ich mich darum kümmern, dass ein 16-Jähriger pünktlich in die Schule kommt?, dachte Henrike und machte sich, nachdem sie den Tee getrunken hatte, auf den Weg, Karina zurückzuholen, schließlich musste die Kleine etwas essen.

So nahm auch dieser Tag seinen Lauf, und am Nachmittag hatte sich die Sonne durch die bis dahin den Himmel verdeckenden Wolken gerungen. Es war einer der ersten schönen Tage im Vorfrühling. Kalt noch, aber der Tag ließ erstmals erahnen, dass sich der Frühling nicht mehr lange würde drücken können, auch den Polder zu erreichen, was mitunter unerträglich lang dauerte, während der Winter die Bewohner, anstatt mit anständigem Frost und Schnee, mit Nebel, leichtem Regen und Temperaturen um null Grad drangsalierte.

August war am Nachmittag erstaunlich geschäftig im Hause unterwegs, und als Henrike fragte, was er eigentlich mache, antwortete er ausweichend: »Du wirst es schon noch sehen.« Das Abendessen hatte er auf 19.30 Uhr verlegt.

»Morgen ist doch Samstag«, hatte er lapidar gesagt, nachdem Henrike angemerkt hatte, es würde dann recht spät, bis alle Kinder im Bett lägen. Gewöhnlich begannen sie das Abendessen zwischen 18 Uhr und 18.30 Uhr.

Die Auflösung des Geheimnisses lieferte August an diesem Freitagabend etwa um 18.30 Uhr. Er hatte einen Jutebeutel in der Hand, als er Henrike zuflüsterte: »Und jetzt machen wir einen Spaziergang.«

»Ach«, hatte sie sich erstaunt gezeigt, »einen Spaziergang – wohin?«

»Zum alten Schlafdeich.«

»Jetzt?«

»Ja, natürlich jetzt. Du hast keine Chance, du musst mitkommen.«

»Aber ich wollte noch ...«

»Du willst immer noch dies und das – Pausen kennst du ja nicht oder willst sie nicht, jedenfalls gehen wir jetzt zum alten Deich.«

Henrike gab nach und zog ihre dicke Jacke und

ihre Stiefel an, denn es war damit zu rechnen, dass es reichlich nass sein würde.

»Kann ich mit?«, fragte Karina, und Wienke stimmte ein: »Ich auch?«

»Nein«, entschied August, »diesmal gehen Mama und Papa allein – es ist nur ein knappes Stündchen. Ihr könnt zu Oma und Opa rüber – oder spielt hier im Haus.« Er hatte offensichtlich den für seine Ziele richtigen Ton getroffen, denn ohne weitere Versuche, ihn umzustimmen, fügten sich die beiden in ihr Schicksal. Gero war schon bei Oma und Opa, August hatte ihn im Kinderwagen hinübergefahren. Darauf hatte der Kleine bestanden.

Und Freerk, der inzwischen in die Küche getreten war, raunte seinen Schwestern zu: »Mama und Papa wollen mal eine Stunde ohne euer ewiges Geblädder auskommen«, worauf er tödliche Blicke von Karina erntete, während Wienke offenbar nicht recht verstand, was eigentlich vorging.

Henrike und August machten sich auf den Weg. Rechts trug August den Jutebeutel, links umarmte er seine Frau. Diese tat dasselbe und fand in diesem Augenblick die Idee ihres Mannes ungewöhnlich, aber gut. Derart spontane Unternehmungen waren mit den Jahren ein wenig aus der Mode gekommen. Tagsüber gab es immer etwas zu tun, wobei man abends dennoch feststellte, was alles liegen geblieben war. Henrike hasste nichts mehr, als wenn auch am Wochenende noch allzu viele Dinge zu tun waren. In der Regel ließ sich das aber nicht vermeiden. Immer und immer wieder musste man die (seltener werdenden) Ideen, die mit ›man müsste mal ...‹ begannen, verwerfen, weil so viel anderes zuerst getan werden musste.

Der sich ankündigende Abend war wunderschön.

»Hast du das Wetter bestellt?«

»Klar«, lachte August, »zumindest habe ich darauf gewartet – irgendwann musste es ja einmal den ersten schönen Abend hier geben.«

»Allzu viele gibt's davon wirklich nicht.«

»Das da vor dem Deich ist die Nordsee, nicht das Mittelmeer. Die schönen Tage muss man also nutzen, auch wenn es noch recht kühl ist.« Es waren so ungefähr zehn Grad.

Sie erreichten bald den alten Schlafdeich und kamen zu der Stelle, an der sie früher oft gesessen hatten. Hier stand eine kleine Kiste, die August öffnete, und eine dicke, feste Plastikplane sowie eine Decke herausholte. Er breitete Plane und Decke aus, griff in die Tragetasche, stellte eine Flasche Rotwein auf die Kiste, legte ein Stück Schafskäse, eine kleine Mettwurst, Oliven und Cocktail-Tomaten daneben und stellte noch zwei Gläser dazu.

»Erstes Picknick des Jahres.« Er lachte seine Frau an, die ihm staunend und schweigend zugesehen hatte.

»Du bist gut, das erste Picknick seit Jahren, wir haben nicht einmal zehn Grad.«

»Man muss die Feste feiern, wie sie fallen.«

»Manchmal verhältst du dich überhaupt nicht wie ein ostfriesischer Bauer.«

»Da kannst mal sehen, was für einen vielseitigen Mann du hast ...«

»Hm, vielleicht.«

Beide sahen für Momente in die herrliche Weite des Polders.

August schenkte den Wein ein, drückte Henrike ein Glas in die Hand und sagte: »Prost.« Sie erwiderte, und beide tranken mit großem Genuss und zur viel zu schnell untergehenden Sonne blickend, ein, zwei kräftige Schlucke des trockenen italienischen Rotweines, ein Bardolino vom Gardasee.

»Setz dich doch«, sang August geradezu. Ein Hollywoodschauspieler hätte es im Film nicht besser machen können.

»Und das Mitte März«, Henrike fröstelte, aber sie lachte. Es gefiel ihr.

»Ja, klar, du hast doch selbst gesagt, so viele schöne Abende gibt's nicht unbedingt bei unserem Klima hier, also muss man sie nutzen. Carpe diem, so heißt das doch ...«

Sie aßen den Schafskäse, den August vorab akkurat in Stücke geschnitten hatte, und tranken ein zweites Glas Rotwein.

»Das mit Lübbert ist traurig.«

»Ja, erst wird er fast erschossen, hat dabei viel Glück, dann ist die ganze Geschichte endlich zu Ende, im Polder geht wieder alles seinen Gang, und dann das.« August sah versonnen in die Ferne, deren Horizont vom Deich gebildet wurde.

»Herzinfarkt – er hat wohl doch ein bisschen zu viel getrunken.«

»Nicht unbedingt, das kann jedem passieren – dafür gibt's tausend Gründe. Der Doktor meint, Herzinfarkte oder ähnliche Phänomene könnten auch durch Bakterien bei Zahnfleischentzündungen oder bei Verkrampfungen der Gefäße auftreten, oder, oder. Man kennt das doch von Sportlern, die plötzlich umkippen, und das war's dann.«

»Du willst doch bloß nicht zugeben, dass zu viel Alkohol schlichtweg ungesund ist.«

»Nee, zu viel ist sicher nicht gut ...«

»Eben. Die Frage ist nur, wann es zu viel ist. Na, ändern kann man es nicht mehr, aber dem Polder fehlt was, ohne Lübbert«, auch Henrikes Blick verlor sich in der Weite.

»Er war ein feiner Kerl«, murmelte August, »hatte die Kreuzfahrt auf der Ostsee schon gebucht.«

Na, so konnte er sich eine Zeit lang noch darauf freuen, hatte die Aussicht auf eine tolle Reise ..., schoss es Henrike durch den Kopf, manchmal ist doch die Vorfreude schöner als das Event selbst.

August fand es plötzlich schade, dass sie so etwas Trauriges besprachen, während sie endlich einmal wieder am alten Deich saßen. »Der Tod gehört eben zum Leben dazu«, meinte er und dachte, dies sei ein guter Spruch, um das Thema beschließen zu können.

»Machst wohl recht haben.« Henrike sah ihn von der Seite her an. Eigentlich war das Augusts Spruch.

Eine Weile genossen sie wieder die Ruhe, das Licht, den lauen Wind, die Aussicht auf den Frühling, ihren Hof und dahinter den neuen Deich, vor allem aber die Tatsache, dass ihre Kinder gesund waren.

»Schön, dass der Frühling kommt«, sagte Henrike schließlich und gab August einen Kuss.

»Ja, und damit die Einsaat, das Spritzen, die Ernte, und ...«, aber August konnte nicht ausreden.

»Genau, das alles. Und ist es nicht herrlich, dass wir diesen Hof haben, und die Arbeit dazu, und vier Kinder, die munter zu Hause sind, und wir bei all dem jetzt hier am alten Schlafdeich sitzen können, Wein trinken und Schafskäse essen und das Leben so richtig genießen? Sei froh, dass du eine Beschäftigung hast, bei vier Millionen Arbeitslosen in diesem Land. Und kein Politiker kriegt das in den Griff, ganz egal, ob rot, grün, gelb oder schwarz.«

»Die Politiker können keine Arbeitsplätze schaffen, sie reden nur darüber.«

»Vielleicht können sie wenigstens bessere Bedingungen schaffen, damit es wieder mehr Jobs gibt.«

»Vielleicht – aber am liebsten reden sie, heute so, morgen so. Holl mi up. Außerdem, wenn ich mir so ansehe, was Freerk alles mit seinem Computer anstellt und was da auf uns zukommt, mit den EU-Ausgleichszahlungen. Das geht in Zukunft nur noch über das Internet – hier eine GIS-Skizze, da ein digitales Foto, Grenzen einzeichnen, Flächen ausrechnen – alles macht der Computer. Und auf dem Konto landet ein bisschen virtuelles Geld – hoffentlich ... die ganze Arbeitswelt wird sich weiter verändern, und damit kommen wir im Moment noch nicht so richtig klar – ältere Leute wollen noch viel zu wenig davon wissen, und die haben eben noch an vielen Stellen das Sagen. Ich kann mir schon nicht mehr richtig vorstellen, wie das alles geht ... die Jüngeren sind da sehr viel weiter.«

»Na, pflügen, einsäen, ernten und so, das wird schon bleiben ...«

»Landwirtschaft ist nun mal noch etwas anderes – aber auch da, guck mal, Vater hatte noch vier, fünf Leute, die bei der Ernte halfen. Ich komme fast allein zurecht, mit all den Maschinen – da fehlen Arbeitsplätze, natürlich, aber das kann man auch nicht mehr rückgängig machen. Ich weiß gar nicht, wo die Jobs herkommen sollen ... Bei vielen großen Firmen wird doch vorwiegend gestrichen, obwohl die gute Gewinne einfahren. Guck die Deutsche Bank an – so viele Stellen fallen weg, aber das beste Jahr seit Bestehen der Bundesrepublik. Irgendwo stimmt da etwas nicht mehr. Wie soll das weitergehen?«

»Ich frage mich, wen ich wählen soll, in drei Monaten ist Landtagswahl.«

»Keine Ahnung. Wirklich nicht. Eher Gefühle. Im Zweifel die ...«, August stockte, sagte dann aber, »ach, meine Meinung kennst du ja, konservativer Bauer eben, frag doch Wiard, der hat da ganz feste Ansichten, was das Richtige ist.«

»Vielleicht mach ich das.«

August war froh, er hatte nämlich keine Lust, über Politik zu reden, das machte in den letzten

Jahren zunehmend weniger Spaß. Sein Interesse galt der Einsaat, dem Spritzen, der Ernte, den Kühen, dem Melken und all dem, was damit zusammenhing, mit seinem Hof, hinter'm Deich.

»Ja, nicht alle haben so viel Glück und schon gar nicht so eine nette Frau.« August umschlang plötzlich Henrike, fand sie schön und warm. Für Zärtlichkeiten darüber hinaus war dieser Abend noch viel zu kalt, und außerdem war die Zeit limitiert – eine Stunde, vielleicht anderthalb, mehr würden Wienke, Karina und Gero nicht akzeptieren. Freerk schon, er war neulich erstmals mit Anna aus seiner Parallelklasse auf dem Hof aufgetaucht.

»Nun geht das auch schon los«, hatte August zu Henrike gesagt, war aber ganz beruhigt: »Ist ein nettes Mädchen, diese Anna.«

»Was ist eigentlich mit der Frau Hauptkommissarin?« Die Frage kam unvermittelt.

»Was soll mit ihr sein?«

»Nette, schöne Frau, ›ich komme mal zum Tee vorbei‹ und so.«

»Ach, da wird wohl nichts draus werden.«

»Schade?«

»Vielleicht wird's ja doch was.«

»Dann machst du aber Tee.«

»Gut, aber du trinkst auch einen mit.«

»Nicht nur der Bauer und die Kommissarin?«

»Bist du eifersüchtig, oder was? Also, ich bitte dich!«

»Hast recht – für dich wär das auch nichts. Viel zu aufregend, was?«

»Eben. Ich brauch den Polder, die Kühe, den Deich und dahinter das Meer ...«

»Und ...?«

»Mien leeve Fru und uns fein Kinner«, raunte August Henrike zu und biss ihr sanft ins rechte Ohrläppchen.

Dann war es Zeit, diesen Abend, an dem sich ein erster Hauch von Frühling zeigte, zu beenden und zum Hof zurückzugehen. Die Kinder mussten schließlich ins Bett. Die Flasche Rotwein war indes leer geworden. August packte Plane und Decke in die Kiste, die er stehen ließ, selbst wenn es regnen würde, wäre das in Ordnung. Wahrscheinlich würde es nicht mehr lange dauern und Freerk würde ihn fragen:

»Steht die Kiste am Deich? Hol sie nicht weg, ich bekomme morgen Abend Besuch, und wir wollen Seevögel beobachten.«

August lachte vor sich hin. So ähnlich war es gewesen, als er das erste Mal mit Henrike hier hinter dem Deich verschwunden war. Die beiden wandten sich dem Hof zu.

Die Sonne hinterließ am Horizont einen goldgelb-orangeroten Streifen, der sich oben und unten mit blauen und grünlichen Färbungen gegen die einbrechende Nacht abgrenzte. Die Deichlinie setzte sich scharf gegen den Horizont ab, als sei sie mit einem Lineal gezogen worden. Die Bagger und Baufahrzeuge, die in den vergangenen Monaten allerhand Ausbesserungsarbeiten an der gesamten Ostkrümmung durchgeführt hatten, konnte man deutlich erkennen. Bald würden sie abziehen, dann war endgültig wieder Ruhe im Polder. Als Henrike und August schon fast die Haustür erreicht hatten, sah man ein paar Enten friedlich der Linie der Deichkrone folgen. Dann bogen sie ab, an der Ostkrümmung. Richtung Wattenmeer.

ENDE

Schlusswort

Dies ist ein Roman. Handlung und Personen sind frei erfunden. Und damit das klar ist: Nichts steht so fest wie der Deich an der ostfriesischen Küste, jedenfalls größtenteils (man hört da ja dies und jenes ...).

Damit er so fest steht, arbeiten viele Menschen an seiner Errichtung mit. Mit großem Verantwortungsgefühl, versteht sich. Alle Menschen arbeiten doch verantwortungsvoll. Normalerweise, jedenfalls. Aber Ausnahmen gibt's ja immer, zum Beispiel ... ach, holl mi up.

*Weitere Krimis finden Sie auf den
folgenden Seiten und im Internet:
www.gmeiner-verlag.de*

HARDY PUNDT
Friesenwut
....
367 Seiten, Paperback.
ISBN 978-3-8392-1102-1.

RASENDE WUT Eine Landstraße in Ostfriesland, weit nach Mitternacht. Es kracht. Die Landwirtstochter Freya Reemts, mit dem Fahrrad von der Disco nach Hause unterwegs, wird von einem Auto erfasst und in den Straßengraben geschleudert. Kurz darauf verliert der Fahrer die Kontrolle über sein Fahrzeug und prallt gegen einen Baum.

Für Kommissarin Itzenga und ihren Kollegen Ulferts von der Kripo Aurich scheint der Fall klar – der Unglückswagen war viel zu schnell unterwegs. Bis ein Stückchen Stoff am Unfallort entdeckt wird. Es ist Teil eines Kleidungsstücks, das keiner der beteiligten Personen zugeordnet werden kann …

REINHARD PELTE
Kielwasser
....
275 Seiten, Paperback.
ISBN 978-3-8392-1082-6.

AUF HOHER SEE Ein merkwürdiger Fall lässt Kriminalrat Tomas Jung, Leiter der Abteilung für unaufgeklärte Kapitalverbrechen in Flensburg, keine Ruhe: Ein deutscher Mariner ist spurlos im Arabischen Meer verschwunden. Die Ermittlungen sind eigentlich bereits abgeschlossen. Der Soldat sei über Bord gegangen und ertrunken – so das Ergebnis. Aber seine Vorgesetzten mögen daran nicht glauben. Ein Unfall passt nicht zu dem Menschen, den sie kennen gelernt haben.

Jung und sein pensionierter Kollege Boll schalten sich ein. Nicht offiziell, sondern under cover …

Wir machen's spannend

KURT GEISLER
Bädersterben
....
332 Seiten, Paperback.
ISBN 978-3-8392-1094-9.

TÖDLICHE HOCHSAISON Eigentlich wollte sich Frühpensionär Helge Stuhr aus Kiel nur eine Woche in St. Peter-Ording an der Nordsee erholen. Doch gleich bei seinem ersten Strandbesuch gerät er in die Ermittlungen in einem rätselhaften Mordfall. Unter einem Pfahlbau wurde eine furchtbar zugerichtete Leiche gefunden. Und das mitten in der Hochsaison! Panik unter den Urlaubsgästen scheint vorprogrammiert, wäre da nicht Stuhr, der Kommissar Hansen als »verdeckter Ermittler« zur Verfügung steht. Eine heiße Spur führt ihn auf die Hochseeinsel Helgoland ...

DIETER BÜHRIG
Schattengold
....
276 Seiten, Paperback.
ISBN 978-3-8392-1088-8.

IM SCHATTEN DER ZEIT In Lübeck scheint die Zeit stehen geblieben zu sein. Aina, ein Adoptivkind, das seine Herkunft nicht kennt, lernt bei ihrer Aufnahmeprüfung an der Musikhochschule die Klavierpädagogin Rana Ampoinimera kennen. Diese ist von dem Ausnahmetalent der jungen Frau überzeugt und lädt sie in ihr Haus ein. Aina trifft auf Ranas Ehemann Adrian, einen Goldschmiede- und Uhrmachermeister, und seinen Gesellen Raik.

Doch dann erschüttert eine Serie von mysteriösen Todesfällen die Idylle. Was bedeuten die fremden Worte auf den Zetteln, die man bei den Toten findet? Kriminalinspektor Kroll ist ratlos ...

Wir machen's spannend

Das neue KrimiJournal ist da!
**2 x jährlich das Neueste
aus der Gmeiner-Krimi-Bibliothek**

In jeder Ausgabe:

- Vorstellung der Neuerscheinungen
- Hintergrundinfos zu den Themen der Krimis
- Interviews mit den Autoren und Porträts
- Allgemeine Krimi-Infos
- Großes Gewinnspiel mit ›spannenden‹ Buchpreisen

*ISBN 978-3-89977-950-9
kostenlos erhältlich in jeder Buchhandlung*

KrimiNewsletter
Neues aus der Welt des Krimis

Haben Sie schon unseren KrimiNewsletter abonniert?
Alle zwei Monate erhalten Sie per E-Mail aktuelle Informationen aus der Welt des Krimis: Buchtipps, Berichte über Krimiautoren und ihre Arbeit, Veranstaltungshinweise, neue Krimiseiten im Internet, interessante Neuigkeiten zum Krimi im Allgemeinen.
Die Anmeldung zum KrimiNewsletter ist ganz einfach. Direkt auf der Homepage des Gmeiner-Verlags (www.gmeiner-verlag.de) finden Sie das entsprechende Anmeldeformular.

Ihre Meinung ist gefragt!
Mitmachen und gewinnen

Wir möchten Ihnen mit unseren Romanen immer beste Unterhaltung bieten. Sie können uns dabei unterstützen, indem Sie uns Ihre Meinung zu den Gmeiner-Romanen sagen! Senden Sie eine E-Mail an gewinnspiel@gmeiner-verlag.de und teilen Sie uns mit, welches Buch Sie gelesen haben und wie es Ihnen gefallen hat. Alle Einsendungen nehmen automatisch am großen Jahresgewinnspiel mit ›spannenden‹ Buchpreisen teil.

Wir machen's spannend

Alle Gmeiner-Autoren und ihre Romane auf einen Blick

ANTHOLOGIEN: Tatort Starnberger See • Mords-Sachsen 4 • Sterbenslust • Tödliche Wasser • Gefährliche Nachbarn • Mords-Sachsen 3 • Tatort Ammersee • Campusmord • Mords-Sachsen 2 • Tod am Bodensee • Mords-Sachsen 1 • Grenzfälle • Spekulatius **ARTMEIER, HILDEGUNDE:** Feuerross • Drachenfrau **BAUER, HERMANN:** Verschwörungsmelange • Karambolage • Fernwehträume **BAUM, BEATE:** Weltverloren • Ruchlos • Häuserkampf **BAUMANN, MANFRED:** Jedermanntod **BECK, SINJE:** Totenklang • Duftspur • Einzelkämpfer **BECKER, OLIVER:** Das Geheimnis der Krähentochter **BECKMANN, HERBERT:** Mark Twain unter den Linden • Die indiskreten Briefe des Giacomo Casanova **BEINSSEN, JAN:** Goldfrauen • Feuerfrauen **BLATTER, ULRIKE:** Vogelfrau **BODE-HOFFMANN, GRIT / HOFFMANN, MATTHIAS:** Infantizid **BOMM, MANFRED:** Kurzschluss • Glasklar • Notbremse • Schattennetz • Beweislast • Schusslinie • Mordloch • Trugschluss • Irrflug • Himmelsfelsen **BONN, SUSANNE:** Die Schule der Spielleute • Der Jahrmarkt zu Jakobi **BODENMANN, MONA:** Mondmilchgubel **BOSETZKY, HORST (-KY):** Promijagd • Unterm Kirschbaum **BOENKE, MICHAEL:** Gott'sacker **BÖCKER, BÄRBEL:** Henkersmahl **BUEHRIG, DIETER:** Schattengold **BUTTLER, MONIKA:** Dunkelzeit • Abendfrieden • Herzraub **BÜRKL, ANNI:** Ausgetanzt • Schwarztee **CLAUSEN, ANKE:** Dinnerparty • Ostseegrab **DANZ, ELLA:** Schatz, schmeckt's dir nicht? • Rosenwahn • Kochwut • Nebelschleier • Steilufer • Osterfeuer **DETERING, MONIKA:** Puppenmann • Herzfrauen **DIECHLER, GABRIELE:** Glaub mir, es muss Liebe sein • Engpass **DÜNSCHEDE, SANDRA:** Todeswatt • Friesenrache • Solomord • Nordmord • Deichgrab **EMME, PIERRE:** Diamantenschmaus • Pizza Letale • Pasta Mortale • Schneenockerleklat • Florentinerpakt • Ballsaison • Tortenkomplott • Killerspiele • Würstelmassaker • Heurigenpassion • Schnitzelfarce • Pastetenlust **ENDERLE, MANFRED:** Nachtwanderer **ERFMEYER, KLAUS:** Endstadium • Tribunal • Geldmarie • Todeserklärung • Karrieresprung **ERWIN, BIRGIT / BUCHHORN, ULRICH:** Die Gauklerin von Buchhorn • Die Herren von Buchhorn **FOHL, DAGMAR:** Die Insel der Witwen • Das Mädchen und sein Henker **FRANZINGER, BERND:** Zehnkampf • Leidenstour • Kindspech • Jammerhalde • Bombenstimmung • Wolfsfalle • Dinotod • Ohnmacht • Goldrausch • Pilzsaison **GARDEIN, UWE:** Das Mysterium des Himmels • Die Stunde des Königs • Die letzte Hexe – Maria Anna Schwegelin **GARDENER, EVA B.:** Lebenshunger **GEISLER, KURT:** Bädersterben **GIBERT, MATTHIAS P.:** Schmuddelkinder • Bullenhitze • Eiszeit • Zirkusluft • Kammerflimmern • Nervenflattern **GRAF, EDI:** Bombenspiel • Leopardenjagd • Elefantengold • Löwenriss • Nashornfieber **GUDE, CHRISTIAN:** Kontrollverlust • Homunculus • Binärcode • Mosquito **HAENNI, STEFAN:** Brahmsrösi • Narrentod **HAUG, GUNTER:** Gössenjagd • Hüttenzauber • Tauberschwarz • Höllenfahrt • Sturmwarnung • Riffhaie • Tiefenrausch **HEIM, UTA-MARIA:** Totenkuss • Wespennest • Das Rattenprinzip • Totschweigen • Dreckskind **HERELD, PETER:** Das Geheimnis des Goldmachers **HUNOLD-REIME, SIGRID:** Schattenmorellen • Frühstückspension **IMBSWEILER, MARCUS:** Butenschön • Altstadtfest • Schlussakt • Bergfriedhof **KARNANI, FRITJOF:** Notlandung • Turnaround • Takeover **KAST-RIEDLINGER, ANNETTE:** Liebling, ich kann auch anders **KEISER, GABRIELE:** Gartenschläfer • Apollofalter

Wir machen's spannend

Alle Gmeiner-Autoren und ihre Romane auf einen Blick

KEISER, GABRIELE / POLIFKA, WOLFGANG: Puppenjäger **KELLER, STEFAN:** Kölner Kreuzigung **KLAUSNER, UWE:** Die Bräute des Satans • Odessa-Komplott • Pilger des Zorns • Walhalla-Code • Die Kiliansverschwörung • Die Pforten der Hölle **KLEWE, SABINE:** Die schwarzseidene Dame • Blutsonne • Wintermärchen • Kinderspiel • Schattenriss **KLÖSEL, MATTHIAS:** Tourneekoller **KLUGMANN, NORBERT:** Die Adler von Lübeck • Die Nacht des Narren • Die Tochter des Salzhändlers • Kabinettstück • Schlüsselgewalt • Rebenblut **KOHL, ERWIN:** Flatline • Grabtanz • Zugzwang **KOPPITZ, RAINER C.:** Machtrausch **KÖHLER, MANFRED:** Tiefpunkt • Schreckensgletscher **KÖSTERING, BERND:** Goetheruh **KRAMER, VERONIKA:** Todesgeheimnis • Rachesommer **KRONENBERG, SUSANNE:** Kunstgriff • Rheingrund • Weinrache • Kultopfer • Flammenpferd **KRUG, MICHAEL:** Bahnhofsmission **KURELLA, FRANK:** Der Kodex des Bösen • Das Pergament des Todes **LASCAUX, PAUL:** Gnadenbrot • Feuerwasser • Wursthimmel • Salztränen **LEBEK, HANS:** Karteileichen • Todesschläger **LEHMKUHL, KURT:** Dreiländermord • Nürburghölle • Raffgier **LEIX, BERND:** Fächertraum • Waldstadt • Hackschnitzel • Zuckerblut • Bucheckern **LIFKA, RICHARD:** Sonnenkönig **LOIBELSBERGER, GERHARD:** Reigen des Todes • Die Naschmarkt-Morde **MADER, RAIMUND A.:** Schindlerjüdin • Glasberg **MAINKA, MARTINA:** Satanszeichen **MISKO, MONA:** Winzertochter • Kindsblut **MORF, ISABEL:** Schrottreif **MOTHWURF, ONO:** Werbevoodoo • Taubendreck **MUCHA, MARTIN:** Papierkrieg **NEEB, URSULA:** Madame empfängt **OTT, PAUL:** Bodensee-Blues **PELTE, REINHARD:** Kielwasser • Inselkoller **PUHLFÜRST, CLAUDIA:** Rachegöttin • Dunkelhaft • Eiseskälte • Leichenstarre **PUNDT, HARDY:** Friesenwut • Deichbruch **PUSCHMANN, DOROTHEA:** Zwickmühle **RUSCH, HANS-JÜRGEN:** Gegenwende **SCHAEWEN, OLIVER VON:** Räuberblut • Schillerhöhe **SCHMITZ, INGRID:** Mordsdeal • Sündenfälle **SCHMÖE, FRIEDERIKE:** Wieweitdugehst • Bisduvergisst • Fliehganzleis • Schweigfeinstill • Spinnefeind • Pfeilgift • Januskopf • Schockstarre • Käfersterben • Fratzenmond • Kirchweihmord • Maskenspiel **SCHNEIDER, BERNWARD:** Spittelmarkt **SCHNEIDER, HARALD:** Wassergeld • Erfindergeist • Schwarzkittel • Ernteopfer **SCHNYDER, MARIJKE:** Matrjoschka-Jagd **SCHRÖDER, ANGELIKA:** Mordsgier • Mordswut • Mordsliebe **SCHUKER, KLAUS:** Brudernacht **SCHULZE, GINA:** Sintflut **SCHÜTZ, ERICH:** Judengold **SCHWAB, ELKE:** Angstfalle • Großeinsatz **SCHWARZ, MAREN:** Zwiespalt • Maienfrost • Dämonenspiel • Grabeskälte **SENF, JOCHEN:** Kindswut • Knochenspiel • Nichtwisser **SEYERLE, GUIDO:** Schweinekrieg **SPATZ, WILLIBALD:** Alpenlust • Alpendöner **STEINHAUER, FRANZISKA:** Gurkensaat • Wortlos • Menschenfänger • Narrenspiel • Seelenqual • Racheakt **SZRAMA, BETTINA:** Die Konkubine des Mörders • Die Giftmischerin **THIEL, SEBASTIAN:** Die Hexe vom Niederrhein **THÖMMES, GÜNTHER:** Der Fluch des Bierzauberers • Das Erbe des Bierzauberers • Der Bierzauberer **THADEWALDT, ASTRID / BAUER, CARSTEN:** Blutblume • Kreuzkönig **ULLRICH, SONJA:** Teppichporsche **VALDORF, LEO:** Großstadtsumpf **VERTACNIK, HANS-PETER:** Ultimo • Abfangjäger **WARK, PETER:** Epizentrum • Ballonglühen • Albtraum **WICKENHÄUSER, RUBEN PHILLIP:** Die Seele des Wolfes **WILKENLOH, WIMMER:** Poppenspäl • Feuermal • Hätschelkind **WYSS, VERENA:** Blutrunen • Todesformel **ZANDER, WOLFGANG:** Hundeleben

Wir machen's spannend